Rachel McIntyre
Sternschnuppenstunden

Für
Christian

Rachel McIntyre

Sternschnuppenstunden

Aus dem Englischen von
Jessika Komina und Sandra Knuffinke

magellan

1. Januar

Preisfrage: Was schenkt man einer Fünfzehnjährigen ohne Sozialleben?

Die Antwort: Natürlich ein Tagebuch!

Sieht ganz so aus, als hätte da jemand dieses Jahr seine Weihnachtseinkäufe in der Ironieabteilung getätigt, was, Granny?

Na dann, frohes neues Jahr!

5. Januar

Erster Tag nach den Weihnachtsferien und es ist nicht gut gelaufen.

Nein, Quatsch, das ist eine Untertreibung, und zwar eine so riesige, dass man sie wahrscheinlich vom Mond aus sehen kann, so wie die Chinesische Mauer. Oder Graham Fletts Hintern.

Dem bin ich gestern auf dem Weg zum Karate begegnet, also war ich im Bus heute Morgen zumindest schon mal auf entsprechende Witze von ihm und seinen bescheuerten Freunden gefasst. Und Tatsache, der Kerl lässt keine Gelegenheit ungenutzt: ganze fünfundzwanzig spaßige Minuten lang Sprüche wie »Achtung, da kommt Karotte Kid!«, untermalt von übertriebenen Karate-Moves.

Jaja, schon kapiert, rote Haare + Kampfsport …

Zum Totlachen.

Aber wie jeder weiß, ist der MP3-Player der beste Freund eines jeden gemobbten Mädchens, und deswegen ist mein iPod mein Gott. Tja, ich würd sagen, eins zu null für die Musik.

Irgendwann hält der Bus und nach einem letzten gegrölten »Everybody was kung fu figh-ti-hing …« von irgendeinem Typen, den ich gar nicht kenne, verschwinden sie alle in ihre Schule und ich entkomme in meine.

Bei der Anwesenheitskontrolle sind Molly und Mikaela schon da und rühren fleißig in ihrem Lästerhexenkessel. Vielleicht suchen sie sich ja heute mal ein anderes Opfer aus? Ausnahmsweise? Keine Chance. Als der Name »Lara« zu mir rüberschwappt, bestätigt sich mein Verdacht: Okay, dann ist es also mal wieder einer von DIESEN TAGEN.

In der Pause scheucht Mrs Muirhouse mich aus der Garderobe, wo ich mich gerade so schön an eine freundliche Heizung gekuschelt habe. Da stehe ich also allein auf dem Schulhof und zittere mich zu Tode, als mit einem Mal die Hexen aus der 11 G vor mir auftauchen.

»Hallo, Lara«, begrüßt mich Molly ungefähr so liebenswürdig, wie ich es mir bei einem sprechenden Hai vorstelle. Sofort sträubt sich mir das Nackenfell. (Bildlich gesprochen natürlich, soweit ich weiß, ist mein Nacken fellfrei.) »Ich hab gestern deine Mum gesehen, als sie zu uns putzen gekommen ist. Wusstest du, dass sie jetzt für meine Eltern arbeitet?« Stichwort für Mikki, schleimerisch zu lachen. »Ist doch echt witzig, oder? Das nächste Mal, wenn ich in meinem Privatbadezimmer auf dem Klo sitze, denke ich an deine Mum.«

»Laras Mum schrubbt Klos!«, brüllt Mikki, und alle schmeißen sich weg vor Lachen.

Wow, Mikaela Walker, echt eine komödiantische Meisterleistung. Ich. Lach. Mich. Scheckig.

Tja, ein echtes Karotte Kid würde sich jetzt wahrscheinlich zu seiner vollen Größe von eins achtundsiebzig aufrichten und Molly mit einem hammermäßigen Tritt gegen die Luftröhre zeigen, was Sache ist. Aber mir fällt ja noch nicht mal ein hammermäßiger Konter ein. Hoffnungsloser Fall.

Danach, als Molly nicht hinguckt, kommt meine Ex-beste-Freundin, Chloe, die Verräterin, angeschlichen.

»Hey, Lara.«

»Was ist?«

»Ich wollte nur sagen, lass dich von Molly und Mikki nicht stressen. Es muss dir doch nicht peinlich sein, dass deine Mum als Putzfrau arbeitet. Ehrlich. Ist schließlich nicht so, als wäre sie eine Prostituierte.«

???!

»Jedenfalls, nimm's nicht persönlich, die beiden wollen dich nur ein bisschen auf den Arm nehmen.« Und damit schleicht sie sich verstohlen davon, als wäre ihr das FBI auf den Fersen.

Was für ein verlogenes Biest. Prostituierte! Sie kennt meine Mum seit unserer Einschulung.

Schade, Chloe Stubbs. Du und ich, wir waren mal wie Schwestern. Schon in der Grundschule waren wir ein Herz und eine Seele und haben uns dann ein Loch in den Bauch gefreut, als wir beide den Eignungstest für dieselbe Mädchenschule bestanden hatten. Unzertrennlich bei den Pfadfindern, auf dem Ponyhof oder jedes Wochenende beim Karate. Und dann, mitten in der neunten Klasse, bist du, *peng!*, einfach verschwunden. Kein gemeinsamer Schulweg mehr, keine nachmittäglichen Treffen.

Keine besten Freundinnen mehr.

Ich hätte es ahnen müssen: Du hast meine SMS ignoriert, bist nicht mehr ans Telefon gegangen, in der Mittagspause untergetaucht … Ich wette, die ganze Klasse hat sich schon wochenlang hinter meinem Rücken über mich doofe Nuss lustig gemacht.

Es hat ja noch nie ein Junge mit mir Schluss gemacht (dafür hätte ich überhaupt erst mal einen Freund haben müssen), darum weiß ich nicht, ob das schlimmer ist, aber von der besten Freundin fallen gelassen zu werden, ist schon ziiiiiemlich mies. Besonders, wenn sie einen dann auch noch gegen eine so hirnerweichend hohle Hirse wie Molly Hardy-Jones eintauscht. Im Ernst, ich hatte schon Socken mit mehr Persönlichkeit.

Darum kapiere ich auch immer noch nicht, wie Chloe sich in so eine luftleere Arschkriecherin verwandeln konnte. Molly brauchte anscheinend nur mit den (acrylkrallenverzierten) Fingern zu schnippen, und schon war ich bei meiner besten Freundin abgemeldet, schneller als man »Hast du schon mein Privatbad gesehen?« sagen kann.

Tja, wenigstens erbarmt sich Mrs Murphy in der Mittagspause und lässt mich in der Bibliothek Bücher einräumen, sodass ich nicht wieder raus auf den Schulhof muss. Aber danach an der Bushaltestelle bin ich wieder der Witz des Tages. Mann, bin ich froh, dass ich wenigstens meinen iPod habe, um ihre dämlichen Stimmen auszublenden.

Ja, meine Mum geht putzen. Na und? Wenigstens tut sie überhaupt was, um sich ihren Lebensunterhalt zu verdienen, im Gegensatz zu deiner Mutter, Molly, die den ganzen Tag nur auf ihrem knochigen Hintern sitzt und zu faul ist, selbst hin und wieder zum Staubtuch zu greifen.

Wir haben eben harte Zeiten. Mum hat bestimmt nicht ihr Leben lang davon geträumt, als Putzfrau zu arbeiten, aber nach Dads Insolvenz hieß es nun mal: entweder das oder verhungern. Ehrlich, ich hab das Gefühl, dass sie und Dad innerhalb von sechs Monaten um zehn Jahre gealtert sind. Und nicht bloß, weil die Firma den Bach runtergegangen ist. Das Haus verkaufen zu müssen, war definitiv der tiefste aller Tiefpunkte. Ich weiß noch, wie wir alle Arm in Arm in der Einfahrt standen: Simon hat gar nicht gecheckt, was los war; Mum hat versucht, eine tapfere Miene aufzusetzen; Dad hat immer wieder versichert, dass das Ganze nur vorübergehend ist.

Aber jetzt, zwei Jahre später, scheint es mir ziemlich endgültig.

Und darum ist mir der Job meiner Mum auch alles andere als peinlich. Im Gegenteil, ich bin sogar *stolz* drauf, dass Mum bei dir zu Hause sauber macht, Molly Hardy-Jones. Denn sie tut das alles für mich, meinen Dad und meinen Bruder. Und das macht sie zum Superstar.

Also verpiss dich, Molly Hardy-Jones, mit deinem tollen neuen Privatbad. Meine Mum ist die Queen of Clean und sie rockt den Gummihandschuhlook total.

Und wenn du es wagst, deine dreckigen Flittchentangas

rumliegen zu lassen, bloß damit sie sie aufsammeln muss, dann stopfe ich sie dir einzeln in deine blöde Schnauze, das schwöre ich.

PS: Molly hat ihr eigenes Badezimmer. Simon und ich müssen uns einen Waschlappen teilen.

8. Januar

Superhirn Simon (alias dümmster kleiner Bruder der Welt) hat heute, während ich das Abendessen gemacht habe, ein Messer in den Toaster gesteckt und ihn in sämtliche Einzelteile zerlegt. Und dann hat er noch an einer Lampenfassung geleckt, sodass die Sicherung rausgeflogen ist. (Und Dads gleich mit.) Was bedeutet: Als Mum von der Arbeit gekommen ist, sind wir drei a) am Verhungern gewesen und b) im Dunkeln rumgestolpert.

»Nervensäge« trifft es nicht mal ansatzweise, dieses Stadium hat er schon mit anderthalb hinter sich gelassen. Heute ist er eher so was wie ein Presslufthammer. Schwer zu glauben, dass ich es echt mal toll fand, große Schwester zu spielen, als er gerade frisch geboren war. Ich hab ihn in seinem Kinderwagen rumgefahren, auf sein Bäuchlein geprustet, ihn an- und umgezogen wie eine Puppe.

Tja, die Zeiten haben sich gründlich geändert. Seit der Minute, als er angefangen hat zu sprechen, ist er komplett auf die dunkle Seite übergewechselt. Egal, womit ich ihm drohe, sein Mundwerk läuft IMMER auf voller Lautstärke, während er sein Hirn leider ganz runtergedreht hat. Und noch dazu bringt mich der kleine Scheißer ständig in Schwierigkeiten.

Wie auch heute Abend: Anstatt ihren idiotischen Sohn zu bestrafen wie eine normale Mutter, hat Mum natürlich *mich* ausgeschimpft. Wir leben in einer Endlosschleife, wie in dem Film *Und täglich grüßt das Murmeltier*, nur dass es bei uns heißt: *Und täglich ist Lara an allem schuld.* Liebste Mutter, ich verstehe ja, dass du hart arbeitest und die ganze Familie ernährst und so weiter, aber LASS DEINE MIESE LAUNE GEFÄLLIGST NICHT IMMER AN MIR AUS.

Unsere heutige Folge: Die Zwiebelringe.

»Was sind denn das für Krümel hier auf dem Teppich?«

»Könnten Zwiebelringe sein, Simon hat vorhin eine Tüte gegessen.«

»Ach, Mensch, langsam reicht's aber! Meinst du, mir macht es Spaß, hier jeden Abend so ein Chaos vorzufinden, wenn ich nach Hause komme?«, fährt Mum mich an und tippt mit dem Fuß auf das Gebrösel. »Guck dir das mal an! Die ganze Treppe hoch. Wir sind doch hier nicht bei Hänsel und Gretel, verdammt.«

»Schon klar, aber das waren ja nicht meine Chips. Sag das ihm und nicht mir.«

»Dass es hier einigermaßen anständig aussieht, liegt aber in deiner Verantwortung, du bist schließlich die Ältere.«

»Das ist so unfair! Immer ich.«

»Lara, Simon ist erst sechs. Außerdem leistet er auch seinen Beitrag im Haushalt.«

!!!!

Ich reiße den Staubsauger aus dem Küchenschrank und mache schnaubend und augenverdrehend den Dreck weg, was auch sonst.

Simon leistet seinen Beitrag im Haushalt? Das ist ja wohl ein Witz. Die paar Male, die Simon seinen Beitrag im Haushalt geleistet hat, kann man an den Fingern eines Ofenhandschuhs abzählen.

Und außerdem, warum geht sie Dad nicht damit auf den Senkel, dass er gefälligst seinen »Beitrag« leisten soll? Ich mein ja nur, wenn wir schon anfangen, Erbsen zu zählen, dann ist er ja wohl der Allerälteste hier.

Ich stehe jeden Morgen um fünf auf und liefere in arktischer Kälte Zeitungen aus, während er noch oben liegt und friedlich ratzt. (Und diesen Job habe ich wohlgemerkt angenommen, um meine Karatestunden und ein paar andere Sachen selbst bezahlen zu können, nur damit *sie* ja keine zusätzlichen Ausgaben meinetwegen haben.)

Und nachmittags muss ich ganz nebenbei auch noch für zehn Prüfungsfächer lernen. So wie sie immer über die FINANZIELLEN OPFER jammern, die sie für meine Schule bringen, sollte man meinen, dass meine Bildung für sie so was wie der Heilige Gral ist. Aber nein, meinen Eltern sind saubere Teppiche wohl wichtiger.

Und währenddessen darf Superhirn Simon sich hier alles erlauben und Dad hockt den ganzen Tag wie ein fernsehsüchtiger Troll mit Putzmittelallergie auf dem Sofa.

Er ist arbeitslos, verdammt, könnte er da nicht wenigstens mal ein bisschen mithelfen?

10. Januar

WAAAS?

Nie im Leben wäre ich auf die Idee gekommen, dass Mrs Gill im Bett irgendwas anderes machen könnte als Jane Austen lesen und Kekse knabbern.

Tja, so kann man sich täuschen. Sie geht bis September in Elternzeit.

Schockierend, ich weiß, aber die echte Schlagzeile gebührt dem Vertretungslehrer, den sie für uns besorgt haben. Stell dir eine Mischung aus Edward Cullen und Mr Darcy vor, liebes Tagebuch. Aber glaub mir, selbst dann hast du noch keine Ahnung, wie unglaublich fantastilliös Ben Jagger aussieht. Und ich bin bei Weitem nicht die Einzige, der das aufgefallen ist: Das kollektive Wimperngeklimper der 11 G hätte den armen Kerl fast aus den Schuhen geweht. Sogar Molly, diese Giftspritze, hat ihre blöden Extensions so wild geschüttelt, dass ich dachte, sie renkt sich noch den Hals aus. (Ist leider nicht passiert.)

Na ja, jedenfalls hat Mr Jagger seinen Unterricht mit jeder Menge »Okay … also dann …« und *mucho* Rumgehüstel begonnen. Aber als sich seine Nervosität (verständlich angesichts einer Klasse voller Mädchen, die ihn sabbernd anstarrten wie ein Rudel verhungernder Köter ein Kotelett) dann ein bisschen gelegt hatte, hat er seine Sache echt super gemacht: Das war die BESTE Englischstunde, die ich je erlebt habe. Er hat uns interaktive Videos über das mittelalterliche Verona gezeigt, und die waren so cool, dass sogar Check-nix-Mikki völlig gefesselt war.

Und wir haben ihn nicht nur in Englisch, sondern er ist auch unser neuer Klassenlehrer, darum wird es noch jeeede Menge Gelegenheiten geben, Seine Göttlichkeit zu begaffen. Juhu!

Ich hätte nie gedacht, dass ich so was mal schreibe, aber ich freue mich richtig auf die Schule morgen!

11. Januar

Heute Morgen bei der Anwesenheitskontrolle ging es zu wie hinter den Kulissen von *Next Topmodel*. Das Wettkotzen und die Zickereien hatten wir natürlich alles schon vorher, aber Mr Jaggers plötzliches Auftauchen hat den Glamourpegel der Klasse in unerwartete Höhen gejagt. Einige müssen ganz schön ihre Kosmetiktaschen geplündert haben, und ich gestehe, ich bin da keine Ausnahme. Fast hätte ich den Bus verpasst, weil ich so lange versucht habe, meine Haare zu so was wie einer Frisur zu bewegen.

Ehrlich, der Typ könnte glatt selbst Model sein. Er ist groß, aber kein so schlaksiges Klappergestell wie ich, sondern sportlich-fit, mit lässigen Boyband-Haaren, die mehr nach »So liegen sie nun mal von Natur aus« als nach stundenlangem Posieren vor dem Spiegel aussehen. Seine Augen sind auch superschön, hellgrün mit braunen Sprenkeln drin (glaube ich zumindest, ich muss mal einen genaueren Blick drauf werfen), und noch dazu ist er knackig braun, als würde er jeden Sommer an irgendwelchen exotischen Stränden surfen gehen.

Er gehört auf einen Laufsteg oder in eine australische Soap

und garantiert nicht in eine Klasse voller schmachtender Mädchen. Keine Übertreibung, die ganze Schule ist jaggerfiziert.

Hach, Mr Jagger, Sie sind wie eine Eimerladung Glitzer, die über einem Kuhfladen ausgekippt worden ist, und ahnen es noch nicht mal. Tatsächlich haben Sie heute vielleicht sogar das größte Wunder des einundzwanzigsten Jahrhunderts vollbracht: Sie haben einen Tag an der Mädchen-Highschool von Huddersfield angenehm gestaltet.

Na ja, zumindest *fast* angenehm, denn die »Mama ist 'ne Putze«-Witze sind unter meinen Mitschülerinnen immer noch der letzte Schrei. (Wenn auch meist, bei so pfiffigen Exemplaren wie Mikaela, eher zum Schreien blöd. Hihi.) Was soll ich dagegen machen? Ich hab versucht, mir ein so dickes Fell zuzulegen, dass ein Bison im Nerzmantel neidisch wäre, ich hab es mit Wehren probiert, aber nichts davon funktioniert. Wenn ich auch nur den Hauch einer Reaktion zeige, hat das denselben Effekt wie das Zucken einer verletzten Robbe im Haifischbecken.

Hab heute Abend mit Emma telefoniert. Mann, ich vermisse sie so! Dass sie so weit weggezogen ist, ist eigentlich das Schlimmste an der ganzen Geschichte mit der Firma, das war eher, wie eine Schwester zu verlieren und nicht bloß eine Cousine. Aber so richtig verübeln kann ich Onkel Andy den Umzug nicht. Was hätte sie hier auch halten sollen?

Trotzdem … ein kleiner, selbstsüchtiger Teil von mir wünscht sich nun mal, Emma wäre noch hier, zumal Molly und die Miststücke in letzter Zeit 'ne ordentliche Schippe Gemeinheiten drauflegen. Da könnte ich ein bisschen Unterstützung gut gebrauchen.

»Molly war schon immer eine blöde Kuh. Und außerdem

der totale Snob«, meinte sie. »Chloe kommt sicher bald zur Vernunft, keine Angst.«

»Kann sein ...«, hab ich geantwortet, alles andere als überzeugt. »Wie läuft's denn bei dir in der Schule?«

Sie plauderte drauflos, irgendeine Geschichte mit tausend Abschweifungen über ein »abgefahrenes« Date mit einem Typen aus ihrem Psychologiekurs, dann darüber, wie »irre« ihr neuer Aushilfsjob bei Topshop ist. Und dass sie mit Onkel Andy und Tante Amanda nach Florida fährt – die neue Firma expandiert schon wieder, weil das Geschäft mit Solarkollektoren in Essex anscheinend boomt.

Ich hab einfach nur zugehört, und klar freue ich mich wie Bolle, dass ihr Leben so super ist. Ich hab sie schließlich lieb und sie hat es auch total verdient.

Nachdem wir aufgelegt hatten, bin ich runter, um fernzusehen, aber im Wohnzimmer war schon wieder ein Flüsterstreit zwischen Mum und Dad über Geld (beziehungsweise den Mangel daran) im Gange.

Also hab ich mir bloß schnell 'nen Toast gemacht und mich zurück in mein eiskaltes Minizimmerchen verzogen. Und da saß ich dann, alleine und traurig.

14. Januar

Eilmeldung! Es ist offiziell: Mr Jagger ist der ABSOLUTE OBERHAMMER!

Beleg Nummer eins:

Also, heute stand *Romeo und Julia* auf dem Programm, und plötzlich sagt er: »Okay, tut euch bitte zu Paaren zusammen, die nächste Aufgabe erledigen wir in Partnerarbeit.«

Partnerarbeit. Allein bei dem Wort bekomme ich Dünnpfiff vor Schreck. Ob sich diesmal wohl tatsächlich wer aus dem Fenster stürzt, nur um ja nicht mit Lara T., der Königin der Unberührbaren, zusammenarbeiten zu müssen?

Aber ich bin nicht die Einzige, auch die Lästerschwestern haben plötzlich ein Problem – du weißt schon, drei sind eine blöde Kuh zu viel und so weiter. Geradezu guillotinös schwebt das Wort »Partnerarbeit« nun über Mikaela und meiner Ex-besten-Freundin Chloe und die beiden brechen prompt in Panik aus. *Für wen wird Molly sich entscheiden? Wer ist die Auserwählte? Nimm nicht sie, nimm mich!! Aaaaahhhh!*

Natürlich wäre es am klügsten, wenn die beiden sich einfach zusammentun würden und Lady Moldemort sich selbst überließen, aber um das zu kapieren, sind sie viel zu beschränkt. Außerdem ist es ziemlich offensichtlich, dass sie sich hinter ihrem »Wir sind ja soooo gute Freundinnen«-Getue insgeheim überhaupt nicht leiden können. Na ja, auf jeden Fall regt sich nach einem Moment Mikaelas einsame Gehirnzelle, und sie fragt allen Ernstes: »Mr Jagger, wie viele Leute pro Gruppe?«

Mr Jagger schafft es, seine Gesichtszüge unter Kontrolle zu

halten, und antwortet mit völlig normaler Stimme: »Zwei bitte.« Aber er hat mitbekommen, dass ich ihn beobachte, und zieht ganz leicht die Augenbrauen hoch. Und dann zuckt er ein bisschen mit den Schultern, nur für MICH, wie um zu sagen: *Wie ist die denn drauf?* Ha!

Und als mich die gesamte Klasse 11 G dann wie immer mutterseelenallein sitzen lässt, sagt er, anstatt mich, wie Mrs Gill immer, einer Gruppe aufzuzwingen: »Okay, Lara, du kannst mit mir zusammenarbeiten.«

Ich durfte fünf Minuten lang mit ihm Figurenkonstellationen erstellen, und er schien ziemlich beeindruckt, dass ich mich schon so gut mit dem Stück auskannte. Was er sagte, war echt interessant, und außerdem war es die perfekte Gelegenheit, mich zu vergewissern, dass in seinen Augen wirklich bernsteinfarbene Sprenkel sind, na ja, oder vielleicht auch haselnussbraune. Wie dunkler Honig jedenfalls.

Noch dazu kann er so genial erklären, dass ich in diesen fünf Minuten mehr über *Romeo und Julia* gelernt habe als in den fünf Wochen davor. (Sorry, Mrs G., aber so ist es nun mal.)

Beleg Nummer zwei:

Nach der Schule beim Warten auf den Höllenbus erwischt Molly mich dabei, wie ich mich einmal ganz kurz und unschuldig am Kopf kratze.

Natürlich grinst sie und brüllt direkt los: »Oh Gott, Lara, hast du etwa schon *wieder* Läuse?« Gefolgt von Gekreisch und Fußgetrappel, als die Massen vor mir fliehen. Wenigstens war drüben bei den Jungen noch nicht Schulschluss, also blieb mir diese doppelte Peinlichkeit erspart.

Natürlich habe ich keine Läuse. Okay, einmal in der siebten Klasse hatte ich welche (herzlichen Dank auch, Simon). Aber irgendwie hat Molly dieses einmalige Ereignis zu dem ermüdenden Running Gag aufgebauscht, ich sei ein laufendes Insektenhotel.

»Ich kann sie auf deinem Kopf rumhüpfen sehen!«, quietscht sie aus der »sicheren Zone« ein Stück die Straße runter.

»Nein, kannst du nicht, weil ich GAR KEINE HABE!«, rufe ich zurück. Aber niemand hört zu, sie sind alle viel zu beschäftigt mit Rumgackern und Kreischen, während ich mich immer tiefer in meinem Blazer verkrieche.

Wenn mein Leben ein Märchen wäre, würde an diesem Punkt ein gut aussehender Ritter auf seinem schneeweißen Ross angaloppiert kommen, mich zu sich hochheben und mit mir in den Sonnenuntergang davonreiten. Aber da ich nun mal keine Prinzessin bin, hält vor mir nur ein verbeultes silbernes Auto und Mr Jagger kurbelt das Fenster runter. Nicht dass ich mich beklagen wollte: Was soll man bei dem Verkehr heutzutage auch mit 'nem Gaul anfangen?

»Alles in Ordnung?«, fragt er, woraufhin Molly natürlich sofort anstolziert kommt, ein paar von ihren Fans im Schlepptau.

»Hallo, Mr Jagger«, flötet sie, strahlt ihn an, schiebt die Brüste vor und wirft ihre Extensions über die Schulter. »Sagen Sie bloß, Sie wollen mich nach Hause fahren?«

Die anderen kichern. Ich nicht, denn dafür bin ich viel zu überrascht, dass es ihr tatsächlich gelungen ist, vier Sachen gleichzeitig zu machen.

»Netter Versuch, Molly«, antwortet er. »Aber nein. Ich will nur wissen, was hier los ist. Ich habe gesehen, wie ihr alle weggerannt seid und … Lara?«

»Ach, nichts, Mr Jagger. Wir warten bloß auf den Bus«, murmele ich.

Die anderen sind nach und nach wieder näher gekommen und begaffen uns neugierig. Mr Jagger guckt mich immer noch eindringlich an. »Gut, wenn du sicher bist, dass alles okay ist, Lara, dann bis morgen.«

Und damit tuckert er in seiner Klapperkiste davon und hinterlässt nichts als eine Abgaswolke.

Wow! Ich glaub's nicht, dass er extra angehalten hat! Das war das Netteste, was je ein Lehrer für mich getan hat. Von den anderen ist noch nie einer eingeschritten. Oder vielleicht haben die auch einfach nie mitbekommen, wie die Leute mich behandeln. Man braucht schließlich nicht unbedingt eine Tarnkappe, um unsichtbar zu sein, stimmt's?

Molly wirkte ein bisschen stinkig über die Aktion, aber zumindest hat sie danach die Klappe gehalten und mich in Ruhe gelassen. Dann hatten die Jungs Schulschluss, und ein paar der Mädchen haben sich im Bus immer noch kreischend darum gekloppt, nur ja nicht neben mir sitzen zu müssen, aber die können mich alle mal. Wenigstens habe ich einen Sitzplatz ergattert, normalerweise ist nämlich stehen angesagt. Uns wird ja ständig versprochen, dass bald jede Schule ihren eigenen Bus kriegt. Kann's kaum erwarten. Die Mädchen sind ja noch halbwegs erträglich, aber die Jungs? Idioten erster Kajüte.

Jedenfalls hab ich meine Ohrhörer eingestöpselt und ein Buch angefangen, das Mr Jagger mir empfohlen hat. Es heißt *Spiel im Sommer*. Aber ich konnte mich kaum konzentrieren, weil ich die ganze Zeit daran denken musste, wie er genau im richtigen Moment wie aus dem Nichts aufgetaucht ist.

Unten machen Mum und Dad sich den totalen Stress, weil wir mit der Miete im Rückstand sind, und da ich das alte »Money, money, money«-Thema echt leid bin, sitze ich hier oben in meinem Zimmer. Mal wieder.

Ich kann immer noch nicht aufhören, an Mr J. zu denken. Er ist nett, klug, gut aussehend, witzig, sportlich und er liest gern – der Mann hakt so ziemlich alle Punkte auf meiner Traummannliste ab.

Echt deprimierend. Die Chance, dass ich irgendwann mal so jemanden in meinem Alter kennenlerne, ist ziemlich mager.

Und dass dieser Jemand dann auch noch auf mich steht?

Ha! Ein Skelett ist fett dagegen.

17. Januar

Nach der – *OhmeinGoooooott!* – schockierenden Enthüllung, dass meine Mum – *Keuch!* – putzen geht, greift die Lara-Apartheid weiter um sich. Die anderen haben offenbar kollektiv beschlossen, dass *ärgern, aber ansonsten in Ruhe lassen* nicht mehr ausreicht, und sich stattdessen auf *total ausgrenzen* verlegt. Der Beweis? Heute Morgen bei der Anwesenheitskontrolle liegt auf jedem Tisch ein pinkfarbener Umschlag. Aus dem jedes Mädchen eine glitzernd pinkfarbene Karte zieht. Aufgeregtes Getuschel. Freudiges Gekicher. Bei jedem Mädchen außer mir.

Und warum?

Weil ich die EINZIGE aus der 11 G bin, die nicht zum sechzehnten Geburtstag von Chloe Stubbs, meiner Ex-besten-Freundin, eingeladen ist. (Pinker Glitzer! Ich glaub, es hackt. In der achten Klasse hatten wir beide noch »Pink stinkt!«-Buttons an unseren Jacken!)

Wäre es die Party von sonst irgendwem, würde es mich ja gar nicht sonderlich interessieren, aber es ist ausgerechnet Chloe, die mich wie die letzte Aussätzige behandelt. Und ich kapiere einfach nicht, warum.

Ich meine, schon klar, ich habe nie zu den megacoolen Kids gehört, aber wir beide sind schließlich super miteinander ausgekommen, bevor Molly sich zwischen uns gedrängt hat. Sogar die Mädchen, mit denen wir sonst immer rumgehangen haben, wie Kayleigh und Eden, sind mit Chloe in Mollys Lager übergelaufen. Sie sind nicht direkt gemein zu mir, lassen keine fiesen Sprüche ab oder so, es ist eher, als würde ich für sie gar nicht mehr existieren.

Ich bin die Unsichtbare.

Und das eigentliche Rätsel ist immer noch nicht gelöst: Was genau hat Molly eigentlich gegen mich? Soweit ich weiß, ist es kein Verbrechen, intelligent zu sein oder rote Haare zu haben oder einen bescheuerten Nachnamen oder eine Mutter, die putzen geht (obwohl Molly da offenbar anderer Meinung ist). Also, was soll der Scheiß? Meint sie etwa, arm sein wäre ansteckend? *Achtung! Eine Freundschaft mit Lara T. kann zu lebensbedrohlichen Ausbrüchen von Wühltischitis und Ein-Pfund-Shopose führen.* Eingebildete Kuh.

Aber die Aktion heute bringt das Fass wirklich zum Überlaufen. *Jeder* außer mir ist also zu diesem pervers pinkfarbenen Partyspektakel eingeladen. Wenigstens hatte Mr Jagger eine Besprechung und ist nicht Zeuge meiner Demütigung geworden.

Später.

Gerade kam über Facebook eine Nachricht von Chloe, der Verräterin:

Hi, Lara! Ich hoffe, das mit der Party macht dir nichts aus – aber ich weiß ja, dass so was eh nicht dein Ding ist. Ich hätte dich gern eingeladen, im Ernst, aber vielleicht wär's besser, wenn wir zwei ein andermal ganz allein was unternehmen? Alles Liebe, Chloe

Und jetzt halt dich fest, ich war schon mittendrin, *Keine Sorge! Das find ich echt total rücksichtsvoll von dir* zu schreiben, als eine Herde fliegender Schweine übers Haus gezogen ist und die WLAN-Verbindung unterbrochen hat.

Na, so ein Zufall aber auch …

19. Januar

Brrrr! Mum und Dad haben weitere Sparmaßnahmen angekündigt, darum bleibt heute Abend die Heizung aus. Mich würde ja mal interessieren, wo genau wir überhaupt noch irgendwas abknapsen können. Wir leben doch jetzt schon wie die Oberasketen. Wollen wir als Nächstes Simon an den Hund verfüttern? Das Badewasser rationieren? Hmmm, ich würde meiner Liste lieber nicht auch noch den Punkt »Ich stinke« hinzufügen.

Die
»Warum Lara T. die Königin der Unberührbaren ist«-
Liste

- ★ Ich habe rote Haare.
- ★ Ich bin arm.
- ★ Ich bin eine Streberin.
- ★ Der abgrundtief schändliche Nachname.
- ★ Meine Mum putzt Klos, um unseren
- ★ Lebensunterhalt zu verdienen.

Und demnächst in diesem Kino …

- ★ Ich stinke.

Langsam mache ich mir ernsthaft Sorgen, dass ich zu etwas Schlimmerem als unberührbar werden könnte. Gibt es noch eine niedrigere Kaste, über die selbst die Unberührbaren die Nase rümpfen?

Hier, super Witz: *Was sagt der eine Unberührbare zum anderen?*

»Tja, wenigstens sind wir nicht Lara T.!« Hahaha!

Auf jeden Fall haben die heimischen Sparmaßnahmen dazu geführt, dass ich mich immer noch nicht getraut habe, nach einem neuen Rock für die Schule zu fragen, obwohl mein alter inzwischen nahezu gynäkologische Einblicke gewährt. Minis mögen ja vielleicht in sein, aber sich die Schnecke auf einem eiskalten Bussitz abzufrieren, kann ich trotzdem nicht empfehlen.

HOFFENTLICH, HOFFENTLICH ist das mit dem Armsein bloß eine Phase. Bleiben Sie dran, denn bald heißt es wieder: Werden wir uns je neue Klamotten leisten können? Die Heizung aufzudrehen? Obst zu kaufen?

Hmm. Ich klinge wie ein undankbares Miststück, dabei bin ich das echt überhaupt nicht. Verlange ich etwa einen goldenen Teller mit Kaviar auf meiner eigenen Jacht? Nö.

Und mir ist auch total klar, dass Mums Putzjob und das Geld, das noch vom Hausverkauf über ist, uns nicht so weit bringen wie erhofft UND dass meine Schulgebühren die letzten paar mickrigen Pfund von ihrem Sparkonto verschlingen.

Aber ich kann nun mal nicht anders, als mich nach der guten alten Zeit zurückzusehnen, bevor alles den Berg runterging. Die Kleinigkeiten fehlen mir am meisten: Satellitenfernsehen, Wochenendtrips, Familien-Kino-Tag, Klamotten kaufen … all das, was ich immer für komplett selbstverständlich gehalten habe.

Und diese Dinge könnten wir wahrscheinlich immer noch haben, wenn da nicht die FINANZIELLEN OPFER wären, die für die *gute* Privatschule (dass ich nicht lache!) unserer ach so klugen Lara gebracht werden müssen. Mum, Dad und Simon – wir könnten alle ein besseres Leben führen, wenn meine blöden Schulgebühren nicht wären, die trotz der fünfzig Prozent Intelligenzbestienrabatt astronomisch hoch sind. Schon bevor Dad bankrott ging, war es nicht leicht, das nötige Geld dafür zusammenzukratzen, aber jetzt, wo wir am Hungertuch nagen, sind die Megasparmaßnahmen mehr als nötig.

Das ist auch der Grund, warum ich ihnen nicht erzählen kann, wie sehr mich alles dort ankotzt, egal, wie schlimm es wird. Was für eine blöde, undankbare Kuh wäre ich denn, wenn ich ihnen das vor den Latz knallen würde?

Ich würde es zwar nie laut sagen, schon gar nicht Dad gegenüber, aber, um ehrlich zu sein, war ich sogar erleichtert, als er und Onkel Andy endlich aufgegeben haben. Klar bedeutete das Misere hoch zehn, aber wenigstens hat die Anspannung nachgelassen … dieses schreckliche Gefühl, mit einer Hand an der Klippe zu hängen, während die beiden andauernd zur Bank gerannt sind und um Aufschub gebettelt haben. Als sie es drangegeben haben und das Haus weg war, um die Schulden zu bezahlen, hatte zumindest diese Unsicherheit ein Ende.

Wenn ich weiter darüber nachdenke, fange ich noch an zu heulen. Themawechsel.

Juhu! (Trommelwirbel) Endlich ist das Wochenende da und ein Event jagt das andere: Partys, Filmpremieren, Zeitungsrunden …

Zum Glück bekommt hier in der Gegend keiner die dicken Intellektuellenblätter, ich kriege die Tasche ja so schon kaum hoch. Wetten, Mollys Eltern haben die *Times* abonniert? Die bestellen bestimmt fünf Exemplare und haben die Briefkastenklappe mit Sprungfedern verstärkt, nur um das Zeitungsmädchen zu quälen.

Nicht dass Molly mit ihrem Erbsenhirn so was überhaupt lesen könnte.

22. Januar

Beim Karate war es heute Abend super. Ich kann es kaum erwarten, den Nervensägen in der Schule so richtig Jackie-Chan-mäßig eins auf die Mütze zu geben. *Haaiiiiyaaaah! Zack.*

Nach dem Einkaufen bin ich noch auf eine Tasse Tee bei Granny vorbei. Während der Sportnachrichten ist sie sogar kurz aufgewacht, aber die meiste Zeit habe ich bloß Marmeladenplätzchen vor mich hin gemampft und mich auf dem Heizkörper gegrillt. Mmmmmhh, Wärme, ich hab dich vermisst, altes Mädchen. Mum und Dad weigern sich immer noch, die Heizung anzustellen (Ölpreise blabla Rechnungen blabla Geld blabla). Gestern Nacht konnten mich nur meine Thermosocken und Träume von Mr J. vor der Unterkühlung bewahren.

Jetzt aber zu erfreulichen Nachrichten (Halleluja, lobet den Herrn): In der Schule wird mir gerade eine kleine Verschnaufpause gegönnt, weil Molly so vollkommen besessen von unserem wunderbaren Mr J. ist, dass mit ihm zu flirten und über ihn zu reden ihre gesamte Zeit in Anspruch nimmt.

Typischer Dialog:

Molly: Ich geh mir ein Sandwich holen … kommt ihr?

Mikaela: Was für Sandwiches Mr Jagger wohl am liebsten isst? Mit Eiern und Kresse?

Chloe: Nein, viel zu tuntig. Thunfischsalat?

Molly: Salat? Auf keinen Fall. Der ist ein echter Mann. Schinken mit Senf oder so was in der Art. Auf jeden Fall Fleisch. Und ein kleines bisschen scharf.

Uuuuund so weiter und so fort.

Tuntige Sandwiches. Habt ihr sie eigentlich noch alle?

Seit Molly diesen Hirnaustausch mit einem Hamster hatte, lässt sie sich leicht ablenken (zum Beispiel durch Sonnenblumenkerne, Winterschlaf, süße neue Englischlehrer) und hat dann keine Neuronen für andere Aktivitäten mehr übrig. Was bedeutet, dass sie mich zumindest bis auf Weiteres nicht auf dem Schirm hat. Nicht ein einziger blöder Spruch gegen Rothaarige heute. *Strike!*

Wenn jetzt bitte schön noch eine sexy neue Lehrerin an der Jungenschule anfangen könnte, dann würden die Typen aus dem Bus mich vielleicht auch in Ruhe lassen. Heute Nachmittag auf dem Heimweg zum Beispiel hat so ein Typ, den ich vorher noch nie gesehen hatte, angefangen, irgendwas von einem »Tritt einen Rotschopf«-Tag zu faseln. Ich hab meinen iPod angemacht, um seine Stimme auszublenden, überzeugt, dass er sich das alles nur ausdenkt, aber eine kurze Suche bei Google hat mir nachher die Bestätigung geliefert. Es gibt tatsächlich einen Tag, der ganz dem Quälen von Rothaarigen gewidmet ist – man kann sogar Souvenirtassen kaufen.

Wie kann denn so was erlaubt sein? Immerhin gibt es auch Gesetze dagegen, dass Menschen wegen ihrer Hautfarbe ausgrenzt werden, warum gilt dann nicht dasselbe für die Haare? Blond, schwarz, braun, kahlköpfig, grau und rot: Matten aller Länder, vereinigt euch!

Etwas später.

Oje. Dad hat gerade die Asisvonnebenan (der anonyme Hass beruht auf Gegenseitigkeit – wir wissen nicht mal, wie die heißen, und umgekehrt genauso) total zur Sau gemacht. Die haben einfach die Hundekacke aus ihrem Garten über unseren Zaun geworfen! Das meiste davon ist neben dem

Auto gelandet, auf der Fahrerseite; Dad ist kurz raus, um sich Zigaretten zu holen, und, tja, das Ergebnis war, dass er sein bestes Paar Turnschuhe in den Müll schmeißen konnte. Gar nicht gut. Es sind schon Kriege wegen weniger ausgebrochen.

28. Januar

Die Asisvonnebenan treiben Dad zu neuen … Höhen? Tiefen? … der Griesgrämigkeit an, weil ihr KLÄFF rattengesichtiger KLÄFF kleiner KLÄFF Köter KLÄFF einfach nicht aufhört zu KLÄFFEN.

Für Dad ist es vermutlich am schlimmsten, weil wir anderen ja wenigstens tagsüber nicht da sind. Nach dem Abendessen ist er rüber, um sich über die kleine Ratte zu beschweren, und die haben ihn bloß ausgelacht. Woraufhin er ins Auto gestiegen und bis jetzt immer noch nicht wieder aufgetaucht ist, dabei ist es schon halb elf. Mum hat sicher zwanzigmal auf seinem Handy angerufen, aber er hat es ausgeschaltet.

Aber es gibt auch gute Nachrichten! In puncto Höllenbus haben ein paar interessante Entwicklungen stattgefunden, genauer gesagt hatte ich einen kleinen Heureka-Moment (aber nicht in der Badewanne und ich bin hinterher auch nicht splitternackt auf die Straße gerannt, haha).

Solche Momente sind die Glanzpunkte der menschlichen Geschichte. Ideen, die so simpel und gleichzeitig so revolutionär sind, dass sie die Welt verändert haben. *Was passiert wohl, wenn ich diese beiden Stöcke aneinanderreibe? Liegt es an mir oder sehen wir alle ein bisschen aus wie Affen? Pommes mit ESSIG?*

Und das hier ist mein eigener bescheidener Beitrag. Wenn ich Mr Patel zusätzlich zur Morgenschicht auch noch um eine Abendrunde bitte, Mum (vielleicht) um einen kleinen Kredit anhaue und mein Erspartes dazulege, dann müsste ich mir eigentlich ein FAHRRAD leisten können.

Ich weiß, genial, oder? Rad fahren ist cool UND ich würde die Zeitungsrunde wesentlich schneller rumkriegen UND ich müsste nicht mehr für die Busfahrkarte blechen, sodass ich das Geld schon innerhalb eines Halbjahrs wieder raushätte, ich könnte mich fit halten UND es wäre gut für die Umwelt. Außerdem (und das ist das Allerbeste dran) müsste ich nie wieder mit den Idioten von der Jungenschule im Höllenbus fahren.

Hurra für mich!

PS: 23:35 Uhr. Immer noch keine Spur von Dad.

5. Februar

Haben Mum und Dad im Lotto gewonnen? Nein. Hat Simon sich zu einem richtigen Menschen entwickelt? Nö. Ist Molly von Außerirdischen entführt worden? Leider nicht.

Und trotzdem war es ein fantastischer Tag, weil ich nämlich

eine Eins plus vom neuesten und großartigsten Mitglied des Lehrkörpers meiner Höllen-Highschool bekommen habe – Mr Jagger (dessen Lehrkörper ich mir übrigens gerne mal näher angucken würde).

Wir haben ein paar Aufwärmübungen zum Thema Kreatives Schreiben gemacht. Gut, da wir uns in seinen Worten noch in der »Kennenlernphase« befinden, war die Aufgabe – ein Aufsatz mit dem Titel »Was ich in den Weihnachtsferien gemacht habe« – ziemlich pillepalle, aber er ist ja auch noch Anfänger als Lehrer (er hat uns erzählt, dass das hier sein erster Job ist), also lasse ich es trotzdem mal gelten. Hier mein Beitrag:

Weihnachten bei mir zu Hause

Die Tradition verlangt, dass Granny quasi festgeklebt vor der Glotze hockt, während Mum wie ein Stressvulkan vor sich hin brodelt, bis sie schließlich ausbricht und der Ofentür einen Tritt versetzt. Ich wage mich in die Kampfzone, drücke ihr eine Tüte Tiefkühlerbsen auf den Fuß und koche das Essen fertig, während Dad sich mit Baileys zuschüttet (obwohl er das Zeug noch nicht mal mag).

Wenn dann schließlich Der kleine Lord *anfängt, herrscht bei uns schon Mord. Und Totschlag. Simon hat seine neuen Spielsachen schon kaputt gekriegt, Mum nicht nur das Essen, sondern auch ihre Bluse anbrennen lassen, Granny dämmert halb im Koma vor sich hin und Dad kriegt keinen geraden Satz mehr raus. Und die arme Paddington, unsere neurotische Golden-Retriever-Hündin, hat sich unter dem Esstisch verschanzt.*

Dieses Jahr ist Dad sogar noch betrunkener als sonst. Baileys können wir uns nicht mehr leisten, seit er seinen Job verloren hat, deswegen hält er sich an einen Likör aus dem Sonderangebotere-

gal namens »Katzenpisse« (oder so ähnlich). Auf jeden Fall ist er total zugedröhnt, als endlich das Festmahl auf dem Tisch steht. Mum ruft also: »Essen ist fertig!«, und Granny stöhnt, und Dad, der komplett vergessen hatte, dass sie überhaupt da ist, springt kreischend auf. Was wiederum den Hund so erschreckt, dass er unter dem Tisch hervorschießt, um Dad zu beschützen. Und »beschützen« bedeutet in diesem Fall, »seine Zähne in Dads Hintern versenken«.

Dad brüllt gleich noch mal wie am Spieß und kippt hintenüber, direkt auf unseren gläsernen Wohnzimmertisch. Mum geht an die Decke, Dad in die Notaufnahme und Granny wieder zurück auf die Couch.

Friede auf Erden und den Menschen ein Wohlgefallen? Nicht bei uns.

Mum ist immer noch stinksauer wegen des Glastischs; besonders weil sie im Tran immer noch dauernd versucht, ihre Teetasse darauf abzustellen, darum ist der Teppich jetzt auch hinüber.

Sie ist echt megamies drauf, weil Dad gestern Nacht erst nach zwölf aus dem Pub zurückgekommen ist. Das Auto musste er stehen lassen, sodass er Simon heute Morgen noch nicht mal zur Schule fahren konnte. Mum war so was von angepisst, besonders nach Dads Vorschlag, Simon solle doch auf die örtliche Grundschule wechseln, was in einen weiteren Streit ausartete.

Langsam mache ich mir echt Sorgen um die beiden. Wenn sie sich nicht gerade streiten, schweigen sie sich bloß an. Siehe heute Abend. Mum hat zu mir gesagt: »Lara, würdest du deinen Vater bitte daran erinnern, die Mülltonnen rauszustellen?« Dabei saß er direkt neben ihr auf der Couch! Geht's noch bescheuerter?

Aber egal, kommen wir zurück zu den angenehmeren Themen.

Als Mr J. uns die Arbeiten zurückgibt, sagt er: »Es hat wirklich Spaß gemacht, das alles zu lesen, da waren sehr unterhaltsame Geschichten dabei. Es wäre schön, wenn ein paar von euch ihre Werke dem Rest der Klasse vortragen würden.« Direkt vor meiner Nase bleibt er stehen. »Lara, für diesen großartigen Aufsatz konnte ich dir gar nichts anderes als eine Eins plus geben. Möchtest du den Anfang machen?«

Auf der Rückseite meines Blatts steht: *Überaus kreativ und detailliert, Lara. Weiter so!*

Yeah!

Dann:

»Äh, nein, Sir, ich würde lieber nicht vorlesen.«

Er lächelt. »Gar kein Problem, danke trotzdem. Ich liebe deine Art zu schreiben. Chloe? Du hast eine Zwei, gut gemacht. Wie wär's mit dir?«

Und meine Ex-beste-Freundin braucht natürlich keine Sondereinladung, um uns mit der fantastischen Geschichte ihrer fantastischen Reise zu Mollys fantastischer Skihütte in den fantastischen Alpen zu ergötzen. Blablabla. Es ist so schnarchig, dass ich mittendrin in einen Tagtraum abdrifte. Hauptrolle: der fantastische Mr J.

Dass ich mich geweigert habe, meinen Aufsatz vorzulesen, rettet mich trotzdem nicht vor den »Arschkriecher«-Kommentaren nach der Stunde. Molly und Mikaela versuchen den ganzen Nachmittag, mich mit ihren eifersüchtigen Blicken zu durchbohren, was unangenehm ist, aber von der Eins plus mehr als aufgewogen wird. Wurde auch Zeit, dass wir mal ein paar anständige Lehrer kriegen, die jedes FINANZIELLE OPFER für die Schule wert sind.

Später …

Er »liebt« meine Art zu schreiben. Ha!

10. Februar

Okay, keiner würde auf die Idee kommen, mich als Expertin für männliche Wesen zu bezeichnen, aber ich hab so den Eindruck, es gibt zwei Arten von Jungs auf der Welt:

1. die, die sagen: »Na und? Ist doch bloß ein Name. Außerdem hat sie superschöne Haare«,

und

2. die, die sagen: »Wiiiiiie heißt diese schlaksige Feuerqualle???!!! Hahah… oh nein, ich hab mir in die Hose gemacht vor Lachen.«

Jungs, die ich aus Kategorie 1 kenne: null.
Jungs, die ich aus Kategorie 2 kenne: alle anderen.

Wenn es einen neuen Jungen im Bus gibt, fängt früher oder später irgendwer mit »Rat mal, wie die Bohnenstange da mit Nachnamen heißt« an. Heute war's der »Tritt einen Rothaarigen«-Typ. Der Kerl neben ihm zeigt auf mich und flüstert ihm was ins Ohr, woraufhin er ein sirenenartiges Gejohle anstimmt und rüber zur Kirchhofmauer kommt, wo ich sitze und Moos von den Steinen knibbele, meine iPod-Gott-Kopfhörer in den Ohren.

Er: Ey.

Ich: Was ist?

Er: Stimmt's … (prustet vor Lachen) … stimmt's (läuft lila an) … stimmt's (kurz vorm Ersticken) … dass du mit Nachnamen (krümmt sich, pinkelt sich fast ein) … TITTE heißt (bricht zusammen)?

Ich: Nein. Tittle. Lara *Tittle.*

Er: TITTE!!!!! (rollt sich auf dem Boden hin und her, hält sich den Bauch)

Und, hab ich ihm einen Karotte-Kid-mäßigen Arschtritt verpasst? Einen Scheiß hab ich. Ich bin einfach gegangen und hab ihn auf dem Boden liegen gelassen, als wäre ihm gerade der Blinddarm geplatzt. Penner.

Hm, schwere Entscheidung. Wie soll ich in Zukunft heißen? Vielleicht wäre was Unauffälliges gut, wie Lara Jones. Oder doch eher exotisch-romantisch? Lara Kostyakov. Abgehoben? *Lara Willoughby-Smythe, sehr entzückt, Ihre Bekanntschaft zu machen.* Ach, wem mache ich hier eigentlich was vor, ist doch völlig egal – alles wäre besser als das böse Wort mit T.

Ich wünschte, ich wäre so lässig wie Emma, die mit dem Nachnamen des Grauens total gut klarkommt. Dabei hätte sie ihn rein rechtlich sogar schon ändern dürfen, seit sie letztes Jahr sechzehn geworden ist, hat sie aber nicht, obwohl es Onkel Andy überhaupt nichts ausgemacht hätte. Man stelle sich vor, ich würde *Dad* danach fragen, dann wäre hier aber was los!

Wenn er nicht unbedingt das Alphamännchen hätte raushängen lassen müssen, hätten wir Mums Mädchennamen haben können und das Leben von Lara *Merry* wäre ein endloser Reigen aus Sonnentagen, Cupcakes und Regenbögen. Stattdessen muss ich mich jetzt mit »Tittle« rumschlagen, dem wohl ironischsten Nachnamen auf der Welt für ein Mädchen, das flach wie ein Bügelbrett ist. Aber selbst Molly Hardy-Jones müsste sich damit blöde Sprüche anhören und die hat ein Rieseneuter. Die Kuh.

PS: Außerdem heißt der Neue selber Sam Short, also hätte ich da doch ein Mindestmaß an Mitgefühl erwartet, aber nein. Die Einzige, die mich wirklich versteht, ist die arme Tess Tickle aus der Achten.

14. Februar

Schlechte Neuigkeiten: Die Post will mich verklagen. Offenbar hat sich der Briefträger einen Bandscheibenvorfall geholt, als er meine Lawine von Valentinskarten anschleppen musste, und kann jetzt nie wieder arbeiten. (Haha. Sorry, ich lach mich mal eben tot.)

Graham Flett war der letzte (äh, und einzige) Mensch, der mir je eine Karte zum Valentinstag geschickt hat. Ja genau, *der* Graham Flett aus dem Höllenbus. Das war in der achten Klasse und auf der Karte waren Kätzchen und dazu gab es noch eine halbe Dose Bonbons. (Fairerweise muss ich dazusagen, dass er sicher vorhatte, mir die ganze Dose zu schenken.) Seit ich zur schuleigenen Unberührbaren geworden bin, tut er natürlich so, als wäre das bloß ein Gag gewesen, aber das glaube ich nicht.

Mr J. hingegen ist erwartungsgemäß mit Karten überschwemmt worden.

Und, oh Horror! Sam »In der Kürze liegt die Würze« Short und Molly Hart-aber-nicht-herzlich sind seit Neustem EIN PAAR. Wobei, eigentlich dürfte mich das gar nicht so schockieren. War ja klar, dass diese zwei Satansbraten sich irgendwann zusammentun würden, um die Welt zu unterjochen. *Muaaaahahahaha …*

Was die mit ihren Valentinskarten für eine Kitschrevue an der Bushaltestelle veranstaltet haben, nicht zu fassen – da hätten sie auch gleich eine Bühne errichten und Tickets verkaufen können. Ballons und Teddybären. Eine Geräuschkulisse wie am Suppentag im Kinderheim. Bah. Das will doch keiner sehen.

Ich wette, Molly hat ihm nicht erzählt, dass sie regelmäßig mordsmäßigen Herpes kriegt. (*Werbesprecherstimme aus dem Off:* Herpes – *das* Valentinstagsgeschenk, von dem Sie Ihr Leben lang etwas haben werden!)

Hehehe.

16. Februar

Maaaaann, JETZT GEH MIR NICHT AUF DEN SENKEL! Mum macht weiter mit ihren Nonstop-Nörgeleien über den nicht ganz so makellosen Zustand des Hauses. Ähm, hallo? Schon mal auf die Idee gekommen, dass wir nicht alle verklemmte Putzteufel mit Zwangsneurosen sein können? Sie findet, weil sie die Miete zahlt, müsste mein Zimmer auch ihren Hygienestandards genügen. Meine Meinung: Wenn's ihr nicht passt, soll sie doch draußen bleiben. Und wenn sie es sauber haben will – bitte sehr, da steht der Mopp.

So geschrieben sieht das doch eigentlich ganz vernünftig aus, oder? Mein Fehler war dann wohl, es laut auszusprechen. Diese Teetasse ist echt durchs Zimmer geflogen wie ein Raketengeschoss. Zum Glück sind meine Reaktionen superheldenmäßig, sodass ich rechtzeitig in Deckung gehen konnte, aber der Teppich ist fürs Leben gezeichnet.

Ich (schreiend): Du darfst keine Sachen nach mir werfen! Das ist Kindesmisshandlung!

Mum: Kindesmisshandlung? Fräulein, ich geb dir gleich Kindesmisshandlung, wenn du nicht aufräumst, UND ZWAR SOFORT!

Ehrlich, im Moment kann man sie total vergessen. Dabei dachte ich, wir Teenager wären diejenigen mit den Stimmungsschwankungen. *Ich geb dir gleich Kindesmisshandlung*. Die soll hier mal nicht so 'ne miese Brise verbreiten und sich stattdessen benehmen wie eine Erziehungsberechtigte. Gegen sie wirkt ja sogar *Simon* erwachsen. Diese Meinung habe ich ziemlich deutlich gemacht, indem ich die Tür auf dem Weg zum Karate extrahart zugeknallt habe. Nimm das, Mum!

18. Februar

Es hat geschneit. Und wie.

Manche Leute, wie zum Beispiel Superhirn Simon, gucken dann aus dem Fenster und sehen ein winterliches Wunderland voller fantastischer Möglichkeiten. Ich hingegen? Die Zeitungsrunde des Grauens. Es war echt der Horror heute Morgen, wie eine Szene aus »Sturz ins Leere«: Klettereisen, Eispickel, das volle Programm.

Extreme-Sonntagsblatt-Ausliefering hoch drei.

Ich hab versucht, Paddington zum Mitkommen zu bewegen, aber *nada*. Der beste Freund des Menschen? Mhmm, klar. Vielleicht, wenn man in dieser Aussage »Mensch« gegen »Körbchen auf dem Treppenabsatz« ersetzt. Sie hat mir bloß die metaphorische Stinkepfote gezeigt und ist schnurstracks zurück ins Warme getapert. (Na ja, oder zumindest dahin, wo es in einem normalen Haus warm wäre, das nicht unter der Fuchtel von Mr und Mrs »Zieh einfach noch einen Pulli drüber und hör auf zu jammern« Tittle steht.)

Ich musste erst die Eiszapfen an der Haustür abbrechen, um rauszukommen, und nein, die hingen nicht draußen. Meine blöden Imitat-Uggs (Uggitate?) sind natürlich undicht, und als ich wieder nach Hause komme, sind meine Finger so steif, dass ich sie einzeln gar nicht mehr benutzen kann. Ich muss so lange mit meiner zur Flosse gefrorenen Hand auf die Türklingel hauen, bis Dad sein morsches Gerippe endlich aus dem Bett geschwungen hat.

Und als er mich dann mit blauen Lippen und schwarz abgefrorenen Fingerspitzen dastehen sieht, meint er nur: »Was soll der Quatsch? Mach endlich die Tür zu, verdammt!«

Denkt der etwa, ich bin scharf drauf, jeden Morgen eine neongelbe Warnweste anzuziehen und mich von Hunden durch die Gegend jagen zu lassen? Natürlich nicht. Aber bis ich an einen anständigen Aushilfsjob komme, ist das wohl die einzige Option. Er sollte lieber dankbar sein, dass ich versuche, Geld zu verdienen, um die FINANZIELLEN OPFER in Grenzen zu halten, besonders jetzt, wo mir Mr Patel auch noch die Abendrunde versprochen hat.

Und dann, als ich gerade mal zu einem zarten Fliederton aufgetaut bin, ruft auch noch Mr Patel an, um mir mitzuteilen, dass sich drei Abonnenten wegen nasser Zeitungen beschwert hätten. Da fehlen mir echt die Worte!

Mein Mantra: Fahrrad, Fahrrad, Fahrrad …

Später.

Super Neuigkeiten: Habe gerade mit Emma telefoniert, und wenn die Eiszeit da draußen mal vorbei ist, will sie zu einem Infotag an der Uni in Leeds und pennt deswegen ein paar Nächte hier bei uns.

War echt schwer, sich dran zu gewöhnen, sie nur alle Jubeljahre mal zu sehen. Pleite sein / Mum und Dad, die sich ständig an die Gurgel gehen / Chloes Verdünnisier-Aktion / der Auszug aus unserem schönen Haus – das alles ist schon ein ziemlicher Haufen Mist, aber Emma nicht in der Nähe zu haben, ist die dicke, verfaulte Kirsche obendrauf.

In meinen Tagträumen, wenn es in der Schule mal wieder sterbenslangweilig ist, wohne ich mit Emma in einer WG in irgendeinem schicken Londoner Stadtteil. Die Wohnung liegt in einem Altbau, der Flur ist mit schwarz-weißem Marmor gefliest. Mein Zimmer hat eine hohe Decke und Schiebefenster, die bei Wind leise klappern, was mich aber nicht stört. Davor wachsen Geranien in Töpfen und unsere netten schwulen Nachbarn stellen uns oft selbst gebackene Muffins vor die Tür, wie in einer romantischen Komödie.

Mein Freund (der Mr Jagger zum Verwechseln ähnlich sieht) kommt gleich rüber, um mit uns in eine Champagnerbar zu gehen, darum muss ich noch schnell mein Vivienne-Westwood-Kleid bügeln. Heute Abend haben wir nämlich was zu feiern: Em hat den Job bei Alexander McQueen bekommen.

Während zu Hause in Huddersfield Molly Hardy-Jones ebenfalls ihre ersten Schritte hinaus in die Arbeitswelt macht: Sie steht jetzt bei McDonald's hinter dem Tresen.

20. Februar

Dreimal darfst du raten, wen Mr Jagger persönlich dazu auserwählt hat, ihm bei einem neuen, besonderen Projekt zu helfen.

Jawohl, die gute alte Lara T., Königin der Unberührbaren!

Hammer, oder?!

Da bin ich nach der letzten Stunde gerade dabei, meine Englischsachen wegzupacken, und will gehen, als er mich bittet, noch einen Moment zu bleiben. Er wartet, bis alle anderen weg sind, und lehnt sich dann an sein Pult.

»Danke, Lara, ich halte dich auch nicht lange auf. Ich weiß, dass Mrs Gill am Schuljahresende immer ein Theaterstück aufführen lässt, aber ich dachte mir, wie wär's mal mit was anderem? Einem Talentwettbewerb vielleicht, bei dem auch die Jungs von nebenan mitmachen können. Irgendetwas, um die Leute hier ein bisschen aus ihrem gewohnten Trott zu reißen. Was sagst du dazu?«

»Klingt gut, Sir.«

»Ehrlich? Und auch nicht zu klischeemäßig?«

»Nein, ich finde, das ist eine gute Idee.«

»Prima. Ich fände es toll, wenn du mir dabei zur Hand gehen könntest. Das würde dir bestimmt Spaß machen.«

So ungefähr war es sinngemäß. Genauer konnte ich leider nicht zuhören, dafür war ich viel zu sehr damit beschäftigt, seine überirdische Schönheit zu bewundern. Er hat die weißesten Augäpfel, die ich je gesehen habe, die leuchten wie die Zähne von Tom Cruise.

»Ähm, ich wüsste nur nicht, was ich dazu beitragen sollte, ich hab keine besonderen Talente.«

»Ach was, das stimmt doch nicht.« Seine Augenwinkel legen sich in winzige Fältchen, wenn er lächelt, und die bernsteinfarbenen Sprenkel sehen aus wie die Kiesel in einem Gezeitentümpel (in der Karibik natürlich, nicht drüben in Skegness). Unglaublich, nicht ein winziges Detail an ihm ist weniger als perfekt. Sogar aus der Nähe sieht er aus wie gephotoshopt. »Na komm, das wird lustig.«

»Ich denke drüber nach. Danke auf jeden Fall, dass Sie mich gefragt haben.«

Dann musste ich ganz schön rennen, um den Bus noch zu kriegen, aber wen interessiert's? Mr J. will, dass ich – ICH – ihm helfe!

Wo wir gerade von unerwiderter Bewunderung reden, der

rattengesichtige kleine Köter der Asisvonnebenan hat sich in Paddington verknallt und versucht (für einen Yorkshireterrier ziemlich ehrgeizig) andauernd, sie zu besteigen. Dad ist gestern Abend total ausgeflippt deswegen und hat die beiden mit dem Gartenschlauch nass gespritzt, was die Einfahrt in eine Bobbahn verwandelt hat. Mensch, hat Mum vor Freude gejauchzt, als sie auf die Nase geflogen ist.

Heute Morgen dann, als ich von der Zeitungsrunde nach Hause kam und Wasser aufsetzen wollte, saß er schon am Küchentisch und starrte auf einen Stapel brauner Umschläge, von denen keiner aussah, als enthielte er erfreuliche Nachrichten. Ganz oben lag einer mit dem Wappen meiner Schule drauf.

Ich witzelte: »Hey, schon gehört? Das Finanzamt schließt! Die verschicken schon letzte Mahnungen!«

Doch er sagte nur: »Nicht jetzt, Lara«, und guckte noch nicht mal hoch.

Ich hab nur den Wasserhahn abgestellt und bin in die Schule gegangen. Kann mich gar nicht erinnern, wann ich ihn das letzte Mal lächeln gesehen habe.

22. Februar

Mist. Ich glaube, ich habe einen RIESENFEHLER begangen, indem ich mir Sam »Der Name ist Programm« Short zum Todfeind gemacht habe.

»Guckt mal, wen wir da haben! Die rote Ratte!«, ruft er heute, als ich mich nach der Schule an der Bushaltestelle etwas abseits der Warteschlange halte, und mustert mich betont angewidert von Kopf bis Fuß.

Ich stöpsele meine Ohrhörer ein und verstecke mich hinter der Friedhofsmauer, in der Hoffnung, dass er das Interesse verliert.

Aber keine Chance. *Zack*, steht er vor mir, seine Gang im Schlepptau.

»Hey, ich rede mit dir.«

Widerwillig ziehe ich mir die Hörer aus den Ohren. »Was willst du denn schon wieder?«

»Wusstest du eigentlich schon, dass du die Definition von hässlich bist, Titte? Im Ernst. Ich hab im Wörterbuch nach ›hässlich‹ gesucht und neben dem Eintrag stand dein Bild.«

Klar könnte ich sein beleidigendes Blabla einfach an mir vorbeiziehen lassen, bis ihm langweilig wird. Aber ich bin so stinksauer (Ich kenne dich doch gar nicht! Was willst du eigentlich von mir?), dass ich stattdessen die goldene Regel aller Geknechteten brechen und unbedingt meine große Klappe aufreißen muss.

»Bist du fertig? Weißt du, mir ist nämlich egal, was du denkst, deswegen kannst du mich genauso gut in Ruhe lassen und jemandem auf den Keks gehen, den der Scheiß interessiert, den du redest.« Das Ganze garniert mit einem gespielten Gähnen, um ihm deutlich zu machen, *wie sehr* mich sein Gefasel langweilt.

»Oooooooohhhh!«, johlt der Chor hinter ihm.

Seine bösartigen kleinen Augen funkeln. »Tja, der sollte dich aber interessieren«, ätzt er. »Der sogenannte Scheiß. Du siehst nämlich so kacke aus, dass einem davon schlecht werden kann. Buuuääääarrrg!« Er tut so, als würde er mir auf die Schuhe reihern. »Wenn man deine blöde Fresse jeden Tag sehen muss, kann man ja gar nicht anders als kotzen. Wetten, als deine Mum dich nach der Geburt das erste Mal gesehen hat, hat sie sich gewünscht, sie hätte abgetrieben?«

Bäm.

Das schockiert sogar seine Kumpels und mir fehlen ein paar Sekunden lang echt die Worte. Aber anstatt mich zurückzuhalten und zu gehen (was die vernünftige Wahl gewesen wäre), schaufele ich mir weiter mein eigenes Grab, suche einen Kranz aus, engagiere den Pfarrer und schreibe die Trauerrede (also jetzt metaphorisch gesprochen).

»Meine Fresse ist also zum Kotzen, ja?« Ich richte mich kerzengerade auf, um von möglichst weit oben auf ihn herabblicken zu können. »Und dabei dachte ich gar nicht, dass du die von da unten überhaupt sehen kannst. Ach ja, hast du die Werbung für dieses Shampoo gesehen, *Head and Shoulders*? Solltest du dir vielleicht mal besorgen, du Schneemann. Auf deinem Kopf sieht's ja aus wie im Himalaja.«

Ich deute fingerwackelnd fallenden Schnee an und die anderen lachen sich schlapp.

Sam beugt sich so dicht zu mir vor, dass ich seinen Mundgeruch riechen kann. Im Ernst, der Typ stinkt so dermaßen aus dem Maul, dass einem fast die Nase abfällt. Als hätte er sich gerade eine Dose Hundefutter reingezogen. Wie kann Molly nur mit so was rumknutschen? Würg. Und was findet sie überhaupt an ihm? Ja klar, angeblich wird er mal der Megafußballstar, aber trotzdem … Wi. Der. Lich.

»Du wirst dir noch wünschen, das hättest du nicht gesagt, Titte. Wir sprechen uns noch, du dürre Schlampe.«

In dem Moment setzt bei mir dieses untrügliche »Oh Scheiße«-Gefühl ein, dass er wirklich eine Stinkwut hat.

»Kann's kaum erwarten, du Kampfhamster«, gebe ich selbstbewusster als tatsächlich der Fall zurück und gehe, begleitet von Gekicher und »Kampfhamster«-Geflüster.

Als ich um die Ecke bin und mich keiner mehr sehen kann, sacke ich erst mal gegen die Mauer, Riesenmemme, die ich in Wahrheit bin. Und jetzt, Stunden später, kann ich nicht schlafen, das Ganze läuft immer wieder in meinem Kopf ab wie ein Horrorfilm. Mir ist so verdammt schlecht …

Du wirst dir noch wünschen, das hättest du nicht gesagt.

Tja, da hatte er jedenfalls recht.

Warum zum Teufel musste ich überhaupt meine blöde Schnauze aufreißen?

23. Februar

Ich denke nicht an gestern. Kein bisschen. Lalala. Ich halte mir die Ohren zu. Weigere mich, mir vorzustellen, was Sam wohl als Nächstes macht. Lalala. Ich konzentriere mich nur auf:

Meinen Bushaltestellen-Aktionsplan

Schritt 1

Bis zur letzten Sekunde hinter der Ecke warten
und erst dann zum Bus sprinten.

Schritt 2

Mich neben den Fahrer setzen / stellen.

Schritt 3

Alles Geld, das ich bei beiden Zeitungsrunden verdiene,
sparen, damit ich so schnell wie möglich
mein Fahrrad kriege.

Schritt 4

Immer positiv bleiben.

Schritt 5

Aufhören, Dads Morrissey-CDs rauf und runter zu hören
(siehe Schritt 4).

Mr Jagger hat sich mich schon wieder wegen dieser Talentshowsache gekrallt. Heute hatte er ein weißes Hemd an, das hinten aus der Hose gerutscht war und bei dem er die Ärmel hochgekrempelt hatte, sodass man seine braun gebrannten Unterarme bewundern konnte. Er sah fantastisch aus, klang betörend, roch *unglaublich.*

»Hör mal, ich erwarte ja gar nicht, dass du auf die Bühne

steigst, wenn das nicht dein Ding ist. Aber ich könnte so was wie eine persönliche Assistentin gebrauchen, allein schaffe ich das nämlich alles nicht. Jemand Vernünftigen, bei dem ich mich darauf verlassen kann, dass er gute Arbeit leistet, und da habe ich sofort an dich gedacht, Lara. Du wärst genau die Richtige.«

»Was müsste ich denn da alles machen?«, frage ich.

»Tja, die Anmeldungen entgegennehmen, Werbung machen, das Programm zusammenstellen, Tickets verkaufen, so was eben. Das könnten wir uns ja gemeinsam überlegen.«

»Okay«, sage ich, nur halb bei der Sache, weil ich unauffällig an ihm schnuppern muss.

Schnüffschnüff.

»Prima. Dann machen wir doch einen Termin für eine Besprechung fest. Brauchst du ein Taschentuch?«

Ich kann gerade noch »Nein danke« murmeln und rausrennen. *Ping*, schon bin ich krebsrot.

Oh Mann, jedes Mal, wenn ich mit ihm rede, mache ich mich komplett zum Vollhonk. Kann ich denn nicht einfach mal *normal* sein? Aber zumindest weiß ich jetzt, was er vorhat – nachdem er Mollys Läuse-Lästereien an der Bushaltestelle mitgekriegt hat, hat er wohl die Mission »Außenseiterintegration« gestartet. Vielleicht hatte er im Studium ja ein Seminar dazu: Einführung in die Freakologie.

Wie peinlich kann's noch werden?

Aaaaber … das Ganze hat natürlich auch eine positive Seite: Der Gedanke daran, zusätzliche Zeit mit ihm zu verbringen, erfüllt mich nicht gerade mit Entsetzen. Außerdem explodiert Molly sicher vor Neid, wenn sie rausfindet, dass er mich gefragt hat und nicht sie.

Strike!

Unterricht, Mittagessen, wieder Unterricht … schnarch. Chloes fabulöse Flitterfestivität war in den letzten paar Tagen so ziemlich das einzige Gesprächsthema in der 11 G. Ich kann überhaupt nicht beschreiben, wie FROH ich bin, dass ich da nicht eingeladen bin. Heute dreht sich alles um Selbstbräuner. Jetzt kommt aber, Leute! Wir haben Februar und das hier ist Huddersfield, wir *sollen* so bläulich aussehen – das liegt in unseren britischen Genen.

Aber damit will sich Molly »Orange ist das neue Kalkweiß« Hardy-Jones natürlich nicht zufriedengeben. Mum hat mir erzählt, dass ihre Familie ihre eigene Bräunungskabine in der Garage hat, sodass Molly und ihre werte Frau Mutter jeden Freitag in Papierhöschen schlüpfen und einander curryfarben ansprühen können.

Und dieses Mädchen findet *mich* komisch.

24. Februar

Hm, das war vielleicht mal ein komisches Gespräch mit Mum beim Abendessen.

Ich war gerade von Granny nach Hause gekommen und hab erzählt, wie sie über die »Gebisszerstörer« (so nennt sie Ingwerkekse) genörgelt hat, die ich ihr mitgebracht habe. Na ja, da sagt Mum auf jeden Fall: »Ach, da fällt mir was ein. Ich habe Mrs Hardy-Jones erzählt, wie lieb du dich um deine

Großmutter kümmerst, dass du für sie einkaufen gehst und mit ihr ihre Sendungen guckst. Und da hab ich mich gefragt: Molly ist doch so ein nettes Mädchen –«

Sie hält inne, während ich mich an meinem Fischstäbchen verschlucke und fast krepiere.

»Hast du in der Schule eigentlich viel mit ihr zu tun? In letzter Zeit erzählst du gar nichts mehr von deinen Freundinnen. Ich hab Chloe schon ewig nicht mehr gesehen.«

In mir läuft folgender Monolog ab: *Erstens habe ich keine Freundinnen, noch nicht mal mehr Chloe. Und zweitens ist Molly genauso wenig ein »nettes Mädchen«, wie Hitler ein »total lieber Schnuckel« war.*

»Sie fragt nämlich immer nach dir, wie es dir geht, was du so machst und so weiter.«

In meinem Kopf heult eine Sirene los. *WIIIUUUWIIIUUU! Achtung! Gefahr!*

»Was hast du ihr über mich erzählt?«

»Nicht viel. Nur dass du Karate machst und Zeitungen austrägst, wie sehr du deiner Großmutter hilfst, so was eben. Ist doch sehr nett und höflich von ihr, solches Interesse zu zeigen. Du könntest dir wirklich mal eine Scheibe von ihr abschneiden, weißt du, dich ein bisschen mehr auf deine Peergroup einlassen. Das ist einfach nicht norm… ich meine, nicht *gut* für dich, so oft allein zu sein.«

»Peergroup«?!

Gott steh uns bei, sie war wieder auf dieser Mütterseite. Kann sie damit bitte mal aufhören? Eine Loserin ohne Freunde zu sein, ist ja schon peinlich genug, auch ohne dass die eigene Mutter es einem noch ständig aufs Butterbrot schmiert.

»Ich weiß wirklich nicht, was wir im Moment ohne die

Hardy-Jones machen würden«, sagt sie und schließt damit diese Unterhaltung, die ich nie führen wollte, mit einer weiteren unerfreulichen Aussage. »Diese Putzstelle ist wirklich ein Geschenk des Himmels.«

Jetzt soll ich meiner orangeroten Erzfeindin auch noch dankbar sein? Der Gedanke schlägt mir derart auf den Magen, dass ich keinen Bissen vom Nachtisch runterkriege. Dabei gibt es Schokokuchen. Der geht dann wohl an Simon.

Chloes Party hat Mum nicht erwähnt, darum nehme ich an, dass Molly diesen speziellen Schlag ins Gesicht für sich behalten hat. Aber in der Schule reißt die Faszination für das Thema gar nicht mehr ab. Der Zeitplan, das Programm, die Location, die Klamotten, die Frisuren, die passenden Klorollen … (Ernsthaft. In Pink.) Und jetzt hat die ganze Klasse (minus meine Wenigkeit) geschlossen einen Termin bei FunkyFeet zur Fischpediküre gebucht. Fischpediküre! Oh Mann. Na, dann hoffe ich mal, ein Schwarm neuer Rekruten nagt ihnen die – haha – Flossen blank bis auf die Knochen. Bitte, bitte, lieber Poseidon, lass es geschehen.

26. Februar

Tadaaah! Ich erkläre den Bushaltestellen-Aktionsplan zum vollen Erfolg. Keine besonderen Vorkommnisse mehr außer ein paar kleineren Beschimpfungen, die sich aber mithilfe meiner Kopfhörer leicht ausblenden lassen. Na ja, und jetzt kann es nicht mehr lange dauern, bis ich den Insassen des Höllenbusses ein fröhliches »Auf Nimmerwiedersehen, ihr könnt mich alle mal« zurufen kann, weil ich Montagabend mit meiner neuen Zeitungsrunde anfange. Und da ich schon dreißig Pfund in meiner Spardose habe und Mum mir außerdem ihre Clubcard-Treuepunkte überlassen will (was echt nett von ihr ist, ich weiß nämlich genau, dass sie eine neue Bratpfanne braucht), sollte ich wohl bald genug für ein Fahrrad zusammenhaben.

UND JETZT SIND ERST MAL FERIEN!

PS: Habe übrigens rausgefunden, dass der Hund der Asisvonnebenan Beyoncé heißt. Kein Witz!

28. Februar

Oh Freude und Glückseligkeit! Und zwar neun wunderbare, pöbelfreie Tage lang. Na ja, zumindest, was die Schule angeht – Mum und Dad lassen ihre unterirdische Laune weiter an mir aus. Leider hat das Ganze die traurige Begleiterscheinung, dass ich den göttlichen Mr Jagger ebenfalls tagelang nicht zu Gesicht bekomme, was bedeutet, mein Ferienkuchen ist bloß ein altbackener Biskuit ohne Glasur.

Schluchz.

Was ist sonst noch so los? Heute Abend hat Simon mal wieder fleißig Krümel auf dem Teppich ausgesät, und das nur

Nanosekunden, nachdem ich die Diele gesaugt hatte. Aber als ich ihm deswegen (ja wohl völlig berechtigterweise) eine gelangt habe, hab natürlich *ich* Ärger gekriegt! Ich hab drauf hingewiesen, dass das ein ziemlich schwerer Justizirrtum ist, aber Dad hat einfach mitten in seiner Tirade den Mund zugeklappt und ist kopfschüttelnd weggegangen.

Als Mum nach Hause gekommen ist, hab ich versucht, ihr zu erzählen, was passiert ist, aber ich bin nicht weiter als »Mum, Simon hat …« gekommen, bevor sie mich unterbrochen hat.

»Kein Interesse, Lara.«

»Das ist total unfair!«

»Tja, das Leben ist nun mal nicht fair. Ich muss mir schon um genug andere Sachen Sorgen machen, ohne dass ihr zwei euch ständig an die Gurgel geht. Tragt das untereinander aus.«

Wenigstens kommt bald Emma. Endlich jemand, der mich nicht behandelt, als wäre ich eine fette Nacktschnecke im Garten Eden.

Ach ja, Mum, das nächste Mal, wenn dir wieder wegen ein paar Chipskrümeln auf der Treppe die Hutschnur platzt, denk einfach dran:

DAS. LEBEN. IST. NICHT. FAIR .

2. März

In meinem Kopf tobt eine epische Schlacht, ausgelöst durch eine SMS von Chloe:

Hi, Lara! Lust auf einen Kaffee morgen Nachmittag bei Costa? LG

Stolz: Lass dich doch nicht so billig abspeisen. Sie hat bloß ein schlechtes Gewissen, weil sie dich nicht zu ihrer Party eingeladen hat.

Langeweile: Aber ich hab so die Schnauze voll davon, hier zu Hause rumzuhocken.

Stolz: Dann geh halt in die Bücherei.

Optimismus: Aber was, wenn sie wieder Kontakt mit mir haben will?

Hmmm, was tun, was tun?

Kein Geld; nirgends, wo ich hinkann; keine Lust auf Fernsehen; nicht in Stimmung, was für die Schule zu tun; dasselbe gilt fürs Laufengehen. Das Einzige, was ich heute unternommen habe, ist, mit Paddington Gassi zu gehen, damit sie kleinen Kindern hinterherjagen und sie zum Heulen bringen konnte. (Hey, das war ihre Idee, nicht meine.) Dafür durfte ich mich den ganzen Nachmittag bei finster dreinblickenden Eltern entschuldigen.

Und dann, als wir nach Hause gekommen sind, hat Beyoncé mal wieder eine seiner Liebesattacken gestartet und sich auf uns gestürzt wie ein durchgeknallter Mopp auf Rollen. Ich hab die Asisvonnebenan (ganz höflich) gebeten, ihn zurückzupfeifen, aber die haben nur »arrogante Zicke« über den Zaun gerufen und die Musik lauter gedreht.

Die arme Paddington war ganz fertig. Schließlich habe ich

Beyoncé mit dem Besen von ihr runtergeschoben, woraufhin er angefangen hat, *den* zu besteigen. War wirklich schwer zu sagen, wo der eine aufhörte und der andere anfing. Das viele Gekläff hat Dad vor die Tür gelockt, der sich prompt ein Meckerduell mit den Nachbarn liefern musste:

Dad: Zum letzten Mal, halten Sie Ihren verdammten Köter aus unserem Garten fern!

Asisvonnebenan: *Unanständiges Wort* dich, du *unanständiges Wort unanständiges Wort.* Unser Beyoncé kann *unanständiges Wort* noch mal tun, was er will, *unanständiges Wort.*

Dad: Salve von *unanständigen Wörtern.*

Miterleben zu dürfen, wie Dad diesen Leuten die Meinung geigt, war der Höhepunkt meines Tages. Aber offenbar nicht seines, demnach zu schließen, wie er im Anschluss Simons Schneemann umgetreten hat. Insgesamt war es vielleicht doch nicht so klasse, wenn man drüber nachdenkt.

Ich glaube, ich schreibe Chloe ein Ja zurück. Vielleicht hat sie ja endlich gemerkt, was Molly für eine Vollidiotin ist. Wäre jedenfalls super, wenn sie von der Pinken Seite der Macht zurückkehren würde.

Aber selbst wenn sie sich bei mir entschuldigt und mich anfleht, bei ihrer Kotztussi-Veranstaltung aufzuschlagen – DA GEHE ICH AUF KEINEN FALL HIN.

3. März

Als ich ankomme, hockt Chloe in der hinterletzten Ecke des Cafés und löffelt den Milchschaum von ihrem Cappuccino.

»Hi!«, sage ich und ziehe meine Handschuhe aus. »Bist du schon lange hier?«

»Nur fünf Minuten, der Bus war echt überpünktlich. Ganz schön kalt draußen, was?«

Ich wickele mich aus meinem Schal. »Eisig.« Dann deute ich Richtung Theke. »Brauchst du noch irgendwas?«

Sie schüttelt den Kopf.

Seit wann unterhalten Chloe und ich uns übers Wetter?

Ich kann mich nicht entscheiden, ob ich zu meiner heißen Schokolade ein Mandelteilchen oder eine Zimtschnecke will. Beides sieht sehr verlockend aus, aber am Ende gewinnt … ein Himbeermuffin.

»Das macht dann fünf siebzig«, sagt der Barista.

Fünf Pfund siebzig!!!!

Beinahe lasse ich mein Tablett fallen. Davon könnte Mum eine komplette Mahlzeit für uns vier kochen und es bliebe am Ende noch Geld über.

»Wie läuft's denn so?«, fragt Chloe, nachdem ich mich hingesetzt habe.

Tja, wo soll ich da anfangen …?

»Ganz gut, danke. Und bei dir?«

»Nicht schlecht. Wie immer.«

Um uns brummen die Gespräche im vollbesetzten Café, während wir beide in unseren Tassen rühren.

»Und was hältst …«

»Was hast …«

Ich muss lachen. »'tschuldige. Du zuerst.«

»Ich wollte nur fragen, was du von dieser Talentshowgeschichte in der Schule hältst. Machst du da mit?«

Mein Stolz gewinnt die Oberhand und ich kann nicht widerstehen. »Nein, also nicht als Bewerberin. Aber Mr Jagger hat mich gebeten, ihm bei der Organisation zu helfen. Werbung und so.«

»Ehrlich?«, fragt sie. »Das ist doch super.«

Ich grinse. »Ich weiß. Ich kann's noch gar nicht fassen, dass er mich gefragt hat. Aber noch hab ich mich nicht entschieden. Bin mir nicht ganz sicher, ob das wirklich mein Fall ist.«

»Ach, jetzt komm aber, du willst die Chance sausen lassen, was mit Mr Jagger zu machen? Hast du sie nicht mehr alle?«

Ich kuschele mich tiefer in meinen Sessel. Ist fast ein bisschen wie früher, so dazusitzen und über Jungs zu tratschen. »Ich weiß nicht. Ach, na ja, vielleicht mach ich's ja wirklich. Und du? Willst du dich anmelden?«

Chloe guckt runter in ihre halb leere Tasse. »Molly will, dass wir als Girlband antreten, aber ich glaub nicht, dass ich mir das geben kann. Ich hasse so was. Abgesehen davon, dass keine von uns singen kann.«

»Dann lass es«, erwidere ich. »Du musst doch nicht immer machen, was sie sagt.«

Kurze Pause, während Chloe an ihrer Unterlippe nagt. »Auf jeden Fall«, sagt sie schließlich, »solltest du Mr Jagger helfen. Molly wird allerdings ziemlich stinkig sein, dass er nicht sie gefragt hat, das ist dir klar, oder?«

»Hmm, das ist natürlich ein Argument …«, sage ich.

Chloe kichert und beugt sich vor. »Sie ist echt total besessen von ihm, weißt du. Wenn …« Sie hält inne und lehnt sich zurück.

»Was?«

»Versprichst du mir, es nicht weiterzuerzählen?«

»Versprochen.«

»Also, sie hat gesagt, wenn sie es mit Sam macht, stellt sie sich immer vor, er wäre Mr Jagger.«

Mr Jagger?! »Wow, da muss sie aber eine ganz schön lebhafte Fantasie haben.«

»Aber ehrlich. Sam schwärmt sie natürlich immer vor, wie scharf sie ihn findet, aber wenn er mal nicht da ist, beschwert sie sich am laufenden Band, dass sie nur noch flache Schuhe tragen kann. Er hat getobt, als du ihn vor versammelter Mannschaft ›Kampfhamster‹ genannt hast. Davon fängt er andauernd wieder an.«

Ich setze mich gerade auf. Dass Chloe hier so über Molly ablästert, ist doch ein vielversprechender Anfang. »Mir doch egal. Das hatte er verdient – und warum ist sie überhaupt mit ihm zusammen, wenn sie nicht auf ihn steht?«, frage ich. »Sie kann doch jeden Typen haben, den sie will.«

Chloe zuckt mit den Schultern. »Ich kapier's auch nicht. Wenn du mich fragst, ist der Kerl ein kompletter Oberpfosten. Aber sie ist nun mal total beeindruckt, dass er für die Jugendmannschaft ausgewählt worden ist. Und sie faselt andauernd davon, dass er bald irgendein Probetraining für die U-21-Nationalelf hat. Du kennst doch Molly, ihr absoluter Lebenstraum ist es, Spielerfrau zu werden. Eigentlich bin ich gerade echt sauer auf sie, weil sie seine bescheuerten Teamkollegen einfach zu meinem Geburtstag eingeladen hat.«

Womit wir plötzlich mitten im heißen »Du bist nicht eingeladen«-Brei hocken, um den wir mit unserem Small Talk bislang herumgeredet haben. Chloe läuft leicht pinkfarben an und ich nippe verlegen an meiner Schokolade. (Die Tasse ist zwar schon leer, aber ich weiß nicht, wie ich dieses Schweigen sonst überbrücken soll.) Danach unterhalten wir uns noch ein bisschen oberflächlich über dies und das, bis ihr Handy piepst.

»Das ist Mikaela«, sagt sie, nachdem sie die SMS gelesen hat, und klingt geradezu erleichtert. »Sie warten schon auf mich. Ich geh dann wohl mal besser.«

Ja, lauf, kleines Schoßhündchen, lauf!

Wir verabschieden uns und sie zieht los. Ich hoffe allerdings, das hier war mehr als nur ein halbstündiger Waffenstillstand – ich hab heute einen Funken der alten Chloe in ihr gesehen, gerade noch zu erkennen unter der Tarnung als Molly-Klon. Das war echt superschön.

Und: dreimal yeah! Morgen kommt Emma.

6. März

In den letzten Tagen hatte ich keine Zeit zum Schreiben, weil Emma ja hier war und wir so einen Riesenspaß zusammen hatten, dass die Ferien nur so vorbeigesaust sind. Wir sind shoppen gegangen (gut, ich hab's beim Schaufenstergucken belassen), ins Kino, Kaffee trinken, aber hauptsächlich haben wir geredet, geredet, geredet. Und jetzt bin ich deprimiert, weil sie wieder weg ist und ich morgen wieder zurück in die Höllenschule muss. Ich hoffe, Mr Jagger weiß die *stundenlange* Arbeit zu schätzen, die ich in meinen *Romeo und Julia*-Aufsatz gesteckt habe. Und dass er sich ein Wochenende freigehalten hat, um alle zwölf fantastischen Seiten davon zu lesen. Wehe, er ist nicht beeindruckt.

Und ganz wie die tragische, liebeskranke Heldin des 21. Jahrhunderts, die ich nun mal bin, hab ich sein Profilfoto bei Facebook rauskopiert und zu meinem Desktophintergrund gemacht. (Hey, wenn die Technik damals schon ein bisschen weiter gewesen wäre, hätte Julia ja wohl definitiv einen Romeo-Bildschirmschoner gehabt, oder?) Darauf steht er an Deck einer Jacht (Eines Boots? Schiffs? Egal. Was ich über Nautik weiß, würde auf eine Garnele passen.), hinter ihm das offene Meer. Die schönen Augen hat er in der Sonne etwas zusammengekniffen, seine Haare sehen ein bisschen länger und zerzauster aus und er trägt eine abgeschnittene Jeans.

O-Ton Emma: »Im Ernst jetzt? *Das* ist dein neuer Englischlehrer? Oh Mann, der Typ sieht ja aus wie ein junger Gott.«

»Absolut, und noch dazu ist er total nett«, antworte ich. »Einfach ein supertoller Mensch. Irre lustig und interessant. Und so lieb. Wahnsinnig lieb.«

Woraufhin Emma grinst und mich gleich darauf prüfend beäugt. »Du stehst auf ihn.«

»Quatsch, so ein Blödsinn!«

»Lara plus Ben, verliebt, verlobt, verhei…«

»Klappe!«, rufe ich, vielleicht ein bisschen zu vehement. »Ich finde einfach, er ist ein großartiger Lehrer, das ist alles.«

»Okay, okay«, lenkt sie ein, wackelt aber dabei mit den Augenbrauen, als wollte sie sagen: *Die Facebook-Stalkerin, wie mich dünkt, gelobt zu viel.* Und obwohl sie danach den Mund hält, kann ich regelrecht sehen, wie sie denkt: Du durchgeknallte Cyberstalkerin.

Dann wechselt sie das Thema und betont, wie großartig sich das mit der Talentshow in einer Bewerbung machen wird, wenn ich mich mal um einen richtigen Job bemühe. Sie will auch, dass ich ihr verspreche, mit jemandem in der Schule über die ganze Molly/Sam-Geschichte zu reden, und ich verspreche ihr, dass ich das mache, wenn es schlimmer wird. Vielleicht. Und außerdem ist sie sicher, dass Chloe bald die Nase voll hat von »dieser Blödbirne Molly« und wir wieder Freundinnen werden. Ach, Em ist einfach ein Schatz, sie schafft es immer, mich aufzuheitern.

Typisch. Das einzige Familienmitglied, mit dem ich vernünftig reden kann, musste natürlich Millionen Meilen weit wegziehen. Und wenn sie dann mal hier ist, macht es das irgendwie nur schlimmer, weil es mir erst richtig vor Augen führt, wie einsam ich sonst bin.

Klar haben wir Skype, aber das ist einfach nicht dasselbe wie ein echtes Treffen. Wenn Emma hier wohnen würde, wäre mein Leben absolut erträglich, selbst wenn wir wie vorher auf unterschiedliche Schulen gehen würden. Mit Molly und ihrer Gang käme ich ja klar, wenn ich nur außerhalb der Schule eine Freundin hätte.

Mum und Dad beißen sich bestimmt in den Hintern dafür, dass sie nicht mit umgezogen sind, wie Onkel Andy es damals vorgeschlagen hat. Hier im finstersten Düsterhausen ist die Nachfrage nach Solarkollektoren natürlich nicht so riesig, aber in Little Dunmow rennen ihm die Leute die Türen ein.

Aber nein, es musste ja unbedingt ein OPFER gebracht werden, damit Lara auf ihrer Schule bleiben kann.

Tja, ich hatte mit Em jedenfalls so viel Spaß wie schon lange nicht mehr. Sogar ein paar von ihren alten Klamotten hat sie mir mitgebracht, darunter ein längerer Rock für die Schule, in dem mich der Wind nicht aus allen Löchern pfeifen lässt. Juhu! Sie bekommt bei Topshop einen Mitarbeiterrabatt und hat gesagt, sie guckt immer mal, ob was für mich dabei ist, also finden ab sofort wohl wenigstens ein paar Klamotten den Weg in meinen Kleiderschrank, in denen ich mich nicht totschämen muss.

Shopping auf Tittle-Art (eigentlich schon ein Widerspruch in sich) bedeutet nämlich im Moment, dass Mum jeden Fetzen, der mit »Sale« markiert ist, in den Einkaufswagen schmeißt: Na, wie wär's, Interesse an einem Halterneck-Top aus Polyester mit schickem Folkloremuster? Nein? Ach, komisch, ich auch nicht. Es hat schon seinen Grund, warum Sachen im Ausverkauf landen, Mum, und zwar den, dass niemand im Vollbesitz seiner geistigen Kräfte sie kaufen wollte.

Jedenfalls musste Em wieder nach Hause, weil auch für sie die Schule wieder anfängt. Und ich bin allein.

7. März

Wer hat mit wem rumgeknutscht, was angehabt, sich mit wem zerstritten … die Stretchlimo, die Chloes Dad gemietet hat, die abgefahrene Location, der fantastischste Abend, den die Welt seit Anbeginn der Zeit gesehen hat und so weiter und verdammt noch mal so fort. Jawohl, die Schule hat wieder angefangen und alles holt sich kollektiv einen auf diese blöde Party runter.

Gähn. Die Einzige, die das Spektakel nicht hautnah miterleben durfte, bin ich, und das Ganze lässt mich dermaßen kalt, dass ich den ganzen Tag auf Planet Scheißegal rumgehangen habe. Pffft, warum sollte ich auch was darüber hören wollen? Der Quatsch entspricht ziemlich genau meiner Vorstellung von einer Nacht im Hades. Ein bisschen enttäuscht bin ich höchstens darüber, dass die Pedikürenfische sich nicht auf das Menschensushi gestürzt haben, aber ich kann auch nicht behaupten, dass mich das überrascht: Selbst ein Piranha würde wohl angesichts von Mollys Ekelmauken die Kinnlade dichtmachen. Aber ob nun Verräterin oder nicht, irgendwie freut es mich ja schon für Chloe, dass alles gut gelaufen ist. *Sehr* gut, um genau zu sein: Wie man hört, hat sie mit Rob, Sams bestem Fußballkumpel, rumgemacht. Anscheinend waren die Partycrasher doch nicht ganz so unwillkommen.

In der letzten Stunde heute stand Erdkunde bei Mrs Muirhouse an, dieser alten Hexe, die nicht nur bösartig ist, sondern dabei auch eine absolute Schlaftablette. Wenn die Frau den Mund aufmacht, klappen einundzwanzig Paar Ohren zu. Vom Klassenzimmer ins Koma in gerade mal drei Sekunden. Aber wenigstens sorgt Mikaela mit einem weiteren Dumpfbackenklassiker für Unterhaltung. »War Frühling noch mal das, was vor dem Sommer kommt, Mrs Muirhouse?«

Das ist natürlich ein gefundenes Fressen für Monster-Muirhouse: »Mikaela Walker, ich traue meinen Ohren nicht. Sag mal, wurdest du eigentlich von Wölfen aufgezogen … hinterm Mond … in einer *Seifenblase*?«

Ich muss loslachen, ich kann einfach nicht anders. Oh-oh, böse Lara. Molly straft mich natürlich prompt mit ihrem Todesblick und ich kann ihre biestigen Schweinchenaugen den ganzen Rest der Stunde wie zwei Laser auf mir spüren.

Abends hab ich Granny noch die saubere Wäsche vorbeigebracht. Als ich reinkam, hing sie sabbernd in ihrem Sessel, die Brille auf Halbmast. Ich hatte schon halb die Notrufnummer gewählt, als mir die (leere) Ginflasche auf dem Boden auffiel. Also hab ich die Wäschetasche abgestellt, ihr die Zähne rausgenommen und bin zu Karate gegangen.

PS: Mr Jagger ist bis morgen auf einer Fortbildung, darum konnte ich nicht mal meinen Aufsatz abgeben. Hrrmpf.

8. März

Oh Gott, Mr J., wo sind Sie, wenn man Sie WIRKLICH mal braucht?

Ich hatte nicht den Hauch einer Chance.

Heute um vier haben sie mich direkt hinter dem Schultor

abgefangen, wodurch mein Bushaltestellen-Aktionsplan natürlich komplett über den Haufen war. Molly stellt sich mir in den Weg, ihr Gesicht ist zu einer wütenden Fratze verzerrt.

»Warum hast du gestern über Mikki gelacht?«

»Hab ich gar nicht. Ich hab über das gelacht, was Mrs Muirhouse gesagt hat, nicht über Mikaela.«

»Ja, klar«, höhnt sie. »Du kannst es dir nicht leisten, über irgendwen zu lachen, kapiert? Guck dich doch mal an!«

»Genau«, fällt Mikaela ein. »Du findest dich ja so toll, dabei weiß jeder, dass du der totale Freak bist.«

»Von mir aus.« Ich will meine Ohrhörer einstöpseln, aber Molly hält mich am Pulli fest, sodass der Kragen mir die Kehle einschnürt. »Hey! Lass mich los!«

Sie lacht und zieht noch fester.

Chloe zupft an Mollys Arm. »Ach komm, Molly. Lass sie in Ruhe.«

»Du hast doch gehört, was gestern mit Mikki war, Chloe. Titte hat sie vor der ganzen Klasse blamiert. Du willst doch wohl nicht zulassen, dass sie so mit *deiner Freundin* umgeht, oder?«

Die Worte »deiner Freundin« spricht sie ganz langsam und überdeutlich aus und Chloe windet sich unbehaglich.

»Ach, na ja, das war doch bestimmt nur ein Scherz. Ich will bloß nicht, dass uns einer sieht, das ist alles …« Dann dreht sie sich um und geht.

Mollys Griff lockert sich ein wenig. Ich wittere meine Chance und versuche wegzurennen.

»Nix da!« Bis jetzt hat Sam sich im Hintergrund gehalten. Ich weiche seiner ausgestreckten Hand aus und er verheddert sich im Kabel meiner Ohrhörer und reißt sie mir runter.

Noch einmal beherzt gezogen und, *knirsch!*, landet mein iPod unter seiner Schuhsohle. Eine Sekunde lang herrscht Schweigen, während alle vor sich hin glotzen.

»Ups, wie ungeschickt von mir«, sagt er grinsend.

»Geschieht dir recht«, erklärt Molly mit hocherhobenem Kinn.

Ich starre entsetzt zu Boden, als Sam den Fuß hebt und das zersplitterte Display, die zerquetschten Ohrhörer zum Vorschein kommen. Molly reißt mich zurück und kickt die Bruchstücke in den Rinnstein, wo sie glitzernd in einem Bett aus Staub und totem Laub liegen bleiben.

»Jetzt REICHT'S! Das erzähle ich Mr Jagger. Der iPod war ein Geschenk!«

»Das traust du dich nie im Leben!«, sagt Mikaela, aber unter ihrer gespielten Forschheit klingt sie ziemlich nervös.

»Und ob. Gleich morgen früh.«

»Das lässt du schön bleiben«, faucht Molly. »Du sagst kein Wort über Sam oder Mikaela oder irgendwen, ist das klar, Titte? Sonst behaupte ich nämlich, deine Mum hätte was aus meinem Zimmer geklaut, kappiert? Und dann ruft mein Dad die Polizei, und wenn sie aktenkundig ist, kriegt sie nie wieder einen Job.«

»Das kannst du nicht machen«, sage ich.

»Tja, lass es ruhig drauf ankommen.«

Ich sehe nach unten auf meinen zerstörten iPod und ihre Worte dringen langsam zu mir durch. *Mum. Polizei. Nie wieder einen Job.* Sam und Mikaela beobachten mich über Mollys Schulter hinweg, während Chloe, die ein Stückchen weiter stehen geblieben ist, plötzlich fasziniert von ihren Schuhen zu sein scheint.

»Und wehe, du lachst noch mal über mich, Miststück«, fügt Mikaela hinzu.

Was soll ich machen? Ich nicke missmutig. Für sie ist es vielleicht nur ein läppischer Putzjob, aber für meine Familie ist es der rettende Anker.

Aber Molly will das Messer unbedingt noch mal in der Wunde umdrehen.

»Sag: Ich bin eine Loserin.«

»Nein!«

Molly greift in ihre Jackentasche. »Soll ich meinen Dad anrufen?«

Also hab ich es gesagt. Und langsam fürchte ich, sie hat gar nicht so unrecht damit.

9. März

Ich hab's mit Lesen versucht, Fernsehen. Internet, Zeichnen. Ich war sogar eine ganze Stunde mit dem Hund draußen. Aber es hilft alles nicht; mir spukt ununterbrochen durch den Kopf, was Molly über Mums Job gesagt hat. Ich darf gar nicht daran denken, was passiert, wenn sie den verliert, das Einzige, was uns noch über Wasser hält. Beim Gedanken daran, dass die Finanzen meiner Familie von Molly Hardy-Miststücks Fähigkeit abhängt, ihre blöde Schnauze zu halten, falten sich mir die Eingeweide origamiartig zusammen.

Von Chloe hab ich eine SMS bekommen: *Alles okay?*

Ich hab direkt zurückgeschrieben: *Danke. Warst echt ne große Hilfe.*

Tja, Überraschung: Auf die Antwort warte ich immer noch.

Ironischerweise tut Mikaela mir echt leid. Ich weiß selbst, wie mies es ist, wenn man vor aller Augen gedemütigt wird. Aber ich habe wirklich über Mrs Muirhouse gelacht und nicht über Mikaela. Und klar, Mrs Muirhouse mag so bösartig sein wie eine tollwütige Füchsin mit PMS, aber ihr Spruch war einfach lustig.

Ich war kurz davor, Mum von dem Ganzen zu erzählen, aber seit sie ihr Exil in der Republik Trostlosistan angetreten hat, gibt es bei uns eigentlich nur noch zwei Extreme der Interaktion: eisiges Schweigen oder wütendes Gebrüll. Für sie läuft es schon übel genug, ohne dass ich auch noch Ärger mit Mollys Familie anzettele.

Ich höre sie fast jeden Abend mit Dad streiten, zwar flüsternd, aber so laut, dass sie sich das auch gleich sparen könnten. Es geht immer um dasselbe Thema: Geld oder, besser gesagt, dessen Nichtvorhandensein. Und jetzt kann ich nicht mal mehr meinen iPod einschalten, wenn sie wieder loslegen. Blöder Mist.

Heute habe ich einen absoluten Tiefpunkt erreicht. Normalerweise bemühe ich mich so, das Glas halb voll zu sehen, dass ich das meiste irgendwie durchstehe. Aber jetzt bin ich am Boden zerstört, dass er weg ist, mein Schutzschild gegen die ganze Scheiße, die im Bus und zu Hause auf mich zugeflogen kommt. Mein iPod.

Sam Short, du Arschloch. Deine Eltern sind so reich, dass sie sich wahrscheinlich mit Zehnpfundscheinen die Nase putzen, deswegen ist die Sache für dich nicht der Rede wert. Aber ich hab ungefähr so große Chancen auf einen neuen iPod wie du darauf, Mr Universum zu werden. Und du, Molly, bist heute echt zu weit gegangen. Mit den Beschimpfungen kann ich ja noch leben – Stock und Stein brechen mein Gebein und so weiter. Aber meiner Mum mit der Polizei zu drohen und das einzige Einkommen meiner Familie aufs Spiel zu setzen? Das ist echt ein ganz neues Superschurkenniveau.

Ist ja prima, wenn ein Pärchen gemeinsame Interessen hat und so. Aber was mir echt Schauder über den Rücken jagt, ist der Verdacht, dass S & M das Foltern von Lara Tittle zu ihrem neuen Hobby auserkoren haben. So schlimm wie jetzt ist es mit Molly nämlich noch nie gewesen; ein paar blöde Sprüche und das war's, keine körperlichen Angriffe. Nicht angenehm, aber man konnte damit klarkommen. Mittlerweile bin ich mir da nicht mehr so sicher. Mir kommt es vor, als wäre Sam bei Molly auf die Hauptader der Boshaftigkeit gestoßen.

Und jetzt habe ich absolut keine Ahnung, was ich machen soll.

Warum geht es am Ende immer nur um Geld? Es scheint, als würde alles bloß drauf hinauslaufen, wie viel (oder wenig) deine Eltern davon haben.

Eins der Dinge, die mir durch diese dunklen Zeiten helfen, ist der Gedanke, es gäbe ein Licht am Ende des Tunnels, das mich eines Tages von meinem Loserleben wegführen würde. Das große Licht namens »Universität«. Schöne Vorstellung: Mit einem Uniabschluss in der Tasche könnte ich einen guten Job ergattern und meinen Eltern ein bisschen unter die Arme greifen. Ihnen ein paar von den Sachen ermöglichen, die sie für mich aufgegeben haben.

Ha. Studieren kostet ja heute schon ein Vermögen, tausend

Pfund am Tag oder so, wie teuer wird es dann erst sein, wenn ich mal so weit bin? Wetten, sogar Mikaela wird irgendwo angenommen, wenn ihre Eltern ein paar Fünfziger in ihre Bewerbung stecken?

Während meine Leute, wenn es so weitergeht, nicht mal genug Kohle für die Briefmarke haben werden.

11. März

Ich versuche ja, alles so positiv wie möglich zu sehen, aber es ist echt nicht leicht. Solange ich ihnen aus dem Weg gehe, wird es aber hoffentlich nicht schlimmer.

Also, jetzt habe ich dem zauberhaften Mr J. doch meine Dienste angeboten und gesagt, ich würde mich freuen, ihm bei der Talentshow zu helfen, egal, wie viel zu tun ist. Umso mehr, wenn mir diese Strategie ein Versteck vor Molly bietet, bis die sich wieder beruhigt hat (Letzteres hab ich ihm natürlich nicht gesagt). Zur Belohnung hat er sein Strahlelächeln angeknipst (hach).

»Das ist toll, Lara, vielen Dank.«

»Gern. Wann soll ich anfangen?«

Er lacht. Ich liebe dieses Lachen. »Großartig, genau das wollte ich hören, prima, dein Enthusiasmus. Okay, als Erstes solltest du dir vielleicht ein paar Videos von Talentshows auf YouTube ansehen. Ihr habt doch sicher Internet zu Hause, oder?«

»Ja, Sir.«

»Perfekt! Achte mal darauf, wie diese Veranstaltungen aufgebaut sind, mach dir ein paar Gedanken dazu und dann kannst du mir deine Ideen präsentieren. Das wäre doch ein guter Anfang.«

Mit der Arbeit für die Show und meiner Fahrrad-statt-Bus-Politik sollte ich hoffentlich bald so weit aus der Schusslinie sein, dass sie sich jemand anderen suchen, auf dem sie rumhacken können.

Bin immer noch total fertig wegen der Sache mit dem iPod.

12. März

Okay, wenigstens kann ich den heutigen Eintrag mit einer positiven Nachricht *anfangen*: Mr Jagger fand meinen *Romeo und Julia*-Aufsatz toll. Angeblich hatte der schon fast »Universitätsniveau« und hat ihn dazu bewegt, seine »eigene Interpretation einiger Aspekte des Stücks noch mal zu überdenken«. Ich hab eine Eins plus kassiert. Nicht schlecht, was? Wusste ich's doch, dass es die Mühe wert sein würde.

Leider wurde dieser kleine Hoffnungsfunken kurz darauf gelöscht, ach was, ausge*pinkelt*. Spulen wir also vor bis auf vier Uhr, und, *zack*, wird mein bis dahin guter Tag in einem Strudel aus unvorhersehbarer Gemeinheit das Klo runtergespült, weil Molly genau weiß, dass sie mich in der Hand hat und ich NICHTS dagegen tun kann.

Auf dem Weg zur Haltestelle umzingelt mich eine Gruppe von Höllenbus-Boys und drängt mich um die Ecke auf den Kirchhof, schön abgelegen von der Straße und den anderen, die auf den Bus warten. (Ganz zu schweigen von irgendwelchen Lehrern, die nach Nerds in Nöten Ausschau halten könnten.) Wie es aussieht, hat es Sam noch nicht gereicht, dass er meinen iPod kaputt gemacht hat. Er zieht mit dem Fuß eine Linie in den Schnee, während Mikaela und Molly mit meiner Tasche Fußball spielen. Als Nächstes kommandiert er zwei seiner Schergen dazu ab, mich festzuhalten, während er und drei andere grinsende Idioten vor mir Aufstellung nehmen. Dann spucken sie mir der Reihe nach ins Gesicht. Ja, genau.

Vier Jungs haben mich ANGESPUCKT.

Natürlich winde ich mich hin und her wie blöd und versuche, mich loszureißen, aber sie sind viel zu stark für mich. Sam, der Giftzwerg, filmt das Ganze mit seinem Handy, und als sie endlich mit ihrer Rotzrunde fertig sind, kommt er noch mal zu mir rüberstolziert.

»Hab dir doch gesagt, dass dir dein Spruch noch mal leidtun wird, du rothaarige Schlampe«, knurrt er mir direkt ins Ohr. Dann schubst mich einer der Typen, die mich festgehalten haben, zu Boden.

Irgendwann kam der Bus, aber ich hab's einfach nicht über mich gebracht einzusteigen und lieber den Bummelbus genommen, der über sämtliche Dörfer fährt. Fast eine Stunde, zusätzlich zu der halben, die ich am Bahnhof warten musste. Danach musste ich direkt bei Mr Patel vorbei, um die Zeitungen für meine Runde abzuholen, weswegen dann Mum stinkig war, weil ich versprochen hatte, Granny Abendessen zu machen. Außerdem durfte ich erst mal meinen schleimverklebten Blazer im Waschbecken auswaschen. Bis morgen früh ist meine Schuluniform nie im Leben trocken, was bedeutet, dass ich wohl in feuchten Klamotten losmuss.

Tja, was soll ich sagen, manchmal verliert man und manchmal gewinnen die anderen: Ich kann es nicht Mr J. oder einem der anderen Lehrer erzählen, weil die sofort Mum und Dad anrufen würden, und das wäre ja wohl der Super-GAU. Mum könnte nicht mehr weiter für die Hardy-Jones arbeiten, denn ich kann ja nicht bloß Sam verpfeifen und Mollys Rolle bei dem Ganzen unerwähnt lassen. Und dann ist da natürlich noch das nicht ganz unwichtige Detail, dass Molly sich von jetzt auf gleich entschließen könnte, Mum die Polizei auf den Hals zu hetzen, nur um mir einen Denkzettel zu verpassen.

Diese Putzstelle ist wirklich ein Geschenk des Himmels, hat sie doch gesagt.

Und jetzt ist sie so kurz davor, sie zu verlieren, und es ist alles meine Schuld.

Ich doofe, doofe, doofe Nuss. Wenn ich gelenkig genug wäre, würde ich mir jetzt selbst einen Arschtritt verpassen. Wieso musste ich Sam auch diesen Spruch reindrücken? Er hat mich *die Definition von hässlich genannt*, na und? Ich hätte es einfach ignorieren sollen. Aber nein, ich musste ja meine große Klappe aufreißen und ihm irgendwelche Kindergartenbeleidigungen um die Ohren hauen.

Ich bin so eine Vollidiotin.

Wann lerne ich endlich, dass ich mich auf die Art immer nur noch tiefer in die Scheiße reite?

13. März

Eigentlich wollte ich heute gar nichts schreiben, dafür fühle ich mich viel zu mies. Aber da das mit dem Schlafen eh nicht klappt, kann ich den ganzen Müll auch genauso gut loswerden. Aber wo soll ich anfangen?

Bei der Busfahrt heute Morgen?

Okay, ich stehe also da und friere mir in meiner immer noch klitschnassen Schuluniform den Arsch ab. Als ich hochgucke, sehe ich, dass absolut jeder, der im Besitz eines Handys ist, sich Sams Horrorstreifen reinzieht. Und ich kann noch nicht mal Musik hören (Ruhe in Frieden, geliebter iPod), sondern muss mir die ganze endlose Fahrt über ihre dämlichen Kommentare geben, während Sam mich höhnisch angrinst.

Als der Bus endlich an der Schule hält, fahre ich die Ellbogen aus und pflüge mit gesenktem Kopf durch das gesamte gackernde Pack, dicht gefolgt von Molly und Mikaela. Ich renne auf die Toilette und schließe mich in einer Kabine ein, aber das Alphabiest ist mir immer noch auf den Fersen und hämmert gegen die Tür.

»Komm raus und erzähl uns was, Titte.«

»Ha, scheinst dich ja richtig wohlzufühlen auf dem Klo. Wie die Putze, so die Tochter, was?«, kräht Mikaela. Mein Gott, wie beschränkt kann man eigentlich sein?

»Na los, Titte«, sagt Molly und späht unter der Tür durch. »Was hast du denn jetzt vor? Willst du vielleicht den ganzen Tag da drin bleiben?«

»Haut ab. Lasst mich in Ruhe.«

»In Ruhe lassen? Davon träumst du wohl. Wir haben doch noch gar nicht richtig angefangen.«

»Was hab ich euch denn überhaupt getan?«

»Das ist ja wohl nicht dein Ernst«, erwidert Molly. »Schon vergessen, was du Sam für Sprüche reingewürgt hast? Und Mikki hast du total dämlich dastehen lassen.«

Mikaela spricht direkt durch den Türspalt. »Du wohnst in 'ner *Sozialsiedlung*, verdammt. Wie kannst du's überhaupt wagen, dich über mich lustig zu machen?«

Dann läutet die Schulglocke und Molly bollert ein letztes Mal gegen die Tür.

»Wer nicht einstecken kann, der sollte auch nicht austeilen. Kapiert, du potthässliche Schlampe? Lern einfach mal, deine blöde Fresse zu halten.«

Oh Mann, erzähl mir was, was ich noch nicht weiß.

Klick, klack, entfernen sich ihre Schritte und die Tür fällt zu. Mittlerweile zittere ich so heftig, dass ich kaum das Schloss meiner Kabine entriegelt bekomme. Ich stütze mich auf die Reihe Waschbecken und atme tief durch, damit ich es wenigstens ohne Heulkrampf zur Anwesenheitskontrolle schaffe.

Mal ehrlich, ich bin die Erste, die zugeben würde, dass ich keine niedliche blonde Cheerleaderin bin, aber wieso machen mich lange rote Haare und blasse Haut hässlich? Gut, mich hat vielleicht noch nie ein Model-Scout angesprochen, aber genauso wenig zerspringen Spiegel in tausend Stücke, nur weil ich reingucke. Ich bin kein Monster, kein Freak und auch keine potthässliche Schlampe, ganz egal, was sie sagen.

Anders als du, Mikaela »Shreks Tochter« Walker.

Ich starre immer noch in den Spiegel, als knarzend die Tür aufgeht und Chloes Stimme ertönt. »Alles okay?«

»Als würde dich das interessieren.«

»Ach komm, jetzt sei nicht so«, sagt sie und guckt ernsthaft besorgt. »Natürlich interessiert es mich. Ich bin nur eben in einer echt schwierigen Lage.«

»Mir blutet das Herz«, erwidere ich so spöttisch, wie ich es hinkriege.

»Kannst du ihnen nicht einfach aus dem Weg gehen? Und wenn du vielleicht aufhören würdest, Widerworte zu geben … das macht es doch nur noch schlimmer.«

»*Die* sind ja wohl diejenigen, die sich beschissen verhalten, nicht ich. Warum bist du auf ihrer Seite?«

Chloe seufzt. »Komm schon, Lara, versuch doch mal, mich zu verstehen. Für mich ist das echt auch nicht einfach. Sam ist total sauer auf dich, und Molly himmelt ihn so an, dass sie von einer Klippe springen würde, wenn er es ihr sagt. Sobald ich dich mal verteidige, gehen sie und Mikaela wie die Furien auf mich los. Und glaub mir, ich hab's versucht, aber es bringt nichts.«

»So ein Quatsch! Es gibt 'ne Menge, was du tun könntest. Du könntest einfach nicht mehr mit ihr rumhängen. Du könntest was sagen, wenn sie mich fertigmacht. Du könntest dich beim Mittagessen ab und zu mal zu mir setzen.«

Du könntest wieder meine Freundin sein.

»Wie soll ich das denn machen? Ich bin mit Rob zusammen und er ist Sams bester Freund. Und meine Eltern und ich fahren über Ostern nach Frankreich, da haben die Hardy-Jones' ein Ferienhaus«, fügt sie zögernd hinzu. »Meine Mum freut sich ein Loch in den Bauch, sie war schon mit Mollys Mutter Strandklamotten shoppen und so. Und mein Dad spielt jetzt jeden Samstag Golf mit ihrem Dad. Er wollte schon ewig Mitglied in diesem Club werden, und dann hat Mollys Dad ein bisschen seine Beziehungen spielen lassen und … er … wir …«

»Ganz toll, ich hoffe, ihr werdet alle glücklich miteinander«, fauche ich.

Ihr Mund bewegt sich, aber es kommen keine Worte mehr heraus. Was soll sie auch sagen? Sie hat ihre Wahl getroffen.

»Bitte nimm's mir nicht übel, Lara«, fleht sie. »Ich stehe genau dazwischen, das ist auch nicht schön.«

»Weißt du, was? Spar's dir einfach.«

Ich schnappe mir meine Tasche, wische mir die Tränen ab, stürme aus der Toilette und biege um die Ecke … direkt in Mr Jaggers Arme.

»Hoppla, entschuldige«, sagt er. Dann guckt er genau hin und runzelt die Stirn. »Was ist denn mit dir los?«

»Gar nichts.« Sehr überzeugend.

»Sicher? Du wirkst ja total aufgelöst.«

»Ja. Ich meine, nein. Mir geht's gut.«

»Du weißt doch, dass du es mir sagen kannst, wenn dich was bedrückt, oder?«

Er legt mir die Hand auf den Oberarm und hält mich sanft fest. Mein Herz fängt immer schneller an zu hämmern und meine Kehle schnürt sich zu. *Nein, du weinst jetzt nicht. Du weinst jetzt nicht, weil er so unerträglich freundlich zu dir ist.*

»Ja, ich weiß, aber ich möchte nicht drüber reden.«

»Hat das irgendwas mit der Sache von neulich zu tun? Vielleicht kann ich dir ja helfen.«

Neulich?

»An der Bushaltestelle. Als ich dich da gesehen habe. Ich hatte das Gefühl –«

»Ach das, nein. Alles in Ordnung. Im Ernst. Ich bin –«

Die Schulglocke unterbricht mich.

»Okay«, sagt er, lässt die Hand aber immer noch auf meinem Arm liegen. »Aber denk dran, Lara, ich bin immer für dich da, falls du es dir anders überlegen solltest. Brauchst du vielleicht noch ein paar Minuten für dich?«

So abartig groß, wie ich bin, kommuniziere ich normalerweise nur mit den Scheiteln der Leute, aber er hat genau die richtige Größe, sodass ich ihm direkt in die Augen sehen kann. Und darin habe ich heute echte Herzlichkeit gesehen. Mum und Dad sind viel zu sehr mit ihren eigenen Sorgen beschäftigt, als dass sie Zeit für meine hätten, und Chloe, die Verräterin, hat mehr als deutlich gemacht, wem sie die Treue hält. Aber bei Mr J. habe ich das Gefühl, dass er sich wirklich, *wirklich* für meinen Kummer interessiert. Es ist unglaublich tröstlich, wenigstens einen Menschen auf meiner Seite zu haben. Und erst recht natürlich ihn.

»Ja, das wäre gut, danke.«

Dann geht er weiter und ich husche zurück in die Toilette. Ich schließe mich in der hintersten Kabine ein und hocke mich auf den Klodeckel, die Arme um die Knie geschlungen. Endlich kann ich weinen.

Wenn ich mich ganz stark konzentriere, fühle ich immer noch seine Hand auf meinem Arm, ein leichtes Kribbeln. Mehr als alles auf der Welt wünschte ich, er könnte mir wirklich helfen. Aber es gibt nichts, was irgendjemand tun könnte. Chloes Verhalten schmerzt mehr, als geschubst oder angespuckt zu werden oder sonst was.

Eine jahrelange Freundschaft, die einfach so in der Tonne landet, nur weil ihr Dad gerne *Golf* spielt.

14. März

Heute habe ich mit Absicht den Bus zur Schule und wieder zurück verpasst. Womit ich mir einen Riesenstress mit Dad eingehandelt habe, weil er dadurch Simon UND mich durch die Gegend kutschieren musste. Ihm zufolge bin ich der Meinung, dass Benzin »auf Bäumen wächst«.

Ja, Dad. Genau das denke ich.

Tja, wenn ich die Wahl zwischen Ärger mit ihm und einer weiteren Attacke durch S, M & Co. habe, dann würde ich mich jederzeit von Dad zur Sau machen lassen.

AAAAABER dafür hat Mr Jagger mir in der Pause auf dem Flur zugezwinkert!

!!!

Tja, Molly, davon kannst du nur träumen, was? Ich hab ihn mir schon tausendmal nackt vorgestellt (na ja, *fast* nackt, aus irgendeinem Grund besteht meine Fantasie nämlich darauf, dass er immer seine Unterhose anbehält wie ein Barbie-Ken), und jetzt schäme ich mich jedes Mal, wenn ich ihn sehe, in Grund und Boden. Auch diesmal bin ich wieder knallrot angelaufen und musste schnell Richtung Toiletten verschwinden.

Gerade als ich fest davon überzeugt war, dass mich nie wieder irgendwas aufheitern würde, ist es Mr J. gelungen. Und genau darum finde ich ihn so unglaublich.

18. März

YEEEEEESSSS!!

Halleluja, lobet den Herrn! Die kalten, einsamen Stunden des Durch-die-Dunkelheit-Irrens und Vor-potenziellen-Exhibitionisten-und-psychotischen-Bullterriern-Fliehens haben sich ausgezahlt: Endlich habe ich die Kohle für ein Fahrrad zusammen. Bei Argos haben sie gerade eins für den Hammerpreis von neunundneunzig Pfund im Angebot, deshalb brauche ich nicht mal Mums Treuepunkte und es müssten sogar noch ein Helm und ein Schloss drin sein.

Self-Five! Ich weiß, es ist albern, aber ich könnte kaum glücklicher sein, nicht mal, wenn ich fünf Jahre alt wäre und der Weihnachtsmann mir das Fahrrad auf seinem Schlitten bringen würde, nicht mal, wenn ich ihn dabei persönlich kennenlernen und obendrein die Rentiere streicheln dürfte.

Hurra hoch zwei mal unendlich: Ab Montag muss ich nie wieder mit dem Höllenbus fahren. Und weil ich mich in den Pausen um die Talentshow kümmere, heißt das, ich muss weder Sam noch Molly oder Mikaela irgendwo begegnen, wo wir nicht von einem Lehrer beaufsichtigt werden. Mit anderen Worten …

ICH BIN FREI!

19. März

Ich LIIIIIIEEBE mein Fahrrad! Es ist so schön neu und glänzend und abgesehen von einem Beinahezusammenstoß mit einem Lkw war das Radeln zur Schule heute Morgen auch das totale Vergnügen. Verglichen mit einer Fahrt im Höllenbus ist ein qualvoller Tod unter den Rädern eines Zehntonners ein regelrechtes Sonntagsschulpicknick.

Beim Frühstück hat Mum nach meinem iPod gefragt (im Rahmen eines »Was beim Fahrradfahren alles verboten ist«-Vortrags), und ich musste lügen und behaupten, ich hätte ihn verloren. Ich war schon auf eine wütende Tirade gefasst, aber stattdessen hat sie nur ihren müden »Ich arbeite mich für dich krumm und so lohnst du es mir«-Blick aufgesetzt, der schuldgefühltechnisch sowieso Millionen Mal effektiver ist als schimpfen. Besonders jetzt, nachdem sie noch DREI Putzstellen zusätzlich angenommen hat (bei Freunden von Mollys Eltern, um der ganzen verfahrenen Kiste noch ein paar Kurven und Sackgassen hinzuzufügen) und wir sie kaum noch zu Gesicht kriegen. Und wenn sie mal zu Hause ist, ist sie so grantig, dass Mrs Muirhouse neben ihr wirken würde wie Mary Poppins.

Mit Dad kommuniziert sie mittlerweile nur noch über Klebezettel am Kühlschrank. *Warum hast du Simon kein Essensgeld mitgegeben?/Hast du nichts von gesagt/Hab ich wohl/Hast du nicht.* Echt lächerlich, und das von den angeblichen Erwachsenen in diesem Haushalt.

Der Biesterclub war heute einigermaßen harmlos, toi, toi, toi. Seit ein paar Tage gehe ich vorsichtshalber nur noch während des Unterrichts aufs Klo. Was natürlich nicht erlaubt ist, aber wenn man ein bisschen gequält auf der Stelle hüpft und die Lehrer fragt, ob sie einen Wischmopp griffbereit haben, lassen sie einen meistens doch gehen.

Ich hab mitbekommen, wie Mikaela während der Stunde seltsamerweise ein Handyfoto von mir gemacht hat, aber solange sie

a) mich nicht verprügeln oder anspucken,

b) nicht meine Mum bedrohen und

c) nicht meine Sachen kaputt machen,

komme ich mit so ziemlich allem klar. So leicht lässt Karotte Kid sich nicht kleinkriegen!

20. März

Heute nach der Schule haben Mr J. und ich uns zusammengesetzt und mit der Organisation für die Talentshow angefangen. In einem leeren Klassenraum. *Allein*. Na schön, irgendwo draußen auf dem Flur hat noch die Reinigungskraft rumgerumpelt, aber ansonsten war die Schule komplett verlassen.

Ich war *extrem* in Versuchung, erst noch schnell zum Klo zu rennen und mein Make-up zu checken, hatte aber keine Lust, den Hexen von Huddersfield über den Weg zu laufen, also musste ich mich mit dem kleinen Spiegel in meiner Puderdose begnügen. Kurz die Nase mattiert, ein Klecks farbloses Lipgloss, fertig.

Und als ich ihn dann hinter seinem Pult sitzen sehe, das

gestreifte Hemd ein bisschen zerknittert, die Krawatte schief und die Haare surfermäßig zerzaust, und er mich anlächelt, werden meine Knie zu Pudding. »Da bist du ja. Ich hab mich schon gefragt, wo du bleibst.«

»Tut mir leid, ich hatte noch was zu erledigen.« Mich für Sie hübsch machen.

»Kein Problem«, sagt er und drückt mir einen Ordner in die Hand. »Ich hab hier schon mal ein paar Ideen fürs Organisatorische festgehalten. Wie wär's, wenn du dir erst mal alles anguckst und mir sagst, was du davon hältst?«

»Okay«, antworte ich. »Mir ist auch schon ein bisschen was eingefallen. Soll ich …?«

»Schieß los.«

Mir schwirren schon die ganze Woche Pläne durch den Kopf wie hyperaktive Bienen. Ich hab mich auf YouTube schlaugemacht, wie er es vorgeschlagen hat, und die besten Ideen zusammengeschrieben. Abgesehen von meinen chronisch verschwitzten Händen bleibe ich tatsächlich ruhig und schaffe es, ihm klar und detailliert zu umschreiben, wie wir meiner Meinung nach vorgehen sollten. Das Ganze artet zu einer richtigen kleinen Präsentation aus: Flyer, Ticketverkauf, Ideen, wie jede Vorrunde laufen soll … das komplette Programm.

Als ich fertig bin, fängt er an zu klatschen.

»Wow, das ist ja genial! Also, ich fasse zusammen: Nach der Schule finden zwei Wochen lang Vorrunden statt, in denen du und ich zusammen mit ein paar Gastjuroren entscheiden, wer weiterkommt. Am Ende bleiben acht Acts für das Finale am letzten Freitag vor den Ferien übrig, das ist der, äh …«

»Der Achtzehnte«, sage ich.

»Richtig, der achtzehnte April«, sagt er. Dann verzieht er übertrieben besorgt das Gesicht. »Oje, das ist ja gar nicht mehr lange hin.«

»Macht nichts, das habe ich schon alles bedacht und in den Zeitplan eingearbeitet.«

»Du bist wirklich unglaublich. Dann bekommen wir also –«

Ich bemühe mich, nicht zu grinsen wie ein Honigkuchenpferd, als ich seinen Satz beende. »– eine richtig große Finalshow mit allem Zipp und Zapp. Wir können Tickets an die Eltern verkaufen und das Geld für einen guten Zweck spenden.«

»Und du, was führst du vor?«, witzelt er.

»Ich stelle mich nicht auf die Bühne, auf keinen Fall.«

»Keine Angst, du musst nicht singen, wenn du das nicht willst.«

»Sonst müssten Sie das Ganze auch in Null-Talent-Show umbenennen.«

Er seufzt. »Mensch, ich kann gar nicht mit anhören, wie ein so kluges Mädchen sein Licht derart unter den Scheffel stellt.« Er klopft auf den Platz neben sich. »Komm mal her, setz dich. Ich würde mich gern mal mit dir unterhalten.«

Mein Knie stößt gegen seins und ich bekomme Gänsehaut auf den Armen. Ich bin ihm so nah, dass ich seine Körperwärme spüren kann. Oder vielleicht ist es auch nur die Heizung. Egal, auf jeden Fall: *heiß.* Meine Lunge scheint spontan um zwei Größen zu schrumpfen.

»Wenn ich dich so ansehe, dann würde ich mir wünschen, ich weiß auch nicht … du wärst etwas selbstbewusster. Würdest dich von anderen Leuten nicht so niedermachen lassen.

Ich bin nicht blind, Lara, ich weiß, ein paar von den anderen Mädchen setzen dir im Moment ziemlich hart zu. Aber ich kann dir nicht helfen, wenn du nicht mit mir redest.«

Da wird mir klar, dass er auf seine nette Art versucht, mir ein Statement zu meinem Aussätzigen-Status zu entlocken. Wie schrecklich! Achtung, akutes Blamagepotenzial – Mission: Themawechsel!

»Ich komme schon klar, Sir. Aber kann ich Sie vielleicht was anderes fragen?«

»Natürlich. Alles, was du willst.«

»Ich habe in letzter Zeit viel über meine Bewerbung für die Uni nachgedacht. Welche Bücher sollte ich für das Studium wohl gelesen haben?«

Seine Miene hellt sich auf.

»Du willst also englische Literaturwissenschaft studieren? Bis dahin ist es ja noch eine ganze Weile, du musst dich jetzt noch nicht festlegen.«

»Ich bin mir ziemlich sicher. Englisch ist einfach mein Lieblingsfach«, antworte ich. Ihretwegen, Mr Jagger. Nur Ihretwegen.

»Toll! Das wird dir gefallen. Du verstehst ja schon jetzt, dass es für ein Werk verschiedene Interpretationsansätze geben kann, was für jemanden in deinem Alter ziemlich fortgeschritten ist. Natürlich stelle ich dir gern eine Liste zusammen.«

Puh. Mission erfüllt.

Danach quatschen wir noch ein bisschen über ein paar Details der Talentshow. Er ist richtig begeistert bei der Sache und beugt sich beim Reden immer dichter vor. Ich kann ihn spüren, riechen. Dann berühren sich unsere Beine. Er redet weiter, während ein Schauer durch meinen ganzen Körper geht. Mein Herz ist wie eingeschnürt in meiner Brust, ich kann kaum noch atmen. Es ist, als würde ich an einer sehr, sehr hohen Klippe stehen. Mein Rock, seine Hose: nur zwei dünne Baumwollschichten, die unsere nackte Haut voneinander trennen. Als er sich zur Seite dreht, um nach einem Ordner zu greifen, drückt sich sein Bein noch ein bisschen kräftiger gegen meins und ich werde fast ohnmächtig. Er redet weiter, aber ich kann kaum noch folgen.

Rums! Die Reinigungskraft donnert mit dem Staubsauger gegen die Tür und Mr J. wirft einen Blick auf die Uhr über der Tür.

»Was, so spät schon? Dann würde ich sagen, das war's erst mal für heute, oder? Danke fürs Dableiben.«

Er grüßt die Putzfrau mit einem Nicken.

»Gern geschehen, Sir«, sage ich mit rauerer Stimme als sonst.

»Und danke für deine tollen Ideen.«

»Ich freu mich sehr auf das Projekt.«

»Das ist toll. Und denkst du bitte auch über die Sache mit den anderen Mädchen nach?«, fügt er leise hinzu, als die Putzfrau unter Geklapper wieder verschwindet, nicht jedoch ohne sich in der Tür noch mal umzudrehen und uns anzustarren.

Ich nicke und er legt mir die Hand auf die Schulter. »Du hast so viel, was für dich spricht, weißt du? Du bist was ganz Besonderes.«

Die Putzfrau hält mir die Tür auf und ich schwebe aus der Klasse, auf mein Fahrrad und durch die dunklen Straßen nach Hause.

Seit ich klein war, hat man mir, wie jedem anderen Mädchen auch, weisgemacht, dass irgendwo da draußen mein Traumprinz auf mich wartet. Hab Geduld, meine Kleine, heißt es immer, dann kommt die wahre Liebe eines Tages zu dir. Cinderella, Dornröschen, Schneewittchen, die kleine Meerjungfrau und all die anderen disneyisierten Märchen. Irgendwann wird er mich finden, mich küssen und mit in sein Schloss nehmen, wo wir glücklich und zufrieden bis ans Ende unserer Tage leben. (Dabei leisten uns verschiedene sprechende Waldtiere Gesellschaft. Und vielleicht auch ein witzereißender Esel.)

BLÖDSINN.

Nach ein paar Jahren holt einen die Realität ein. Es gibt einfach Mädchen, die, egal, wie lieb und nett sie auch sein mögen (ich zum Beispiel), noch nicht mal einen Frosch abkriegen, von einem Prinzen ganz zu schweigen. Und irgendwann kapiert man dann, dass das alles nur eine DICKE FETTE LÜGE gewesen ist.

Aber jetzt *hat* mich – wie aus heiterem Himmel – plötzlich Mr J. gefunden, und er ist genau so, wie es in den Märchen immer beschrieben wird: witzig, lieb, klug, interessant, gut aussehend … In seiner Nähe bin ich glücklicher, als ich das je für möglich gehalten hätte. Er hält mich für was Besonderes – *mich!*

Und ich darf ihn nicht haben.

Als ich heute Nachmittag die leere Zeitungstasche abgeliefert habe, hat Mr Patel mir einen Blumenstrauß mitgegeben. Nichts Besonderes, nur die letzten paar Narzissen, die er draußen im Eimer stehen hatte, aber Mum hat sich gefreut wie über ein Fünfzigpfundbouquet.

»Danke, mein Schatz«, hat sie gesagt und mich fest an sich gedrückt. »Womit hab ich die denn verdient?«

Ich habe mit den Schultern gezuckt. »Nur so.«

In dem Moment kam Dad reinspaziert, gerade als die Asisvonnebenan ihr dämliches Quad draußen in der Einfahrt angeschmissen haben. Wie erstarrt hat er dagestanden und gelauscht und dann hat er die Kühlschranktür aufgemacht und sich eine Dose Bier rausgenommen. Um zehn nach fünf!!

Als Beweis dafür, dass das Leben alles andere als fair ist, muss man sich mittlerweile bloß mal Mum und Dad angucken – ich kann mir nicht vorstellen, dass ihr Antimärchen noch ein Happy End findet.

Oder meines.

Eher gründe ich eine WG mit den sieben Zwergen, als dass ich jemals meinen Prinzen kriege.

21. März

Lieber Mr Jagger, Sie sind mit Abstand mein Lieblingsmensch auf der ganzen weiten Welt, aber ich wünschte wirklich, Sie würden Ihre sinnlosen Versuche, mich zu »integrieren«, sein lassen. Im Ernst, das ist so, als würden Sie versuchen, ein Lagerfeuer mit Benzin zu löschen.

Heute zum Beispiel: »Hier haben wir einen wunderbaren Aufsatz von Lara. Er ist so gut, dass ich fand, ihr anderen solltet ihn auch gelesen haben.« Und dann teilt er Zettel aus. »Okay, Leute, so sähe also eine Eins in der Klausur aus.«

Molly fasst ihre Kopie natürlich mit spitzen Fingern an, als hätte sie vorher jemand mit Kuhscheiße beschmiert. Ich weiß ja, er will nur nett sein und mir helfen und ich sollte ihm dankbar sein und so weiter, aber mal ehrlich, da könnte er mich genauso gut bis zum Hals einbuddeln und Steine austeilen. Molly und Co. glotzen die ganze Stunde lang wie giftige Gargoyles.

Tja, was soll ich sagen? Ich finde Englisch nun mal toll (und Mr Jagger erst …) und ich lerne gern Neues, aber Molly betrachtet das alles natürlich nur als Kampagne, um sie beschränkt rüberkommen zu lassen.

Klar. Seit wann braucht sie *meine* Hilfe, um beschränkt rüberzukommen?

Was kann ich dafür, dass sie eine Vier für ihren Aufsatz gekriegt hat? Wenn sie nur mal halb so viel Zeit aufs Lernen verwenden würde wie aufs Lästern, Flirten und Aufbrezeln, hätte sie vielleicht auch eine Chance, ihren Schnitt zu verbessern.

»Und nicht vergessen, liebe Leute«, sagt Mr Jagger noch, »wenn ihr bei *Huddersfield sucht den Superstar* mitmachen wollt, wendet euch an meine bezaubernde Assistentin Lara.«

Und genau bei »bezaubernd« knipst er sein Megawattlächeln für mich an. Wenn Blicke töten könnten, dann würde ich wohl schon nach einem Zwinkern von Medusen-Molly auf einer Wolke hocken und an einer Laute zupfen.

Als es klingelt, macht sich Mr J. mit seinem ganzen Arbeitsblätter- und Büchergepacksel davon, und ich sehe aus dem Augenwinkel, wie Molly mit ein paar ihrer Mini-Mes tuschelt. Kayleigh und Eden werfen mir beide nur einen verstohlenen Blick zu, schütteln den Kopf und verschwinden. Also stopfe ich hastig meinen Ordner in die Tasche und halte auf die Tür zu, aber sie ist schneller.

»Hab deinen Aufsatz gelesen, Titte – was für ein Scheiß«, sagt sie und knüllt den Zettel zusammen. »Also fang ja nicht an, dich für was Besseres zu halten, nur weil Mr J. so deppenfreundlich drauf ist.«

Sie wirft den Papierknubbel in hohem Bogen in den Müll und reckt dann triumphierend die Faust in die Luft. »Volltreffer!«

Auf dem Weg nach draußen folgt der Rest der Klasse ihrem Beispiel, eine nach der anderen, bis der Mülleimer halb voll ist. Als Letzte kommt Chloe. Sie wirft mir einen zögernden Blick zu, bevor sie Molly angrinst. Dann knüllt sie auch ihren Zettel zusammen, wirft ihn in den Müll und echot: »Volltreffer!«

Beachte sie nicht, beachte sie nicht, beachte sie nicht.

Mr Jagger hat er gefallen, und das ist alles, was zählt. Mehr nicht.

Tief durchatmen, tief durchatmen, tief durchatmen.

Tja, ziemlich mieser Start in den Tag schon mal. Und dann hat Dad heute Abend noch den totalen Anfall gekriegt, weil ich es gewagt habe, mir ein Brot zu schmieren, ohne ein Brettchen unterzulegen. Okay, er hatte gerade die Küche geputzt (Wer konnte das ahnen?), aber so ein paar Krümelchen … dafür muss man doch nicht gleich an den Pranger gestellt werden, oder?

Ach, wie dumm von mir, offenbar schon.

Für dieses schreckliche Kapitalverbrechen durfte ich mir

dann also eine Tirade à la »Bringen sie dir das so an der Schule bei? Dafür bezahle ich also diesen Haufen Geld?« anhören.

Ich musste mich echt beherrschen, um nicht zu kontern: »Nein, Dad, Sandwichologie ist erst in der Dreizehnten dran. Im Moment konzentrieren wir uns noch auf Englisch, Französisch, Erdkunde und so weiter … Du weißt ja, man muss erst mal Grundlagen schaffen.«

Aber er hatte eine Witzschürze mit aufgedruckten Brüsten und Gummihandschuhe mit Federsaum an, deshalb habe ich mich auf ein genuscheltes »'schuldige« beschränkt und bin rauf in mein Zimmer. Man kann sich doch nicht mit einem Mann streiten, der so rumläuft.

Dad ist nur deprimiert, er hasst mich nicht wirklich.

Mum ist todmüde.

Chloe ist die Aufregung nicht wert.

Molly ist ein Neidhammel erster Kajüte.

Mr Jagger hat mein Aufsatz gefallen und ich habe eine Eins bekommen. Mehr brauche ich nicht.

23. März

Heute hab ich's riskiert, in der Pause über den Schulhof zu gehen, obwohl ich wusste, dass Mollphisto dort lauern würde.

Was für ein Anfängerfehler.

Natürlich kommt sie sofort angerannt, schüttelt eine Dose Cola und verspritzt den Inhalt über mich. Wie vorherzusehen, zieht dann als Nächstes Mikaela eine Wahnsinns-Comedynummer ab, als ich zu Französisch komme.

»Hey, Titte! Was soll das denn werden, ein Wet-T-Shirt-Contest? Bei dir gibt's doch eh nichts zu sehen, du BMW.«

Was haben wir gelacht. »Du kannst mich mal, Mikaela.«

An meinem Platz kann ich immer noch ihr beschränkt-bösartiges Glotzen im Rücken spüren, aber bevor sie noch irgendwas sagen kann, kommt Monsieur Canovas rein. Nach der Stunde zischt sie mir im Vorbeigehen zu: »An deiner Stelle würd ich echt aufpassen, du Freak.«

Darum landete heute Abend beim Karate – *bäm!* – jeder Schlag und jeder Tritt in Mikaelas Gesicht. Pass doch selber auf, du Trollfratze. *Kapaff!*

Brutal, aber so was von gut!

Und dann: ein Wunder! Ein Chaostheoriemoment – weißt schon, diese Geschichte, wo ein Schmetterling mit den Flügeln flattert, wenn man (fast) sechzehn ist und einem deswegen am vierunddreißigsten Geburtstag ein Flugzeug auf den Kopf fällt. Oder so. Heute Nachmittag in Erdkunde, als ich gerade gelangweilt drüber nachdenke, wie man wohl Mrs Muirhouse als rezeptfreies Heilmittel gegen Schlaflosigkeit vermarkten könnte, kommt eine aus der Dreizehnten mit einer Nachricht für mich rein. Was?! Ich soll zur Direktorin. Panisch durchforste ich mein Hirn – was hab ich angestellt? Aber ehrlich, mir fällt nichts ein.

»Herein!«

Mrs Ellis sitzt hinter ihrem Schreibtisch, der ungefähr so groß ist wie Belgien.

»Ah, Lara. Danke fürs Kommen.«

»Türlichmissesellis«, murmele ich, den Blick gesenkt, und

hoffe, dass die Colaflecken auf meiner Bluse nicht so auffallen.

»Keine Sorge«, sagt sie. »Ich habe gute Nachrichten.«

»Ja?«

»Wenn du Interesse hast, kann ich dir einen Platz bei einer dreitägigen Schnuppertour zur Uni in Cambridge anbieten. Eine unserer Zwölftklässlerinnen kann nicht mitkommen, und als es dann darum ging, wer nachrücken sollte, wurdest du mir vorgeschlagen. Du könntest dir Vorlesungen anhören und den Campus ansehen und du wirst auch in der Uni wohnen. Es ist wirklich eine ganz einmalige Gelegenheit.«

Da antworte ich natürlich sofort: »Sehr gern! Und bitte machen Sie sich nicht die Mühe, einen Bus zu mieten. Meinem Herrn Papa wäre es sicher ein Vergnügen, uns alle in seinem goldenen Helikopter hinzufliegen. Höhöhö.«

Schön wär's.

Hm, schwierig. Sollen Mum und Dad Tausende von Pfund abdrücken, damit ich auf so eine schicke Uni kann? Nein. Würden die mich in Cambridge überhaupt nehmen? Nein. Würde ich denn hinwollen, wenn sie mich nähmen? Keine Ahnung. Aber auf jeden Fall würde dieser Ausflug mir ein paar Tage Urlaub von der Schule und von zu Hause bescheren und *das* ist extrem verlockend.

Und dann stellt sich auch noch raus, dass Mrs Ellis sich das Beste bis zum Schluss aufgehoben hat, wie die Schokolade ganz unten im Cornettohörnchen.

»Du kannst dich gern erst mal näher bei Mrs Muirhouse informieren. Sie wird dir alle Fragen beantworten, auch wenn sie dieses Jahr leider nicht selbst mitfahren kann. Mr McGeorge und Mrs Torrens von der Jungenschule werden euch begleiten, und zum Glück hat sich Mr Jagger bereit erklärt, für Mrs Muirhouse einzuspringen. Du bist in seiner Klasse, richtig?«

»Ja«, quietsche ich, während mein Herzschlag einen Zahn zulegt.

»Gut, dann sprich doch am besten direkt mit ihm. Es gibt auch Gelder, die du vielleicht beantragen möchtest – ein kleiner Zuschuss für Schüler mit, na ja, beschränkten Mitteln.«

Na, hast du etwa wieder versucht, die Schulgebühr über deine Kreditkarte abzurechnen, Dad?

»Danke, Mrs Ellis.«

Drei Tage und Nächte mit Mr J.! Bei der Vorstellung geht in meinem Kopf ein ganzes Feuerwerk hoch. Packt meinen Zylinder ein und poliert mein Monokel – Cambridge, ich komme!

27. März

Was für ein Auflauf bei der Anmeldung für die Show! Wenig überraschend, dass ein paar Bewerber aus der Jungenschule stutzig wurden, als sie sahen, dass DER ROTE KOJOTE aus dem Höllenbus persönlich das Klemmbrett in der Hand hielt, aber es haben sich immer noch unglaubliche zweiunddreißig Acts eingetragen, und zwar ganz verschiedene, wie bei einer echten Talentshow.

To-do-Liste

- ★ Gastjuroren finden. Monsieur Canovas und
- ★ Mrs Ellis lassen sich sicher breitschlagen.
- ★ (Und Mrs Muirhouse vermutlich auch. Schluck.)
- ★ Die Reihenfolge der Auftritte festlegen.
- ★ Musik und Beleuchtung mit der Theatergruppe besprechen.
- ★ Ähm … mehr Listen schreiben!

Abends mit Emma telefoniert: »Das klingt toll, Lara. So was liegt dir doch total, das machst du bestimmt super.«

Noch habe ich ja gar nichts gemacht und das sage ich ihr auch. Gut möglich, dass das Ganze ein Megaflop wird.

»Nimm doch nicht immer gleich das Schlimmste an«, meint sie. »Lass dich von diesen Biestern bloß nicht einschüchtern. Selbstverständlich wirst du das super machen. Schließlich hat Mr Jagger ja *dich* gefragt und nicht irgendjemand anders, stimmt's?«

»Ja …«

»Wie läuft's denn überhaupt in der Schule? Besser?«

Natürlich kennt Emma nur die Spitze des Eisbergs – die ganze Wahrheit über den Albtraum Schule kann ich niemandem erzählen, nicht mal ihr. Ich wünschte, ich könnte ihr alles sagen, aber ich darf einfach nicht riskieren, dass sie sich bei Tante Amanda verplappert. Es sei denn, ich möchte dafür sorgen, dass meine Familie auf der Straße landet.

»Ja, ganz okay. Ich versuche, ihnen aus dem Weg zu gehen. Ach ja, und Mr Jagger hat so einen Drei-Tages-Ausflug nach Cambridge organisiert, da fahr ich mit.«

»Wow«, sagt sie. »Also, seh ich das richtig? Du hast ihn in Englisch und natürlich als Klassenlehrer. Außerdem verbringt ihr jede freie Minute zusammen, um die Show zu planen, und jetzt fahrt ihr auch noch zusammen weg. Oooookay. Und was habt ihr zwei Hübschen am Wochenende so vor, die Location aussuchen oder die Ringe kaufen?«

Klar will sie mich nur ärgern, aber ich fürchte, sie kann Gedanken lesen. *Hallo, ich heiße Lara und ich bin Jaggerholikerin. Von morgens, wenn ich die Augen öffne, bis abends, wenn ich das Licht ausmache, denke ich nur an ihn.* Nicht dass ich Emma das gesagt hätte. Das darf NIEMAND erfahren.

28. März

Eine vielversprechende Anwärterin war ich ja schon immer, aber heute hab ich mir auf jeden Fall die Poleposition geholt. Es ist offiziell: Ich bin die bekloppteste Person der Welt, und wenn irgendwer jemals rausfindet, was ich getan habe, schrumpele ich unverzüglich zu einer vertrockneten kleinen Hülle der Schmach zusammen. Sogar während ich das hier schreibe, schäme ich mich halb tot. Okay, tief durchatmen … Hier kommt mein Geständnis: Heute Morgen in Englisch habe ich heimlich Mr Jaggers Stimme aufgenommen.

Ich weiß, ich weiß, das ist absolut bescheuert und durchgeknallt und stalkermäßig, aber ich muss nur hören, wie er »Bitte schlagt die dritte Szene auf« sagt, und schon fange ich von innen an zu glühen. Selbst jetzt beim Schreiben liege ich mit Ohrhörern auf dem Bett und lausche seiner Stimme auf meinem Handy. Ich brauche echt eine Therapie! (Obwohl, vor allem brauche ich ein nicht ganz so beschissenes Handy. Auf diesem prähistorischen Schrottteil habe ich gerade mal fünfzehn Sekunden Aufnahmezeit.) Aber ich habe mich einfach nicht unter Kontrolle, an ihn zu denken, ist für mich so selbstverständlich geworden wie atmen.

Mum steht der Tatsache, dass ich jetzt oft nach der Schule dableibe, um mit der Talentshow zu helfen, vage billigend gegenüber – was bei ihr in etwa einer Festtagsbeflaggung entspricht. Eigentlich wollte ich es Dad auch erzählen, aber der hat sich mit seiner Modelleisenbahn auf dem Dachboden verschanzt, und da wollte ich ihn nicht stören. Den ganzen Abend marschiert er schon über meinem Kopf auf und ab, auf und ab, wie so ein verhaltensgestörter Tiger in einer Enthüllungs-Zoodoku. Es ist schon nach zehn und er hat immer noch nicht aufgehört. Was ist denn bloß los mit ihm? Mittlerweile kommt er kaum noch runter.

Nach der Zeitungsrunde war ich noch kurz bei Granny (hab ich eigentlich schon erwähnt, wie sehr ich mein Fahrrad LIIIIIEEBE?), um ihr die *Glücksrevue* zu bringen. Ich hab den Abwasch gemacht und sie in ihrem Sessel dösen lassen. Überlege, es in Zukunft vielleicht lieber morgens bei ihr zu versuchen, bevor sie ihre »Fünf am Tag« (Gin-Einheiten, nicht etwa Portionen Obst und Gemüse) intus hat. Tja, daran, dass sie und Dad verwandt sind, besteht definitiv kein Zweifel.

Okay, blättert jetzt bitte zum zweiten Akt vor, der fängt auf Seite 108 an – zumindest in meiner Ausgabe. Gut …

Achtung, Klapse, ich komme …

29. März

Mittlerweile kommt es mir zwar vor wie aus einem anderen Leben, aber wenn ich mich ganz stark konzentriere, kann ich mich noch an die Zeit erinnern, als wir eine Familie wie aus der Waschmittelwerbung waren: eine lächelnde Mum, ein fröhlicher Dad, zwei glückliche Kinder und ein fotogener Hund. Campingurlaube in Südfrankreich mit Onkel Andy, Tante Amanda und Emma … als jeden Tag die Sonne auf uns runterschien und der Spaß gar kein Ende nahm.

Das Leben im Hause Tittle heute ist dagegen ein ganz anderes Paar *chaussures,* und ich hab es so satt, Mum und Dad streiten zu hören, wenn sie denken, ich schlafe. Falls das noch nicht bekannt war: Mietshäuser = papierdünne Wände. Heute Abend habe ich jedes Wort mitgekriegt.

»Tja, wenn *du* unser Haus nicht als Sicherheit für die Firma eingesetzt hättest, dann säßen wir jetzt auch nicht in diesem ›grässlichen Loch‹ fest, Tony.«

»Na klar, gib mir ruhig die Schuld für alles. Wenn du nicht mein ganzes sauer verdientes Geld sofort wieder aus dem Fenster geworfen hättest, dann hätten wir noch Rücklagen gehabt.«

»Ich habe nie irgendwas für mich ausgegeben! Ich wollte immer nur das Beste für uns und die Kinder.«

»Jaja, Laras Nobelschule. Und was ist mit Simon? Für beide Kinder können wir uns das nicht leisten, eigentlich ja noch nicht mal für *eins.* Das wäre vielleicht anders gewesen, wenn du mich damals bei Andy hättest einsteigen lassen. Aber nein, du wolltest ja unbedingt hier in diesem blöden Kaff bleiben. Tja, wenn sich das nicht gelohnt hat. Jetzt stehen uns die

Schulden bis zum Hals und die Asisvonnebenan tanzen uns auf der Nase rum.«

»Ach, und du meinst, es wäre besser gewesen, die Kinder aus ihrer gewohnten Umgebung zu reißen? Ihnen das letzte bisschen Sicherheit zu rauben, nachdem sie schon kein Dach mehr über dem Kopf hatten? Gerade wenn für Lara solche wichtigen Prüfungen ins Haus stehen? Denk doch mal nach, Tony, das hätte genauso wenig funktioniert.«

Uuuund so weiter und so fort. Immer wieder dieselbe Leier, bis Dad schließlich die Treppe raufstapft zu seiner geliebten Eisenbahn. Kein Problem wird jemals gelöst, es ist bloß ein ewiger Kreislauf aus Anschuldigungen.

Mir fehlt unser altes Leben. Mir fehlt mein iPod, den nicht mal Zehn-Sekunden-Häppchen von Mr Jaggers tröstender Stimme aufwiegen können. Aber um einen neuen iPod oder ein besseres Handy zu betteln, kann ich mir wohl sparen, was?

Am Ende wollte ich ihr Geschimpfe so verzweifelt ausblenden, dass ich mich rüber ins Bad geschlichen und mir Wattebauschfetzen in die Ohren gestopft habe. Jetzt kann ich vielleicht wenigstens schlafen.

Irgendwann in meiner supererfolgreichen Zukunft werde ich den beiden ein Wahnsinnshaus kaufen. Ach was, ein Haus ist nicht genug, sie verdienen eine Villa, nein, einen *Palast*. Mit einem eigenen Flügel für Dads Eisenbahn und Bediensteten en masse, damit Mum nie wieder einen Wischmopp in die Hand nehmen muss.

Und, nicht zu vergessen, einem netten kleinen Kerker mit allen Schikanen – irgendwo müssen wir schließlich auch Simon unterbringen.

30. März

Verpennt. Hab meinen Wecker nicht klingeln hören und bin dann in totaler Panik aufgewacht.

Hilfe, ich bin taub!

Ach ja.

Ich nehme also die Watte aus den Ohren und springe aus dem Bett. Als ich die Vorhänge aufziehe, hab ich schon so ein ungutes Gefühl: Es schüttet wie aus Eimern, dazu herrscht Windstärke 10. Bei meiner Zeitungsrunde werde ich durch die Gegend gewirbelt wie ein Herbstblatt. Mum muss es gar nicht erst aussprechen, ich weiß auch so, dass mir wieder mal eine Fahrt mit dem Höllenbus bevorsteht.

Der Fahrer wartet nicht mal, bis ich mit beiden Füßen im Bus bin, da tritt er schon voll das Gaspedal durch, sodass ich direkt Sam »Chappi-Atem« Short in die Arme stolpere. (Wo kriegen sie diese Typen eigentlich immer her? Von Bekloppt-suchtjob.com?)

»Ach nee, wen haben wir denn da? Lange nicht gesehen, Titte.«

»Stimmt, wo hattest du dich denn verkrochen?«, gurrt Molly.

Ich wünschte, ich hätte die Watte in den Ohren gelassen, und ignoriere sie beide, so gut es geht, aber der Bus ist proppenvoll und ich komme nicht weiter. Es gibt kein Entrinnen. Also bleibt mir nichts anderes übrig, als stehen zu bleiben und mich dem zu stellen, was da kommen mag. Und es mag was kommen, und zwar lauthals, auf Sam ist einfach Verlass.

»Weißt du, was mir an dir gefällt, Titte?«

Diesmal halte ich meine große Klappe schön geschlossen.

»Na los, rat mal, was gefällt mir wohl an dir?«

Ich schüttele den Kopf und starre stur aus dem Fenster, während mein Herz ein schnelles *Schnau-ze, Schnau-ze* trommelt.

»Gar nichts gefällt mir an dir, Titte«, prustet er. »Absolut gar nichts.«

Molly bricht hysterisch gackernd zusammen und ein Kichern geht durch die Reihen.

»Ach, übrigens«, redet er dann weiter. Langsam kommt er in Fahrt. »Was ich schon länger fragen wollte: Warum hast du eigentlich kein Schild?«

Mein Gesicht bleibt ausdruckslos.

Er stößt mir mit dem Zeigefinger vor die Brust. »Du weißt schon, eins, auf dem steht, wo bei dir vorne ist und wo hinten.« Riesengelächter über diesen geistreichen Scherz. Hahaha. »Du behauptest zwar immer, dass du ein Mädchen bist, aber wenn du mich fragst, siehst du überhaupt nicht so aus. Wo sind die Hupen?«, fragt er und macht eine Busengrabschgeste. »Die Glocken. Die Melonen. Da heißt du schon Titte und hast nicht mal welche, echt übel. Sogar unser Jabba the Flett hier hat dickere Dinger als du.« Graham Flett, der neben ihm steht, nickt hirnlos. »Wetten, du trägst nicht mal 'nen BH?«

Sam beugt sich vor und fängt an, mir die Bluse unter dem Pulli hochzuzerren. »Na komm, lass mal sehen.«

Warum hilft mir denn keiner? Die Schergen feuern ihn an, Mädchen wie Jungs gleichermaßen, während ich die Arme, so fest es geht, an die Rippen presse. Als der Bus über eine Bodenwelle fährt, gerate ich aus dem Gleichgewicht und alles lacht. Selbst die Leute weiter hinten im Bus müssten inzwischen mitbekommen, was los ist, aber niemand unternimmt was. Eden und noch ein paar Mädels aus meiner Stufe sehen kurz hoch, wenden sich aber sofort wieder ab und tun so, als wären sie superbeschäftigt damit, aus dem Fenster zu starren oder auf ihr Handy. Sieht aus, als hätten Sam und Molly den Bus komplett unter ihrer Fuchtel.

Je mehr ich mich wehre und versuche, meinen Pulli unten zu halten, desto fester zerrt er, und meine Kehle brennt schon vor lauter Anstrengung, nicht in Tränen auszubrechen. Die Demütigung scheint nicht enden zu wollen, bis schließlich das metallische Kreischen der Bremsen signalisiert, dass wir am Ziel sind, und ich mich aus Sams eisernem Griff winden kann. Der Strom aussteigender Kids bietet mir eine Fluchtmöglichkeit und ich renne los. Mein einziger Gedanke: *Ich muss zu ihm.*

Mr J. blickt von seinem Kursheft auf, als ich ins Klassenzimmer stürme. »Morgen, Lara. Wie geht's?«

»Guten Morgen, Sir. Danke, gut.« Molly und Mikaela sind mir mit Sicherheit noch auf den Fersen, darum ziehe ich meine Notizen für die Talentshow aus der Tasche und wedele damit, in der Hoffnung, noch etwas Zeit zu schinden. »Ich dachte, wir können vielleicht ein paar Details besprechen. Falls Sie gerade Zeit haben, meine ich.«

Er legt seinen Stift weg und schiebt sich mit den Füßen vom Pult weg. Die Stuhlbeine quietschen auf dem Fliesenboden. »Na klar, leg los.«

Insgeheim ein totales Nervenbündel, gebe ich mich ganz ruhig, und schon bald bin ich wirklich etwas entspannter. Seine Nähe ist – ich weiß gar nicht, wie ich es beschreiben soll … erholsam vielleicht? Wie wenn man sich nach einem miesen

Tag aufs Bett legt, wo man endlich seine Ruhe hat und fühlt, wie sich im Körper alles lockert.

»Das hier ist die vorläufige Reihenfolge für die Vorrundenauftritte. Ich hab versucht, es möglichst abwechslungsreich zu gestalten, schauen Sie mal. Am Montag erst eine Skateboard-Vorführung, dann Tanzen, dann Comedy, dann Singen. Und am Dienstag erst Singen, dann ein Zauberer, eine Tanzgruppe …«

Mittlerweile ist er um sein Pult herumgekommen und hat sich auf die Kante des Tischs neben mir gesetzt. Sein Geruch nach Seife und Rasierwasser macht mich so benommen, dass ich mich ernsthaft zusammenreißen muss, um bei der Sache zu bleiben.

»Gute Arbeit, Lara, ganz toll! Du hast das wirklich sehr schön ausgewogen gestaltet.«

»Und das mit dem Equipment habe ich auch schon geklärt. Jeder Bewerber weiß genau, dass er seinen Kram selbst mit auf die Bühne bringen und direkt nach dem Auftritt wieder abbauen muss, damit wir nicht in Verzug geraten.«

Er lächelt und der letzte Rest Stress schmilzt wie Schnee in der Sonne. Ich weiß, dass alle auf ihn stehen, weil er jung ist und gut aussieht, aber das ist nicht der Grund, warum ich ihn so mag. Ehrlich nicht. Er hat was ganz Besonderes an sich. Etwas Einzigartiges. Ich habe noch niemand anders kennengelernt, der das hat, dieses unsichtbare Strahlen, das einen glücklich macht, sich einfach in seiner Nähe aufhalten zu dürfen.

Es ist, als wäre Glück ein Virus und er würde einen damit infizieren. Klingt blöd, ich weiß, aber so fühle ich mich nun mal, wenn ich bei ihm bin. Er ist das *Einzige* in meinem Leben, was die Dunkelheit durchdringt – wenn er mir in die

Augen blickt und lächelt, sehe ich all das Schlimme einfach nicht mehr.

»Prima. Und hast du die Erlaubnis für den Ausflug nach Cambridge schon von deinen Eltern unterzeichnen lassen?«

»Ähm, noch nicht.« Ich bin ein bisschen überrascht, dass er mich das fragt.

»Hat Mrs Ellis nicht erwähnt, dass ich dich als Ersatz für das andere Mädchen vorgeschlagen habe?«, fragt er. »Ich glaube, dieser Ausflug würde dir wirklich guttun.«

Er hat mich vorgeschlagen?! »Danke, Sir. Ich kümmere mich gleich heute Abend darum.«

»Du musst sie bei Dawn – ich meine, Ms Longbottom – abgeben, der Sekretärin drüben an der Jungenschule. Die kümmern sich da um die gesamte Organisation.«

Mein Herz schlägt einen Salto. Von all den Mädchen in unserem Jahrgang hat er *mich* ausgesucht?

Aber dann – denn schließlich geht's in diesem Tagebuch um *Das größtenteils beschissene Leben und Wirken der Lara T.* – war es mit den schönen Erlebnissen für diesen Tag auch schon wieder vorbei und alles ging rapide bergab.

Blöderweise habe ich nicht nachgedacht und bin in der Pause aufs Klo gegangen. Auf einmal kommt jemand rein und brüllt »Cheeeeese!«, und als ich aufsehe, verschwindet gerade eine Hand mit einem Handy über der Kabinentür.

Auf der Nachhausefahrt hängt die versammelte Höllenbus-Belegschaft über ihren Handys, um sich das Foto von mir auf dem Pott anzugucken. Schwer in Worte zu fassen, wie man sich in so einem Moment fühlt. Wenigstens ging mir der Rock bis über die Knie, also gibt es (Gott sei Dank) nichts Intimes zu sehen, nur mein erschrockenes Gesicht.

Ehrlich, ich gehe da nur noch wegen der FINANZIELLEN OPFER hin. Wenn Mum nicht so hart arbeiten würde, damit ich eine gute Schulbildung bekomme, hätte ich schon längst Auf Nimmerwiedersehen gesagt.

Und wenn es Mr J. nicht gäbe.

Ich würde über Glasscherben kriechen, wenn ich dafür ihn sehen dürfte.

Aber verdammte Scheiße, und wenn es einen *Tornado* gibt – NICHTS bringt mich morgen dazu, in diesen Bus zu steigen.

1. April

Juhu! Das Bangen hat ein Ende, geliebter Mr J., ich fahre definitiv mit Ihnen nach Cambridge. Der Wisch ist unterschrieben. Nur nicht von meinen Eltern.

Ich wollte ja mit Mum und Dad darüber reden, aber keiner von beiden war sonderlich kommunikativ. Dad war mal wieder auf dem Dachboden, also hab ich den Kopf durch die Luke gesteckt und ein ergebnisloses Pläuschchen mit seinen Füßen gehalten. (Der Rest von ihm war zu beschäftigt mit seinem Minizug, um mir seine Aufmerksamkeit zu schenken.)

»Darf ich mit auf einen Schulausflug nach Cambridge? Dauert drei Tage.«

»Frag deine Mutter«, lautete die Antwort.

Mum saß kettenrauchend und apathisch in der Küche und

hörte zu, wie draußen Beyoncé rumjaulte. »Frag deinen Vater«, murmelte sie abwesend.

An der Stelle hab ich's aufgegeben und einfach ihre Unterschrift gefälscht, was wahrscheinlich das Traurigste war, was ich je tun musste. Sogar noch vor einem Jahr hätten Mum und Dad mich so fest gedrückt, dass ich keine Luft mehr gekriegt hätte, und sich wie bekloppt für mich gefreut. Aber heute stecken sie jeder viel zu tief in ihrem eigenen Sumpf, als dass so was sie überhaupt interessieren würde.

Langsam wird mir klar, dass das Schlimmste am Armsein nicht die ollen Klamotten oder das fehlende Satellitenfernsehen sind, sondern der Schaden, den die Familie dabei nimmt. Die vielen Streits und das Unglücklichsein, die schwindende Hoffnung, das ist es, was Mum und Dad fertigmacht. Und ich fürchte, selbst wenn wir morgen im Lotto gewinnen würden, hätten wir uns alle schon zu tief im Sumpf verirrt, um jemals wieder zurückzufinden.

War mit Paddington im Naturschutzgebiet spazieren, um mal aus dem bleiernen Depri-Kasten rauszukommen, den wir Zuhause nennen. Als ich nach einer Stunde wiederkam, war Dad immer noch auf dem Dachboden und Mum hat in der Küche immer noch Löcher in die Luft gestarrt. Wahrscheinlich hat sowieso keiner gemerkt, dass ich weg war.

Also bin ich in mein Zimmer gegangen und habe mich an das Werbeplakat fürs Finale der Talentshow gemacht. Der Hintergrund besteht jetzt aus schwarzen Tintenschnörkeln mit einem violetten Farbverlauf drunter. Ist ziemlich gut geworden. Während die Farbe trocknete, habe ich *Sturmhöhe* gelesen, von Mr J.s Bücherliste für die Schnuppervorlesungen in Cambridge.

Heute vor der Anwesenheitskontrolle habe ich ihn wiedergesehen und wir haben ein bisschen über den Ausflug geplaudert. Er hat zwar gesagt, keiner würde erwarten, dass ich das alles gelesen hätte, aber dass er vieles davon »in meinem Alter« toll fand. (Was ja nicht lange her sein kann. Das hier ist sein allererster Job, wie alt kann er also höchstens sein? Zweiundzwanzig? Dreiundzwanzig?) Dann hat er von seinen Lieblingsbüchern erzählt. Ich hab Sternchen dran gemacht, um später zu wissen, welche es waren.

»Haben deine Eltern die Erlaubnis schon unterzeichnet?«, hat er gefragt.

»Nein, aber ich verspreche, ich leg sie ihnen gleich heute Abend hin.«

»Mach das. Ich fände es wirklich schade, wenn du nicht dabei wärst.«

Fiep, fiep und nochmals fiep!

Und darum musste ich auch die Unterschrift auf dem Erlaubniswisch fälschen. Wie hätte ich ihn enttäuschen können?

Mittlerweile habe ich das mit den Vorrunden so weit geregelt und musste deshalb die Bewerber in der Mittagspause ansprechen. Hab mir dabei zwar fast in die Hose gemacht, weil Paranoia zumindest in der Schule schon mein zweiter Vorname geworden ist. Aber ich hatte eine Mission für Mr J. zu erfüllen und sein Vertrauen in mich hatte eine Wirkung wie ein Superhelden-Kraftfeld.

Mann, bin ich stolz, dass ich es geschafft habe, Molly total cool und professionell das Programm in die Hand zu drücken, obwohl ich es ihr am liebsten in ihre Schweineschnauze gerammt hätte.

»Hier, Molly, du bist am Mittwoch um Viertel vor fünf

dran. Viel Erfolg.« Sie hat es mir (natürlich) wortlos aus der Hand gerissen, während Mikaela pantomimisch ein Foto gemacht hat, woraufhin sie sich alle scheckig gelacht haben. (Muss dringend dran denken, nach »Gesetz gegen Fotos auf der Toilette« zu googeln. Wollen doch mal sehen, ob ich sie dafür nicht drankriegen kann. Und dann bist *du* aktenkundig, Molly!) Ich war zwar ein bisschen zittrig, aber immerhin hatte ich es dann relativ unbeschadet hinter mir und konnte ihr den Rücken kehren.

Den restlichen Mädchen ihre Programme auszuteilen, verlief dann zum Glück glatt. Mr J. will die Sekretärin an der Jungenschule bitten, dasselbe drüben zu machen, was mich zugegebenermaßen ziemlich erleichtert. Klar gab's trotzdem ein paar überraschte Gesichter, als die Leute gerafft haben, dass Loser-Lara die ganze Show mitorganisiert, aber die können mich alle mal, Mr Jagger ist überzeugt, dass ich das draufhabe, also interessiert es mich einen Dreck, was die anderen denken.

Später.

Ich schnipsele und klebe gerade an der Fotocollage für das Plakat rum, als mein Handy piepst. Eine SMS.

Unbekannter Absender: *Verpiss dich in das Loch, aus dem du gekrochen bist.*

Na toll. Herzlichen Dank auch.

Ich schreibe zurück: *Bist du das, Molly?*

Keine Antwort.

Ich lösche die SMS aus dem Handy und wünschte, ich könnte sie auch aus meinem Gedächtnis löschen.

Aber ich weiß ja, dass das bloß sie ist, die sich einen bescheuerten Scherz erlaubt. Einfach nicht beachten.

2. April

Wenn ich heute Nacht sterben sollte, dann stehe ich meinem Schöpfer als sehr, sehr glückliches Mädchen gegenüber … Mr Jagger hat mich UMARMT!

Erste Runde der Talentshow: Der Vorhang öffnet sich und er tritt raus ins Rampenlicht. Mein Herz hämmert wie verrückt. *Was wird er von mir denken, wenn das Ganze schiefläuft? Bitte, lieber Gott, mach, dass es nicht schiefläuft!*

Die abgedunkelte Turnhalle ist voller Kids aus beiden Schulen, die alle aufgeregt plappernd hin und her huschen und darauf warten, dass es losgeht. Jetzt wird's ernst! Nach stundenlanger Planung und viel harter Arbeit beginnt jetzt endlich die Vorrunde; meine große Chance, Mr J. stolz zu machen.

Oder auch nicht.

Der Zuschauerandrang ist jedenfalls schon mal vielversprechend. Wage zu behaupten, die Werbung hat sich gelohnt. Der Ticketverkauf fürs Finale verläuft zwar noch erschreckend schleppend (in dem Sinn, dass wir noch kein einziges losgekriegt haben), aber Mr J. meint, das wird wohl so bleiben, bis die Acts dafür endgültig feststehen.

Na ja, ich bin jedenfalls sehr zufrieden, dass es so voll ist, könnte mich aber vor Nervosität glatt übergeben, als ich ihn da so im Rampenlicht stehen sehe. Ihn scheint das alles gar nicht zu jucken, aber die Verantwortung dafür, ob das hier ein Riesenerfolg oder Megaflop wird, lastet schwer auf meinen Schultern.

Eine Gruppe Zehntklässlerinnen direkt hinter mir zieht die Glotz-Gacker-Tuschel-Nummer ab – erbärmliche Jagger-Fangirls. Am liebsten würde ich ihnen eine reinhauen.

»Dürfte ich um Ruhe bitten?«, sagt er ins Mikrofon. Der Rest seiner Begrüßung geht in einer quietschenden Rückkopplung unter und die blöden Zehntklässler-Tussis kichern. Monsieur Canovas rast zum Mischpult und schiebt hektisch Regler rauf und runter, während ich mir die Handflächen an meinem Rock abwische.

Dann dreht er sich um und gibt mir Daumen hoch für die erste Teilnehmerin, die schon wie ein durchgeknallter Grashüpfer neben mir rumzappelt und auf ihren Auftritt wartet.

Es wird still im Saal, als Mr J. sie ankündigt. »Okay, die erste Kandidatin auf die Bühne, bitte. Meine Damen und Herren, ich präsentiere … Miss Wendy Bolton aus der Huddersfielder Mädchenschule!«

Ich gebe ihr einen kleinen Schubs die Treppe hoch. Mr J. nickt Monsieur Canovas zu und Elektroklänge plärren in voller Lautstärke durch die Turnhalle. Winz-Wendy, der Gummimensch, springt nach vorne und legt direkt mit einer echt erstaunlichen Disco-Sportgymnastik-Nummer los: Man sieht nur noch ein verschwommenes paillettenbesetztes Etwas, das durch die Gegend flitzt wie ein Migräneanfall für die Augen. Mir wird schwindelig.

»Das war super!«, sagt Mr Jagger, als er nach dem Abebben des Applauses wieder die Bühne betritt. »Vielen Dank, liebe Wendy, für diese spektakuläre Eröffnungsnummer.«

Wendy nimmt schwitzend und keuchend die Wasserflasche entgegen, die ich ihr reiche, und kippt den Inhalt in einem Zug hinunter.

Mr J. sieht zu mir und meinem Klemmbrett runter. »Als Nächstes haben wir … Lara?«

»Graham Flett«, antworte ich.

Mr J. fängt an zu klatschen. »Meine Damen und Herren, ich präsentiere Ihnen den einzigartigen Mr Graham Flett.«

Ich unterdrücke natürlich ganz professionell jegliche persönliche Abneigung und zeige dem fiesen Fettsack, von wo aus er die Bühne entern muss. Was für eine überaus befriedigende Erfahrung es sein wird, denke ich insgeheim natürlich doch, zuzusehen, wie der Herr der Rettungsringe sich mal so richtig vor versammelter Mannschaft zum Honk macht. Und irgendwie hat es doch eine fast poetische Gerechtigkeit, wenn man bedenkt, wie begeistert er bei all meinen Demütigungen in letzter Zeit mitgewirkt hat.

Graham alias »die Mampfwalze« hievt sich die Treppe hoch. Sein Jungsbusen wabbelt bei jedem donnernden Schritt. Er stampft in die Bühnenmitte und starrt ins Publikum, als wüsste er gar nicht, was er eigentlich hier soll. Und dann macht er den Mund auf und fängt an zu singen.

Wow.

Engelsgleiche Töne steigen auf und unsere abgeranzte Turnhalle wird für einen kurzen Moment zur Kathedrale. Ein richtiger Sängerknabe, wer hätte das gedacht?

Die Zuschauer schweigen verdutzt. Als der Song zu Ende ist, schnieft Graham einmal, kratzt sich kurz im Schritt und trottet dann, begleitet von begeisterten Pfiffen und Jubelrufen, die Treppe runter.

»Ähm, vielen Dank, Graham!«, meldet sich Mr Jagger über den Applaus hinweg zu Wort. »Ich denke, ich kann für uns alle hier sprechen, wenn ich jetzt sage, dass das absolut unerwartet kam!«

Das kann er laut sagen. Es hätte mich weniger überrascht, wenn er einen Brontosaurier aus einem Hut gezaubert hätte.

Das restliche Programm ist etwas vorhersehbarer: mittelmäßige Gesangseinlagen, eine nervöse Turnerin und eine immerhin engagierte Streetdance-Nummer. Ich hake jeden Act auf meinem Klemmbrett ab und notiere mir hastig meine Eindrücke und die Reaktionen des Publikums.

Als die letzten Künstler die Bühne verlassen haben, winkt Mr Jagger mich zu sich. »Und, was meinst du?«

»Ich persönlich würde sagen – und ich denke, das Publikum ist da ganz meiner Meinung –, Graham und Wendy«, antworte ich wie aus der Pistole geschossen.

»Ha, zwei Doofe, ein Gedanke«, witzelt er und schenkt mir ein knie-puddingfizierendes Grinsen. »Okay, dann schreib sie auf die Liste. Wir geben es dann nächste Woche bekannt, wenn wir auch die anderen Teilnehmer gesehen haben.«

Ich kritzele Grahams und Wendys Namen hin, und er fragt: »Wie kommst du denn nach Hause? Soll ich dich mitnehmen?«

Hmmm. Ich bin echt schwer in Versuchung, aber ich weiß, wenn ich mein Fahrrad über Nacht dalasse, muss ich am nächsten Morgen wieder mit dem Höllenbus in die Schule fahren. *Schauder.*

»Danke, nein, Sir. Ich hab mein Fahrrad draußen stehen.«

»Oh, super, ich wusste ja gar nicht, dass du gern radfährst«, sagt er erfreut. »Ich könnte auch nicht ohne meinen Drahtesel. Aber vergiss nicht, das Licht einzuschalten. Und danke noch mal für deine Hilfe. Ich könnte mir keine bessere Assistentin wünschen, du bist der Hit!«

Und dann LEGT ER DEN ARM UM MICH! Okay, er drückt mich zwar nur ganz kurz und lächelt mir zu, aber meine Knie verwandeln sich von Pudding in Luft.

Die erste Runde ist super gelaufen, wie am Schnürchen.
Juhu, juhu, juhu, juhu!
Mr J. denkt, ich bin »der Hit«!
Und er HAT MICH UMARMT.

3. April

Morgens trete ich in die Pedale, als ginge es um das Gelbe Trikot bei der Tour de France, um auf jeden Fall um Viertel vor acht in der Schule zu sein und alles für die nächste Talentshow-Runde heute Abend vorzubereiten. Bevor ich mich auf den Weg Richtung Klassenzimmer mache, husche ich schnell noch mal zur Toilette, um sicherzugehen, dass ich nicht aussehe wie einmal rückwärts durch die Hecke gezogen. Als ich in der Tür stehe, sitzt Mr J. schon hinter seinem Pult, den Kopf in die Hände gestützt, das Hemd zerknittert, die Haare abstehend wie Igelstacheln. Ich muss mich jedimäßig zusammenreißen, um nicht die Hand auszustrecken und sie glatt zu streichen. Er sieht einfach so süß zerzaust aus.

»Guten Morgen.«

»Oh, hallo, Lara, komm rein«, sagt er. »Du bist aber früh dran, der Bus kann doch noch nicht da sein, oder?«

»Ich bin mit dem Rad da. Ich wollte Ihnen nur meinen Plakatentwurf für das Finale zeigen, damit Sie gucken können, ob noch was geändert werden muss. Wenn es Ihnen gefällt, kann ich damit heute noch in die Druckerei. Ich hab mit der

Frau dort gesprochen, und sie meinte, sie braucht dafür nur ein paar Tage. Die Tickets sind auch schon fertig … und …«

Ich habe das Gefühl, er hört überhaupt nicht zu.

»Mr Jagger?«

»Oh, tut mir leid.« Er setzt sich aufrechter hin und schüttelt den Kopf. »Tickets, ja, das ist prima. Dann zeig doch mal das Plakat.«

Jede freie Minute, die ich diese Woche hatte, ist dafür draufgegangen. Die Illustrationen kommen vor dem Hintergrund richtig gut zur Geltung und die Collage aus Fotos von der Vorrunde und den Proben wirkt fast wie in 3-D. Ich habe STUNDEN da drangesessen.

Aber Mr J.s Reaktion ist jede Sekunde davon wert.

Er zieht das Poster vorsichtig aus dem Ordner und begutachtet es aufmerksam und schweigend. Schließlich sieht er zu mir auf.

»Das ist ja der Wahnsinn. Mein Gott, gibt es eigentlich irgendwas, was du nicht kannst?«

Ein warmes Glühen breitet sich in meinem ganzen Körper aus. »Freut mich, dass es Ihnen gefällt.«

»Gefällt?«, wiederholt er. »Es ist fantastisch! Kaum zu glauben, dass jemand in deinem Alter so was draufhat.«

Ich strahle. »Hab ich ganz allein gemacht, Ehrenwort! Aber es hat auch ewig gedauert.«

»Wow«, sagt er und betrachtet wieder das Poster. »Dein Talent haut mich wirklich um. Und überhaupt, wie viel du mir mit der Show geholfen hast. Vielen Dank.«

»Ach was, danke *Ihnen*. Ich mache das doch gern.«

Weil ich Sie *so gern habe, Mr J.*

Den restlichen Tag gehe ich wie auf Wolken. Was ziemlich untypisch für mich ist, normalerweise wate ich nämlich eher durch einen Sumpf. Aus Beton. Die Show geht wieder total glatt, aber die Kandidaten sind diesmal nicht so gut wie gestern. Als Erster ist »Magic Mark« mit ein paar Kartentricks an der Reihe, die ganz okay sind, aber leider ist er so nervös, dass ihm einmal der komplette Stapel runterfällt. Schade. Dann ein Zwillingspärchen aus der Siebten mit der launig betitelten Tanznummer »Ich glaub, ich seh doppelt«, das sich am Ende auf der Bühne zu prügeln anfängt und von Mr J. getrennt werden muss. (Wofür es übrigens Riesenapplaus gibt.)

Und schließlich die völlig talentfreie Miss Molly Hässlich-Doof, die »Someone Like You« von Adele dermaßen massakriert, dass ich mir am liebsten die Ohren abreißen würde.

Da wir uns heute niveaumäßig aber sowieso schon unterhalb vom Maulwurf bewegen, muss ich Mr J. recht geben und Molly ins Finale weiterkommen lassen.

Grrr.

Dafür hat er mir, als sie gesungen hat, einen Blick zugeworfen und verstohlen die Augen verdreht. (Er sieht immer noch total müde aus, aber dadurch, wenn das überhaupt möglich ist, sogar noch unwiderstehlicher als sonst.) Das beweist doch, dass wir dasselbe denken: Wir befinden uns dermaßen auf einer Wellenlänge, dass wir uns völlig ohne Worte verstehen. Außerdem ist er offenbar der einzige Erwachsene, der Mollys Nettes-Mädchen-Tour durchschaut. Sogar Mum ist ja drauf reingefallen.

Oh Mann, ich wünschte, ich hätte noch ein anderes Foto von ihm als das von Facebook. Vielleicht ein aktuelleres, auf dem er mehr aussieht wie heute. Eigentlich wollte ich heimlich mit dem Handy eins machen, aber wenn er mich dabei erwischt hätte, wäre ich tot umgefallen vor Scham.

Diesmal hat er mir übrigens nicht angeboten, mich mitzunehmen, dabei komme ich so langsam zu dem Schluss, dass eine Autofahrt mit ihm selbst einen Albtraumtrip im Höllenbus wert wäre.

Ach, Mr J. Ohne Sie als meine metaphorische Oase wäre mein Leben eine endlose Wüste. Sie sind der einzige Mensch auf der Welt (Außer Emma. Und vielleicht noch Granny.), der anscheinend wirklich gern Zeit mit mir verbringt. Sonst kann mich ja niemand leiden, weder meine angeblichen früheren Freunde noch meine eigene Familie.

Heute Abend hatte ich SCHON WIEDER Stress mit Dad wegen irgendeiner Kleinigkeit. Ich weiß noch nicht mal mehr, weswegen, so unwichtig war es. Ich habe direkt zu Anfang der Litanei abgeschaltet, aber hin und wieder ist doch mal ein Fetzen zu mir durchgedrungen: »… wie ein Verbrecher verhalten … getan, um das zu verdienen … mir den Arsch aufgerissen und jetzt … mal eine Minute Ruhe in meinem eigenen Haus …«

Wie es aussieht, hat er keine Ahnung davon, was andere in meinem Alter so für Zeug abziehen, wenn er schon denkt, *ich*, die Mutter Teresa unter den Teenagern, wäre außer Kontrolle. Vielleicht sollte ich mal ein bisschen klauen. Ein paar gewagte Selfies posten. Oder mich mit 'nem Typen mit Knasttattoos und einem Kampfhund namens Tyson einlassen. Dann könnte er mal sehen.

»Mum, Dad, das hier ist Keith.«

»Freut mich. Sie können mich Psycho nennen, das machen alle meine Freunde so.«

5. April

Verdammtes Miststück.

Ich schwöre, irgendwann bringe ich Molly um.

Ich sitze auf meinem Bett und fühle mich immer noch wie ein Vulkan kurz vor dem Ausbruch. Noch nie in meinem Leben bin ich so gedemütigt worden. Das hat sogar das Klofoto getoppt.

Dieses bösartige, verdammte MISTSTÜCK.

In der Pause war noch alles super. Mr J. und ich hocken in der Klasse und quatschen über die Show, als es an der Tür klopft.

»Dürfen wir reinkommen, Sir?«, fragt Molly mit Mikaela und Chloe im Schlepptau.

»Natürlich«, sagt er und schenkt ihnen ein »Ich bin euer Lehrer, also bleibt mir sowieso nichts anderes übrig«-Lächeln, nicht das echte »Ich mag dich als Mensch«-Lächeln, das er für mich reserviert hat. Auch Mollys Leichenbittermiene hält sie, wie ich bemerke, nicht davon ab, auf Teufel komm raus Titten und Zähne einzusetzen. Schlampe.

»Sir, es ist mir ein bisschen peinlich …« Ihr Blick schweift zu mir und dann wieder zurück zu ihm.

»Lara, würdest du kurz draußen warten?«, bittet er mich.

Ich beschließe, das Beste aus dieser seltenen Gelegenheit zu machen, nämlich: ohne Angst aufs Klo gehen zu können. Als ich wiederkomme, ziehen die drei kleinen Schweinchen (von denen allerdings keins Schweinchen Schlau genannt werden kann) gerade wieder ab. Jede hat ein hämisches Grinsen im Gesicht, das sich zu kreischendem Gelächter auswächst, sobald sie um die Ecke sind.

Ich kann mich kaum überwinden aufzuschreiben, was als Nächstes passiert ist. Es ist *so* peinlich. Ich mein's ernst, ich bringe dieses Biest um, und wenn es das Letzte ist, was ich tue.

Die peinlichste Unterhaltung meines Lebens

Mr Jagger: Hm. Okay. Ich muss mal mit dir über was reden. Es fällt mir allerdings nicht leicht.

Ich: Worum geht's denn, Sir?

Mr Jagger: Tja, um es kurz zu machen: Molly weigert sich, sich vor dem Showfinale in der Künstlergarderobe umzuziehen, wenn du auch da bist.

Ich: Warum?

Mr Jagger: Denk nicht, dass ich ihr das auch nur im Geringsten abnehme, aber sie behauptet, du hättest Läuse.

Ich: ?

Mr Jagger: Ich hab ihr gleich gesagt, dass das lächerlich ist.

Ich (innerlich schäumend): Ich habe keine Läuse. Oder irgendwas in die Richtung. Das ist bloß ein ganz mieser Scherz.

Mr Jagger (sichtlich erleichtert): Okay. Also, falls nötig, könntest du ja einfach zur Schulkrankenschwester gehen und …

Ich: Ich habe keine Läuse. Ich muss nicht zur Krankenschwester.

Mr Jagger: Gut. Ich rede noch mal ein Wörtchen mit Molly. Das ist doch wirklich zu albern.

Ich: Nein! Ich meine, schon okay, es war ja nur ein Witz. Ehrlich, mir macht das nichts. Können wir jetzt einfach weiterplanen?

Ich weiß noch nicht, wie, aber eines Tages werde ich dir das heimzahlen.
Molly Hardy-Jones, du bist so gut wie tot.

6. April

Als Allererstes bin ich heute (schon wieder) mit dem Erlaubniswisch für Cambridge zur Jungenschule rüber und hab ihn (endlich) Ms Longbottom, der Sekretärin, gegeben, wie von Mr J. instruiert. Ich stand jetzt schon zweimal da auf der Matte und bin zweimal wieder weggeschickt worden, weil sie gerade zu viel zu tun hatte. Oh Mann, scheint, als hätte die sich mit dem Dienstleistungssektor genau das richtige Betätigungsfeld ausgesucht.

Ich: Hallo. Mr Jagger hat gesagt, ich soll das hier bei Ihnen abgeben.
Muffelige Mistkuh von Sekretärin (schnappt sich den Zettel): Ach, hat er das? Und was soll das sein?
Ich: Ähm, das ist die Erlaubnis meiner Eltern für den Ausflug nach Cambridge.
MMvS: Und wo ist der Scheck?
Ich: Welcher Scheck?
MMvS: Tz. Der Scheck, mit dem du für die ganze Angelegenheit bezahlst.
Ich: Ach so, Mr Jagger hat gesagt, darum kümmert er sich.

Er meinte, die Schule würde die Ausgaben für mich übernehmen.

MMvS: Warum?

Ich: Was, warum?

MMvS: Warum sollte er so was behaupten?

Ich: Ähm, weiß nicht? Vielleicht reden Sie da lieber direkt mit ihm.

MMvS: Ha!

Ich: Tja, dann vielen Dank auch. Tschüss.

MMvS (grummelig): Und mach die Tür hinter dir zu.

Ich (ganz leise): Muffelige Mistkuh.

MMvS: Was hast du gesagt?

Ich (im Weglaufen): Nichts!

Was für ein widerwärtiger Wiederkäuer.

In der Pause gehe ich zu Mr Jagger, um ihm zu sagen, dass ich den Wisch abgegeben habe, aber als ich ankomme, telefoniert er gerade, also drücke ich mich eine Weile auf dem Flur rum. Natürlich *will* ich nicht lauschen, aber die Tür ist offen, darum kriege ich eben einiges mit.

»Nein! Ich überlege es mir nicht anders. Bitte versuch, das zu verstehen.«

Der Boden unter meinen Füßen knarzt und er sieht auf. Ich forme mit den Lippen ein »Entschuldigung!« und will mich schon verziehen, aber er signalisiert mir, dass ich warten soll. »Hör mal, ich muss jetzt auflegen. Ich ruf dich später noch mal an … nein, Dawn, ich kann dir nicht sagen, *wann*. Irgendwann nach der Arbeit.«

»Tut mir leid«, sage ich, nachdem er aufgelegt hat. »Ich hatte erst nicht gesehen, dass Sie telefonieren.«

Er fährt sich mit den Fingern durchs Haar und mein Herz zerschmilzt. Der Stress legt seine schöne Stirn in Falten, und er sieht schon wieder furchtbar traurig und müde aus, gar nicht wie er selbst.

»Hey, kein Problem. Du weißt doch, meine Tür steht immer offen.«

»Außer wenn sie mal zu ist, haha!«, witzele ich, weil ich nun mal ein Volltrottel bin, der trottelige Sachen von sich gibt, wenn er nervös ist.

Er nickt. »*Dir* würde ich niemals die Tür vor der Nase zuschlagen, Lara. Was kann ich für dich tun?«

Mein Herz antwortet: *Was tun Sie nicht schon alles für mich? Mr Jagger, Sie sind das einzig Positive in meinem Leben. Ich kann nicht aufhören, an Sie zu denken. Wenn ich Sie nicht hätte, würde ich mich vermutlich umbringen.*

Aber aus meinem Mund kommt zum Glück nur: »Ähm, ich hatte mich eigentlich gefragt, was ich für *Sie* tun kann. Ich meine, wenn Sie irgendwas haben, wobei Sie Hilfe brauchen.«

»Im Moment nicht, danke dir. Alles in Ordnung? Gibt's irgendwas, was dir auf dem Herzen liegt?«

Mein goldenes Ticket, um mich an Molly zu rächen.

Seine sonst so strahlenden Augen blicken ernsthaft besorgt und beinahe platzt alles aus mir raus: die vielen Gemeinheiten, mein iPod, der Bus, Sam, Chloes Verrat, das Klofoto – der gesamte Katalog meiner Misere. Ich mache den Mund auf … und dann haut mir die Realität mit voller Wucht eine rein: Solange meine Mum für Mollys Eltern arbeitet, habe ich gar keine andere Wahl, als die Klappe zu halten und mir alles gefallen zu lassen.

Stattdessen also: »Ich habe die Erlaubnis für den Cambridge-Ausflug abgegeben.«

»Das freut mich zu hören. Hast du auch das mit der Kostenübernahme erklärt?«

»Ich hab's versucht, aber diese Sekretärin war ungefähr so freundlich wie ein Rottweiler.« Er erwidert nichts, also fasele ich weiter. »Sie hat mir bloß den Zettel aus der Hand gerissen und total mürrisch reagiert, als ich gesagt habe, Sie würden sich drum kümmern, dass ich ohne Bezahlung mitkann. Da sollte echt mal jemand ein Schild an der Tür anbringen, ›Vorsicht, bissiger Hund‹ oder so.«

Sein Lächeln erlischt. »Na ja, immerhin hast du es jetzt erledigt. So, und jetzt entschuldige mich, Lara, oder war noch irgendwas? Ich muss hier mal weiterarbeiten.«

»Äh, n-nein, das war's. Wir sehen uns dann heute Abend bei der nächsten Vorrunde, ja?«

Er sieht nicht mal mehr von seinem Pult auf. »Ja, bis dann.«

Woraufhin ich mich in der Bibliothek verkrieche und mich frage: Was hab ich bloß gesagt, dass er so genervt von mir ist?

Den ganzen Nachmittag bin ich total verkrampft, und als es dann Zeit für die Auftritte ist, bin ich kurz vorm Heulen. Zu meiner Aufheiterung (nicht wirklich) ist Mrs Muirhouse schon da und legt direkt los mit ihrem Jury-Job. Wobei eine akkuratere Beschreibung wohl wäre: die zerbrechlichen Egos der Bewerber als Wetzstein für ihre Zunge benutzen. Autsch.

»Tja, meine Liebe, ich fürchte, du bist hier falsch. Das hier ist eine Talentshow, weißt du? Mit Betonung auf TALENT.«

Arme Reanne! Gut, sie hat wirklich rumgejault wie ein Esel mit Angina im Endstadium, aber trotzdem … Mann, Mrs Muirhouse, das ist echt zu heftig.

Als Zweiter ist der kleine Danny Hudson aus der Siebten an der Reihe. Ich muss mich schon winden, als ich ihn die Treppe raufgehen sehe – wie er wohl damit klarkommen wird, wenn Mrs Muirhouse zum Hulk wird und sein Selbstbewusstsein in Fetzen reißt? Aber wer hätte das gedacht, er bekommt wohlverdiente Standing Ovations, und selbst Mrs Muirhouse muss zugeben, dass er »gar nicht mal so übel« Gitarre spielt, was wohl bedeutet, dass ihm in der Zukunft ein Brit Award winkt.

Der dritte Auftritt allerdings wird zum blutigen Massaker: drei Mädels aus der Achten, die erbärmlich schief singen.

»Du da, DU hättest allein vielleicht eine Chance«, sagt Mrs Muirhouse und deutet auf eins der angstvoll aneinandergedrängten Häufchen Elend auf der Bühne. »Nein, nicht ihr zwei, die da. Du klingst ganz passabel. Aber ihr beiden, puh, also ihr seid echt der ›Kack‹ in ›Kakofonie‹. Absolut furchtb…«

»Viiiiieelen Dank, Mrs Muirhouse«, unterbricht Mr Jagger und bricht in lauten Applaus aus. »Prima, Mädels, danke fürs Mitmachen. Leider stehen wir heute Abend ein bisschen unter Zeitdruck, die Ergebnisse teilen wir euch dann nächste Woche mit. Danke, dass ihr gekommen seid, Leute.«

Er verlässt die Turnhalle, sobald der Hausmeister zum Abschließen kommt, und ruft mir nur ein beiläufiges »Tschüss« zu. Mein Herz liegt wie ein Stein in meiner Brust und mir steigen Tränen in die Augen. Wie auf Autopilot stapfe ich nach draußen zum Fahrradschuppen.

Was habe ich getan?

Warum ist er bloß so sauer auf mich?

Ich habe gerade mein Fahrrad losgeschlossen, als ich seine

Stimme höre, wütender denn je, er schreit fast. Ich spähe aus dem Schuppen hervor und da steht er neben seinem Auto, mit einer Frau. Zuerst ist es zu düster, um ihr Gesicht zu erkennen, aber dann bewegt sie sich und das Sicherheitslicht geht an: die muffelige Mistkuh von Sekretärin!

Hier im dunklen Schuppen können sie mich nicht sehen, dafür habe ich absolut klare Sicht auf die Szene. Sie grabscht nach seiner Hand, aber er zieht sie weg und fängt jetzt richtig an zu schreien.

»Egal, was du sagst, es ändert nichts mehr.«

Ihre Entgegnung kann ich nicht verstehen.

»Dawn, es ist AUS!« Er steigt in den Wagen. »Und ich will meinen Schlüssel zurück. Klar?«

Damit rast er vom Parkplatz, während sie ihm hinterherstarrt, bis er im Verkehr verschwindet. Ich warte, bis sie endlich geht, dann schleiche ich mich mit meinem Fahrrad vom Schulgelände und fahre nach Hause.

Also war er gar nicht auf *mich* sauer! Ich habe den ganzen Tag total grundlos in der Hölle geschmort. Ich fasse es nicht, dass er überhaupt mal was mit dieser fiesen, arschgesichtigen Zicke hatte. Im Ernst, ich kann mir kein ungleicheres Paar vorstellen als die MMvS und Mr Perfect. Die beiden passen doch zusammen wie Kropf und Deckel.

Interessant allerdings, dass er dann jetzt wohl Single ist. Nicht dass ich auch nur für einen kurzen Moment annehmen würde, er könnte was an Prinzessin Feuermelder hier finden, und er ist schließlich immer noch mein Lehrer. Aber immerhin bedeutet das, er kann sich jetzt jemanden suchen, der ihn verdient hat und ihn zu schätzen weiß (was bei *ihr* ganz offensichtlich nicht der Fall war). Er war echt total verschwendet an dieses Biest. Kann mir nicht vorstellen, dass er sie überhaupt besonders mochte. Und mit dieser schönen Vorstellung wünsche ich mir selbst *süße Träume …*

Später.

Mum und Dad streiten schon wieder und geben sich nicht mal mehr Mühe, leise zu sein.

Gerade ist Simon zu mir reingerannt gekommen, hat den Kopf unter mein Kissen gesteckt und heult sich die Augen aus. Ich bring's nicht übers Herz, ihn rauszuschmeißen, auch wenn er mir total meinen schönen, sauberen Bettbezug vollrotzt. Ich lege mich hin, kuschele mit ihm und erzähle ihm irgendwelche albernen Geschichten, bis er wieder einpennt. Dann trage ich ihn zurück in sein Zimmer, decke ihn zu und gebe ihm einen Kuss.

In der Zwischenzeit haben sich Mum und Dad weitergezofft und sind IMMER noch nicht fertig. Ich wünschte, ich hätte meinen iPod.

Ach ja, ganz vergessen: Chloe hat mich auf Facebook entfreundet, also schätze ich mal, das war's jetzt endgültig.

Tja, ihr Pech.

9. April

Ich bin von zu Hause abgehauen.

Na ja, nur für einen Tag, und jetzt bin ich auch wieder da, zumindest bis auf Weiteres.

Alles die Schuld von diesem miesen Alkoholikerschwein. Ich hasse ihn, ich HASSE ihn.

Gestern nach dem Abendessen: Anstatt sich mit seiner miesen Laune zu seiner dämlichen Eisenbahn auf den Dachboden zu verziehen, hat er wohl beschlossen, dass wir auch was davon haben sollen. Mum, Simon und ich sitzen im Wohnzimmer vor dem Fernseher und quatschen und lachen. Ausnahmsweise amüsieren wir uns mal.

Na schön, vielleicht haben wir die Kiste ein kleines bisschen lauter gestellt als sonst, um den Heavy-Metal-Mist der Asisvonnebenan zu übertönen, der durch die Wand rübergewummert kommt, aber wir machen echt keinen Lärm oder so. Was Dad anders zu sehen scheint.

»Müsst ihr hier so einen Krach veranstalten?«, knurrt er. »Erst die Asisvonnebenan und jetzt auch noch ihr!«

Er geht durchs Zimmer und hämmert mit der Faust so fest gegen die Wand, dass Simons und meine Schulfotos klappern. Eine Sekunde später drehen die Asisvonnebenan die lieblichen Klänge von »Satan, komm uns martern« noch lauter.

»Verdammt noch mal!«, brüllt Dad und trommelt jetzt mit beiden Fäusten gegen die Wand.

»Lass doch gut sein, Tony«, sagt Mum. »Du machst es nur schlimmer.«

Dad dreht völlig durch. »Schreib du mir nicht vor, wann ich was gut sein lassen soll. Ich muss mir dein Genörgel auch die ganze Zeit anhören und bei dem Lärm da kann man ja keinen klaren Gedanken mehr fassen.«

Er drückt seine Bierdose zusammen und schmeißt sie Richtung Mülleimer. Komplett daneben.

Mit einem vielsagenden Blick auf die Dose erwidert Mum: »Ich glaube nicht, dass es der Lärm ist, der dein Denkvermögen beeinträchtigt, Tony«, und wendet sich uns beiden zu, die wie gelähmt auf dem Sofa sitzen.

»Geht bitte mal in eure Zimmer, ja?«

»Mum …«, quengelt Simon.

»Sofort.«

Dad tritt wortlos zur Seite und wir schlurfen die Treppe rauf. Simon kommt mit in mein Zimmer. Er drückt sich die Hände auf die Ohren und fängt leise an zu weinen, während ich ihn im Arm halte. Armer Kleiner. Ich meine, solche Szenen machen sogar mir Angst, und für ihn muss es noch tausendmal heftiger sein, so wie er zittert und schnieft. Klar, 99,9 % der Zeit macht er mich total kirre, aber ich kann's trotzdem nicht ertragen, ihn so traurig zu sehen.

Unterdessen wird das gedämpfte Geschrei von unten immer lauter, aber verstehen kann man immer noch nichts, wegen der Hässlichen Headbangervonnebenan. Aber mir ist auch so klar, worum es geht, schließlich hab ich's oft genug mit angehört: *Geld / Trinken / Familie / Schulgebühren / Arbeit usw. usw.*

Dann wird es auf einmal still, gefolgt von einem …

KLIRR!

Als Nächstes rennt Dad die Treppe hoch und an meiner Tür vorbei. Die Dachbodenleiter knarzt unter seinem Gewicht, als er zu seiner Eisenbahn flieht, und ich könnte schwören, dass ich höre, wie er sich eine neue Dose aufreißt. Ich lege den Finger an die Lippen und nicke Richtung Tür. Simon, rotzgesichtig und hicksend, nickt zurück und bleibt auf dem Bett, seinen Teddy fest im Arm. Ich drücke die beiden einmal kurz an mich und schleiche mich dann die Treppe runter.

Mum ist im Wohnzimmer und kehrt die Überreste des scheußlichen Kristallhais auf, der bislang in jedem Haus, in dem wir je gewohnt haben, auf dem Kaminsims gestanden hat. Mum liebt dieses blöde Ding – na ja, hat es geliebt. Dad hat es ihr damals spontan bei einem Besuch im Aquarienhaus gekauft und gefragt, ob sie ihn »hairaten« möchte. Megakitschig, klar, aber irgendwie doch sehr süß. Fand Mum zumindest immer.

Und jetzt liegt der Hai in Scherben auf dem Kehrblech.

»Mum …«, sage ich.

Sie sieht auf. »Dein Dad ist nicht ganz er selbst im Moment, Schatz. Er hat das nicht absichtlich kaputt gemacht.«

»Mir doch egal. Er benimmt sich wie der allerletzte Idiot und er macht Simon Angst. Warum sagst du ihm nicht, dass er damit aufhören soll?«

»Ich gebe mir doch Mühe, merkst du das denn nicht?« Sie deutet auf die Scherben. »Aber er hört eben nicht mehr auf mich. Meistens verkriecht er sich ja sowieso da oben, und wenn ich ihn doch mal erwische, haben wir uns nur gleich wieder in der Wolle.«

»Und was ist mit Onkel Andy? Vielleicht würde er ja auf ihn hören.«

»Komm mal her.« Sie nimmt mich in den Arm. »Dein Onkel Andy weiß längst Bescheid, Liebes. Und ich habe wirklich versucht, deinen Dad dazu zu bringen, dass er mit ihm über alles spricht, aber du kennst ihn ja, er macht einfach dicht.«

Dann erklärt sie, dass er einfach nicht gut damit klarkommt, wenn etwas schiefläuft, und dass er sich für ALLES selbst die Schuld gibt: die Sache mit der Firma, das fehlende Geld, unseren Zwangsumzug, die Asisvonnebenan, dass Mum putzen gehen muss, dass sie solche Mühe haben, mein Schulgeld zu bezahlen, dass alle unglücklich sind …

»Ich weiß, im Moment verhält er sich wie ein Schwachkopf erster Güte, und ich kann es auch nicht ausstehen, wenn er so ist. Aber ich und du und Simon sind das Wichtigste in seinem Leben. Er hat ein furchtbar schlechtes Gewissen und ist wütend auf sich selber, und damit kann er einfach nicht umgehen.« Sie gibt mir einen Kuss auf den Scheitel. »So, und jetzt geh schon mal ins Bett, ich komme auch gleich nach oben. Ich klingele nur noch kurz nebenan und versuche, denen da ein bisschen gut zuzureden.«

Was auch immer sie da drüben sagt, scheint zu funktionieren (Hat sie ihnen etwa mit einer Anzeige wegen grober Geschmacksverirrung gedroht?), denn sie drehen die Musik sofort leiser.

Nachdem sie Simon ins Bett gebracht hat, kommt sie noch kurz zu mir, um Gute Nacht zu sagen, und obwohl sie traurig und erschöpft ist, ist es schön, ausnahmsweise mal das Gefühl zu haben, dass wir auf einer Seite stehen. Und sie hat mir wirklich geholfen, das Ganze mal ein bisschen mehr von Dads Standpunkt aus zu sehen, sodass ich eher Mitleid mit ihm hatte, als wütend zu sein.

Zumindest für ein Weilchen.

Ich lese noch ein bisschen und schlafe irgendwann zum

Soundtrack von Dads Schritten über mir – auf und ab, auf und ab – ein.

Und dann wird es richtig abgedreht.

Ich weiß nicht, wie lange es dauert, bis ich aufwache, aber ich weiß ganz genau, was mich geweckt hat: ein schwerer, verschwitzter Körper, der mich an die Wand drückt. Erschreckt fahre ich hoch. Ich versuche, ihn wegzuschubsen, aber er bewegt sich nicht, und schließlich muss ich über den Mann klettern, der in meinem Bett liegt.

Dad.

Der süßliche Biergestank, den er verströmt, ist so widerlich, dass ich würgen muss. Ich schleiche mich zu Mum und rüttele sie wach.

»Mum … Mum … Komm mal schnell.«

»Wa… was ist los, Lara? Ist was nicht in Ordnung?«

»Dad liegt in meinem Bett und schläft.«

Sie wirft die Decke von sich.

»Er ist total zu. Ich weiß nicht, ob er aufwacht.«

»Oh, das wird er, keine Sorge«, faucht sie, jetzt hellwach. Sie marschiert direkt in mein Zimmer, kickt Dads abgelegte Klamotten zur Seite und macht Licht. »Tony!«, ruft sie ihm direkt ins Ohr. »TONY! STEH AUF.«

Dad, das besoffene Schwein, schnarcht nur und dreht sich um. Mum nimmt das fast volle Glas Wasser von meinem Nachttisch und schüttet es ihm ins Gesicht. Das wirkt.

»Waaaas?!«, blubbert er hervor.

»Raus hier. Sofort.« Sie reißt ihn am Arm hoch wie ein ungehorsames Kind. Er kommt stolpernd auf die Füße, nur in Boxershorts, und lässt sich taumelnd von ihr ins Schlafzimmer zerren.

»Geh wieder ins Bett, Lara«, bestimmt Mum über die Schulter hinweg. »Wir besprechen das morgen früh.«

Aber ich kann nicht. Mein Kissen ist klatschnass und das ganze Bett riecht einfach nur ekelhaft und fremd, darum lege ich mich zu Simon. Er wacht nicht mal auf, aber ich kriege kaum ein Auge zu. Als es hell wird, packe ich ein paar Klamotten in meinen Rucksack und schreibe einen Zettel:

Mum,
ich schlafe heute bei Granny.
Lara

Ich frage Granny nicht, ob das okay ist, sondern tauche einfach nach der Schule bei ihr auf. Sie hat sich in ihre uralte Häkeldecke eingemummelt und wirkt für ihre Verhältnisse ziemlich munter.

»Hallo, Lara, Liebes. Deine Mum hat heute Morgen schon angerufen und Bescheid gesagt, dass du bei mir übernachten willst. Ich hab dir die Couch fertig gemacht.«

»Danke, Granny«, sage ich.

»Willst du drüber reden?«

»Eigentlich nicht.«

»Tja, Schweigen ist Gold, was? Gut, ich will sowieso *Familienduell* zu Ende gucken. Gib mir doch mal die Flasche da von der Kommode, ja? Hast du Hunger?“

»Ziemlich«, sage ich.

»Auf der Arbeitsplatte steht eine Dose Eierravioli, die kannst du dir warm machen.« Und damit stellt sie die Glotze wieder auf Kirmeslautstärke und kuschelt sich in ihren Sessel.

Tja, wenn man weisen, yodamäßigen Rat sucht, ist man bei meiner Granny an der falschen Adresse. Am Ende bleibe ich nur die eine Nacht da; die Sofafedern bohren sich einem in den Rücken wie rostige Zweige. Außerdem riecht es nach Pipi.

Mit Dad habe ich noch nicht gesprochen, seit ich wieder da bin. Er verschanzt sich auf dem Dachboden und ich mich in meinem Zimmer.

Mir schwirrt der Kopf.

Warum kann er nicht einfach wieder mein ganz normaler Dad sein?

Mal hasse ich ihn, dann bekomme ich ein schlechtes Gewissen, weil es ja eigentlich meine Schuld ist, dass er überhaupt in dieser Misere steckt, und so geht es immer hin und her. Ich denke daran, wie er mein Bett vollgemieft hat, zu besoffen, um den Weg in sein eigenes zu finden.

Ekelhaft.

Aber dann fällt mir wieder ein, dass er gar nicht so gestresst wäre und nicht trinken müsste, wenn meine Schulgebühren nicht wären.

Oh Mann, ich bin total durcheinander. Und dann habe ich heute in der Schule nicht mal Mr Jagger zu Gesicht bekommen, weil er schon wieder bei einer dieser dämlichen Fortbildungen war. Den ganzen Tag ist also nicht mal eine klitzekleine positive Sache passiert.

10. April

Als ich von meiner abendlichen Zeitungsrunde zurückkomme, warten Mum und Dad schon im Wohnzimmer und haben ihre »Wir haben schlechte Nachrichten«-Gesichter aufgesetzt.

»Was ist los? Ist was passiert?«, frage ich panisch. »Was mit Granny? Geht's ihr gut?«

Mum wirft Dad einen Blick zu und antwortet dann. »Mit deiner Großmutter ist alles in Ordnung. Es geht um Dad und mich. Ich sage es dir jetzt einfach ganz direkt, Schatz. Wir wollen es mit einer Trennung auf Probe versuchen.«

»Was?«

»Einer Trennung auf Probe. Dein Dad wird für eine Weile ausziehen, damit wir beide etwas Abstand gewinnen können und –«

»Was deine Mutter damit meint«, unterbricht Dad und drückt seine Kippe regelrecht brutal im Aschenbecher aus, »ist, dass sie mich jetzt, wo ich den tollen Job und das tolle Haus nicht mehr habe, wohl auch nicht mehr so toll findet. Und darum setzt sie mich auf die Straße.«

»Tony, du weißt ganz genau, dass das nicht stimmt«, sagt Mum. »Lara, ich – *wir* hoffen, du verstehst, wie schwierig es in der letzten Zeit für deinen Vater und mich war, nachdem wir das Geschäft und das Haus verloren haben und so weiter. Das war alles sehr belastend.«

Dad schnaubt nur.

»Die letzten Jahre waren einfach hart, und wir brauchen ein bisschen Zeit, um darüber nachzudenken, wie es jetzt weitergehen soll«, fährt sie fort, ohne ihn zu beachten.

»Aber das ist doch nur vorübergehend, oder?«, frage ich.

Dad lässt Mum nicht aus den Augen, sagt aber kein Wort.

»Ich werde deinen Dad immer lieben«, antwortet Mum zögerlich. »Aber ich kann so nicht mit ihm zusammenleben. Nicht unter diesen Umst…«

»Unter diesen Umständen?«, explodiert Dad. »Und die sind dann wohl auch bloß meine Schuld, was, Jo? Glaubst du, ich hab drum *gebeten*, bankrott zu gehen? Mir dieses beschissene Loch hier *ausgesucht*? Und war das etwa *meine* Entscheidung, den Job bei Andy auszuschlagen?«

»Tony, wir waren uns doch einig, weißt du nicht mehr? Nicht vor den Kindern.«

Dad holt Luft, als wolle er was erwidern, aber dann seufzt er nur und verlässt das Zimmer. In der Tür dreht er sich noch mal um.

»Aber den Hund nehme ich mit. Versuch gar nicht erst, mich davon abzuhalten.«

Als er weg ist, sagt Mum: »Sag bitte Simon noch nichts. Das regt ihn nur auf. Ich werde es ihm ganz in Ruhe erklären.«

Meinst du etwa, ich wäre scharf darauf, Simon zu erklären, dass seine Eltern sich trennen? Keine Sorge, Mum, da würde ich noch eher Zungenpolka mit Sam Short tanzen.

Oh Mann, ich schätze, so furchtbar, wie hier alles in letzter Zeit gewesen ist, war das wohl nicht zu vermeiden. Klar hasse ich Dad und das Zusammenleben mit ihm war in letzter Zeit der reinste Albtraum.

Aber *so was* hab ich doch nicht gewollt.

11. April

Nur noch eine Woche bis zu meinem sechzehnten Geburtstag. Das heißt, in sieben Tagen darf ich ganz legal:

- bei meinen Eltern ausziehen,
- heiraten,
- Sex haben.

Und, nicht zuletzt (zumindest dem Evangelium der Wikipedia nach):

- Schrotthändlerin werden. (Äh, juhu?)

Als ich von der Schule komme (nach einem glücklicherweise ereignislosen Tag), stolpere ich erst mal über einen von mehreren Kartons mit Ramsch im Flur. »Die holt dein Dad später ab«, sagt Mum, die gerade in der Leggings von gestern und einem ollen T-Shirt aus der Küche kommt. Es riecht anders im Haus. Besser. Sauberer.

»Und Paddington ist schon weg?«

Sie nickt. Simons Augen sind knallrot und er schlingt so fest die Arme um Mums Beine, dass er nicht mal mitkriegt, wie ihre Zigarettenasche auf seinen Kopf rieselt.

Armer Kerl. Er hat es gar nicht gut weggesteckt. Klar, für Mum und mich ist das auch alles nicht schön, aber er ist doch noch so klein. Ich muss echt netter zu ihm sein, viel, viel netter. Von heute an darf ich ihn nicht mehr an seinem Pulli an den Türknauf hängen oder anschreien. Ich werde ein Muster an Geduld, schwesterlicher Toleranz und Nettigkeit sein. Und ich werde ihm auch nie wieder eine scheuern.

Na ja, es sei denn, er hat's wirklich verdient.

»Sag Granny nichts, ja?«, ermahnt Mum mich. »Dad will selbst mit ihr reden.«

Nach meiner Zeitungsrunde fahre ich erst noch bei ihr vorbei. Sie hat schon wieder einen ihrer normalerweise seltenen lichten Augenblicke (will heißen: sie ist nüchtern), also trinken wir zusammen eine Tasse Tee und plaudern ein bisschen. Sie muss doch wissen, was bei uns zu Hause los ist. So wenig, wie sie vorgibt, checkt sie nämlich gar nicht.

»Bald ist ja dein Geburtstag, was?«, sagt sie. »Hast du schon überlegt, was du dir wünschst?«

Okay, viel Hoffnung hab ich natürlich nicht, aber ich will so ein Ding jetzt schon seit Ewigkeiten haben, und Mum und Dad traue ich mich im Moment nicht nach irgendwas zu fragen.

»Ich hätte total gerne ein Tablet, Granny.«

»Ein was?«

»Ein Tablet.«

»Häh?«

»Ein TABLET.«

Sie nickt. »Gut, Liebes, mal sehen, was sich tun lässt. Freitag, nicht?«

»Genau«, antworte ich. »Heute in einer Woche.«

Ooooh, ein Tablet, wie toll wäre das denn bitte? Sollte sie mir nach fünfzehn Jahren voller Porzellankätzchen und Wärmflaschenbezüge etwa tatsächlich was schenken, was ich wirklich gebrauchen kann?

Ein Tablet!

Das wäre echt bombe.

Mr J. hat auch eins und schwärmt davon, wie nützlich die Dinger sind. Zum Beispiel sind viele der Bücher, die ich seiner Einschätzung nach lesen sollte, so alt, dass ich sie mir superbillig runterladen könnte. Und in meiner Winzbutze laufe ich sowieso schon ständig Gefahr, unter einem Bücherstapel begraben zu werden, deswegen könnte so ein Ding mir regelrecht das Leben retten.

Und da es höchst unwahrscheinlich ist, dass ich an meinem Ehrentag ausziehe oder Sex habe oder heirate oder Schrott verkaufe, habe ich, wenn ich ein Tablet bekomme, wenigstens überhaupt was zu feiern.

Und weitere gute Nachrichten von der Technikfront: Meinen Berechnungen zufolge sollte ich gegen Ende nächsten Monats genug Kohle für einen neuen iPod zusammenhaben.

Yeah!

Später.

Musste warten, bis Simon richtig eingeschlafen ist. Er ist heute wieder zu mir ins Bett gekrochen und sah so winzig und traurig aus wie ein aus dem Nest gefallenes Vogelbaby. Der Ärmste tut mir so was von leid, er kapiert gar nicht, was hier eigentlich los ist. Während ich wegen des Bettvorfalls immer noch auf hundertachtzig bin, ist er fix und fertig, weil Dad nicht mehr da ist. Es bricht einem echt das Herz, wie er in seinen Teddy schluchzt.

Außerdem: Wieso ist mir bis jetzt eigentlich nie aufgefallen, was für ein netter kleiner Ofen er ist? So kuschelig warm war mir seit Ewigkeiten nicht mehr!

12. April

Da die Stimmung zu Hause nach Dads Auszug mehr als im Keller ist – Mum missmutig, Simon im Dauerschluchzmodus –, fahre ich, bewaffnet mit Mr Jaggers Bücherliste, zur Bibliothek. Ich bin gerade dabei, mein Fahrrad abzuschließen, als jemand meinen Namen ruft. Wenn man vom Teufel spricht!

»Lara!« Er joggt im Laufschritt zu mir rüber. »Wusste ich's doch, dass du das bist! Na, genießt du das Wochenende?«

Ich würde mich wohl zu einem bitteren Lachen aufraffen, wenn mir nicht so schmerzhaft mein Aufzug bewusst wäre: eine ranztastische Kombi aus Hochwasserjeans und Uraltpulli. Noch dazu leuchten meine Wangen vom Radeln in der Trendfarbe »Rote Bete« und meine Fahrradhelmfrisur klebt mir verschwitzt am Kopf.

Na toll.

Er dagegen sieht natürlich aus wie aus dem Ei gepellt und kommt möglicherweise gerade von einem Fotoshooting für Abercrombie & Fitch.

»Ja, danke, bis Montag dann!«, antworte ich. In meiner Verzweiflung, von ihm wegzukommen, bevor er mich genauer mustern kann, stolpere ich auf der Steintreppe.

Peinlich hoch zwei. Beschämend hoch drei. Blamabel bis zur Unendlichkeit und noch viel weiter.

Sofort geht er in die Hocke und streckt mir die Hand hin. »Oh Gott, Lara, alles okay?«

»Ich glaube schon«, murmele ich und streiche meine Jeans glatt. (In Wirklichkeit ist gar nichts okay und meine Knie sind inzwischen komplett grün und blau.)

»Das muss ja ganz schön wehgetan haben, vielleicht solltest du dich erst mal einen Moment hinsetzen. Weißt du, was, ich lade dich auf einen Kaffee ein.« Er blickt die Straße rauf und runter. »Komm, wir gehen da drüben zu Costa. Kannst du so weit laufen?«

Er: die Perfektion in Menschengestalt. Ich: das Ding aus dem Sumpf.

NEEEEIIIIIINNN!

»Im Ernst, mir geht's gut. Ich muss dann auch weiter«, lehne ich zähneknirschend ab und zwinge mich zu lächeln.

Jetzt, im Nachhinein, frage ich mich natürlich, ob ich eigentlich einen an der Waffel habe, seine Einladung auszuschlagen.

Seither sucht mich die Vision einer alternativen Realität heim, in der ich mir nicht gerade beide Kniescheiben zertrümmert habe. Ich trage kein Sweatshirt mit dem Schriftzug »Take That – Reunion Tour 2006« und ich schwitze auch nicht wie ein Schwein auf 'ner Grillparty. Nein, gestylt und glamourös in meinem Ted-Baker-Kleid und passenden Schuhen reiche ich ihm die Hand und wir tänzeln davon zu einem romantischen Schokomoccacino-Rendezvous.

Aber am Ende muss ich doch immer wieder ins beschissene Hier und Jetzt zurückkehren.

Jedenfalls hat er nur »Gut, wenn du dir sicher bist« gesagt und meine Chance zog dahin.

Sonst ist am Wochenende nichts, und ich wiederhole: *nichts* Gutes passiert.

Dad hat seine restlichen Kisten abgeholt. Nachdem er weg war, habe ich einen platt getrampelten Lokführer unter der Fußmatte gefunden. Ziemlich sicheres Zeichen dafür, dass er das Ganze nicht bloß als »vorübergehend« ansieht? In seinem »versifften Wohnklo« (Zitat) kann er seine Eisenbahn doch bestimmt sowieso nicht aufbauen.

Plötzlich traf es mich wie ein Meteorit: Meine Eltern trennen sich.

Es passiert wirklich.

Simon hat ein sirenenartiges Geheul angestimmt und Dad angefleht hierzubleiben, während er sich an sein Bein geklettet hat wie ein rotznasiger Koala. Nicht gerade der würdevollste aller Abgänge.

Ich bin oben auf dem Treppenabsatz hocken geblieben – ich fühle mich immer noch komisch in seiner Nähe. Dad hat, die Arme vollgeladen mit Kram, in der Tür gestanden und mit erstickter Stimme gesagt: »In guten wie in schlechten Zeiten, was, Jo?«

Mum stand da wie ein rotäugiger Zombie. »Bitte geh einfach, Tony.«

Die Asisvonnebenan haben auch noch hämisch applaudiert, als Dad seine Sachen in den Kofferraum gepackt hat. Dads Reaktion schreibe ich lieber nicht auf. Sagen wir mal, es fielen eine Menge Wörter, die Simon nicht geläufig waren. Mum hat nur die Lippen zusammengekniffen und ihn reingeschickt.

Als Dad weg war, hat sie Simon in den Arm genommen und sie haben beide gar nicht mehr aufgehört zu schluchzen. Es war schlimm.

Emma wusste schon, dass Dad bei uns ausgezogen ist. Wie es scheint, hat er gestern mit Onkel Andy gesprochen. Heute Abend habe ich sie angerufen, um mich mal so richtig auszukotzen.

»Mein Dad hat deinem Dad angeboten, für ein paar Wochen zu uns zu kommen, aber er meinte, dann würde er dich und Simon zu sehr vermissen.«

Pah! Wer's glaubt ...

Als er abgehauen ist, hat er sich doch nur für Paddington interessiert. (Die mittlerweile allerdings wieder bei uns ist, weil in Dads neuer Wohnung keine Haustiere erlaubt sind. Beyoncé schwebt auf Wolke sieben und tut das schon den ganzen Tag laut jaulend kund. Mum steht kurz vor dem Tobsuchtsanfall.)

»Dad macht sich echt Sorgen um Onkel Tony. Er meinte, er hört sich wirklich deprimiert an und sagt ständig, dass er ohne deine Mum nicht leben kann.«

So melodramatisch das auch klingt, ich nehme es ihm sogar ab. Bei jedem anderen würde ich so was natürlich als Schwachsinn abtun, aber Mum und Dad sind – waren – das glücklichste Paar, das man sich vorstellen kann. Tja, bis die Firma den Bach runterging. Aber vorher, da waren sie die verknalltesten alten Leute, die ich je erlebt habe: Jedes Mal, wenn sie zusammen rausgegangen sind, und wenn's nur zum Supermarkt war, haben sie Händchen gehalten.

Das gab es jetzt schon seit Monaten nicht mehr. (Weder Händchen halten noch zusammen rausgehen.)

Na ja, auf jeden Fall sehen wir Dad dann wohl am Dienstagabend wieder, wenn er mit uns in der Stadt bei McDonald's essen will.

Ich bin mir nicht sicher, ob ich ihn wirklich sehen möchte (oder bei McDonald's zu Abend essen), weil ich über den Bettvorfall immer noch ziemlich wütend bin. Ich kapiere ja, dass er gerade nicht er selbst ist und viele Sorgen hat und so,

ABER wie kann man sich so megamäßig besaufen, dass man sich zu seiner eigenen Tochter ins Bett legt? Uärks, das ist echt so widerlich, dass mir die Worte fehlen. Ich fühle mich schon komisch, wenn ich nur in seiner Nähe bin. Irgendwie, als wäre er gar nicht mehr mein Dad.

Stand der Dinge:

- ★ Mum und Dad leben getrennt.
- ★ Dad ist ein Alki.
- ★ Mr J. wollte mit mir Kaffee trinken (oder sah sich durch die Umstände dazu gezwungen) und ich musste ablehnen.

Wenigstens ist es nicht schlimm, falls meine Prüfungen in die Hose gehen. Einen Doktor im Verkacken hab ich ja schon.

13. April

Von den Biestern nichts Neues. Scheint, als würde mein Plan, ihnen aus dem Weg zu gehen, funktionieren (toi, toi, toi) – und außerdem hat er noch die angenehme Nebenwirkung, dass ich in den Pausen *mucho* schöne Momente mit Mr Jagger verbringen kann, während wir weiter an der Show arbeiten. Heute hat er mir von seiner Studentenzeit erzählt. Wo er gewohnt hat, was er mit seinen Kumpels alles so angestellt hat, was für langweilige Ferienjobs er machen musste.

Die muffelige Mistkuh von Sekretärin hat er nicht erwähnt, also immer noch kein Hinweis darauf, wie lange die beiden zusammen waren. Ob die beiden sich an der Uni kennengelernt haben? Am liebsten hätte ich nachgefragt, aber so was kann man ja wohl kaum zu seinem Lehrer sagen, oder?

Was haben Sie denn bloß an Dawn of the Dead gefunden?

Er ist echt ein inspirierendes Vorbild, er ist schon wahnsinnig viel rumgekommen. Nach der Schule hat er erst mal in einem Fußballcamp in den USA gearbeitet und daraufhin beschlossen, Lehrer zu werden. Außerdem war er für drei Monate ehrenamtlich an einer Schule in Tansania und will in den Sommerferien wieder dorthin, um beim Bau eines neuen Klassenzimmers zu helfen.

Er ist so ein netter Kerl.

Wie gewohnt giften mich die drei Trotteltiere in Englisch die ganze Zeit eifersüchtig an, aber wen interessiert's. Mr Jagger mag mich! Alle Mädchen stehen auf ihn, aber nur MIR, Lara T., erzählt er was von sich. Er hat *mich* gebeten, ihm mit der Talentshow zu helfen, *mich* für den Cambridge-Ausflug vorgeschlagen.

Pack die Möpse wieder ein, Molly, du armselige Stadtmatratze, Männer wie Mr J. interessieren sich nun mal für das, was man in der Birne hat, nicht in der Bluse. Kapierst du's endlich? Er will nichts von dir, also mach die Biege.

Na ja, jedenfalls hat er mir noch mehr über Cambridge erzählt. Er hat jetzt schon mal einen Zeitplan aufgestellt und meint, dass der Ausflug nicht nur aus Vorlesungen bestehen wird. Wir machen auch eine Stadtrundfahrt und können ein bisschen »ins Studentenleben reinschnuppern«.

KANN'S KAUM ERWARTEN!

Obwohl, momentan würd ich's mir sogar in einer Mülltonne gemütlich machen und »ins Pennerleben reinschnuppern«, nur um nicht zu Hause sein zu müssen. Ich ertrag's nicht, wie still und traurig Simon ist. Und Mum ist total apathisch. Wenn sie nicht gerade arbeiten ist, starrt sie Löcher in die Luft oder raucht.

Als ich heute nach Hause komme, hat sie sich auf dem Sofa zusammengerollt und blättert in ihrem Hochzeitsfotoalbum. »Hallo, Schatz. Wie war's in der Schule?«

Wie immer, Mum. Ich habe keine Freunde und die meisten Lehrer behandeln mich wie Luft. Aber hey, wenigstens hat heute beim Pinkeln keiner ein Foto von mir gemacht.

»Ganz okay. Und bei dir?«

»Normal, nichts Besonderes. Oh, aber ich weiß was, was dich aufheitern wird. Bei den Hardy-Jones habe ich Molly getroffen. Ich soll dir ausrichten, dass sie zu deinem Geburtstag eine Überraschung für dich hat. Ist das nicht nett?«

Was?!

Mum ist damit beschäftigt, das Album wieder in Seidenpapier einzuschlagen, darum sieht sie mein Gesicht nicht.

So beiläufig es geht, frage ich: »Ach, und hat sie dir auch verraten, was es ist?«

Mum legt das Album zurück in seine Schachtel und steht auf. »Nein, aber sie meinte, damit würdest du auf keinen Fall rechnen. Ach, und sie hat gefragt, ob es okay wäre, wenn sie dir eine Freundschaftsanfrage über Facebook schickt. Und ob du einen Twitter-Account hast. Ich hab ihr gesagt, dass du dich sicher freuen würdest.«

#nurübermeineleiche

»Äh, super.«

Molly hasst mich in der echten Welt wie die Pest, warum also sollte sie in der virtuellen plötzlich meine Freundin werden wollen? Oh Gott, allein der Gedanke, dass sie auch außerhalb der Schule immer weiß, was ich mache … grauenhaft. Als wären ihre Glotzaugen an meiner Zimmerwand befestigt und würden jeder meiner Bewegungen folgen.

Uaah, Gehirnschauder.

Zur Sicherheit habe ich sofort alle meine Privatsphäreneinstellungen auf »maximal« gesetzt, für den Fall, dass sie irgendwelche krummen Dinger plant.

»Hast du heute schon mit deinem Dad gesprochen?«

»Er hat mir heute früh eine SMS geschickt. Wir treffen uns morgen nach der Schule mit ihm in der Stadt. Also, Simon und ich. Ist das okay?«

»Ja, natürlich. Mehr hat er nicht geschrieben?«

Nein. Klar, Mum wollte hören, dass er uns alle vermisst, aber so was ist einfach nicht mehr Dads Stil. Seit er sein Geschäft aufgeben musste, hat er sich so sehr verändert, dass ich ihn kaum wiedererkenne. Genau wie Mum übrigens.

Nehmen wir zum Beispiel mal das Rauchen. Vorher hat das keiner von den beiden gemacht, okay, vielleicht ganz früher mal, als sie sich gerade kennengelernt hatten, aber schon seit Jahren nicht mehr. Und jetzt quarzen sie beide wie die Weltmeister – weil wir ja auch Multimillionäre sind und uns das leisten können. Dabei sind sie immer so ausgeflippt, wenn es irgendwer gewagt hat, sich uns Kindern auf weniger als drei Meter mit einer Zigarette in der Hand zu nähern. Jetzt qualmen sie uns Tag und Nacht zu wie zwei Fabrikschlote. Wir *stinken*. Der Geruch sitzt in unseren Klamotten, unseren Büchern, unseren Haaren … zum Kotzen.

Aber es sind nicht nur die Kippen, es ist noch jede Menge anderer Kram. Mann, früher haben wir einfach so viel gelacht und rumgeblödelt, uns umarmt, zusammen gegessen und gequatscht, bevor wir uns in diese Menschen verwandelt haben, die bloß noch nebeneinanderher leben, nicht direkt Fremde, aber auch alles andere als eine Familie. Eher wie Pensionsgäste, die sich lange genug kennen, um gemein zueinander zu sein.

Ich möchte wetten, wenn wir wie Onkel Andy und die anderen nach Little Dunmow gezogen wären, wären wir jetzt um eine Million Prozent glücklicher. Ich hätte Em noch, würde vielleicht sogar gern zur Schule gehen (oder sie zumindest nicht hassen) und, das Wichtigste, Dad hätte einen anständigen Job auf dem silbernen Tablett serviert bekommen. Aber auch das ist natürlich wieder eins von den OPFERN, die sie für meine Ausbildung gebracht haben. Und was heißt das nun im Klartext?

Allen geht es mies, und das nur wegen MIR.

Na ja, jetzt muss ich aber mal mit den Hausaufgaben anfangen, einen Aufsatz für Englisch UND Erdkunde. Im Moment ballern sie uns echt mit Arbeit zu, weil es bald mit den Prüfungen losgeht. Wenigstens kann ich in dieser einen Hinsicht noch was ausrichten: Wenn ich anständige Noten mit nach Hause bringe, sind die OPFER es vielleicht wenigstens ein bisschen mehr wert.

Und danach muss ich mich noch mal an das Feintuning für die große Show am Freitag machen. Jetzt, nachdem die Vorrunden vorbei sind und wir unsere Finalisten alle beisammen haben, muss ich nur noch sicherstellen, dass das Programm so funktioniert und alle Tickets tatsächlich abgeholt worden sind. Am besten stelle ich mir den Wecker für morgen extrafrüh, damit ich noch alles fertig bekomme und in der Klasse sein kann, wenn Mr J. kommt.

Ich liebe, liebe, LIEBE diesen Teil des Tages, wenn nur wir zwei da sind und reden und niemand uns stört oder anstarrt oder blöde, giftige Sprüche ablässt. Es ist, als würde ich ihn schon ewig kennen. Niemand wird mich je so verstehen wie er.

Vielleicht ist das auch der Grund, warum ich insgeheim doch ein kleines bisschen froh bin, dass wir nicht umgezogen sind, denn wenn wir das getan hätten, hätte ich nie Mr J. kennengelernt.

16. April

Er findet mich hübsch!!!!

Ich war heute Morgen schon vor ihm da und bin längst in unseren Zeitplan fürs Finale vertieft, als er kommt.

»Perfekt«, sagt er und zieht sich einen Stuhl neben mich. »Du hast wirklich an alles gedacht. Ohne dich hätte ich hier nichts als Murks zustande gebracht.«

»Ach, Quatsch«, wiegele ich ab. »Sie hätten das auch allein super gemacht.«

»Nett, dass du solches Vertrauen in mich setzt. Aber im Ernst, du warst wirklich großartig. Ich bin extrem beeindruckt, wie du das Ganze organisiert hast – und auch noch quasi im Alleingang: die Kandidaten, die Bühnengestaltung, die Plakate … Ich muss ja bloß noch auftauchen und auf der Bühne ein bisschen Unsinn schwafeln. Du brauchst mich überhaupt nicht.«

Oh, Mr Jagger, Sie haben ja keine Ahnung!

Und dann sagt er: »Schlau UND hübsch – du bist echt ein Glückspilz.«

Ich laufe knallrot an, murmele ein »Danke« und weiß nicht, was ich sagen soll. Noch nie hat mich jemand als hübsch bezeichnet. (Okay, außer Mum und Dad. Und Emma. Aber Familienmitglieder zählen nicht.)

Mr Jagger findet mich hübsch!

Ha! Die muffelige Mistkuh von Sekretärin muss mittlerweile gecheckt haben, dass Mr J. in eine ganz andere Klasse gehört als sie (*Gewichts*klasse, um genau zu sein), und ihn in Ruhe lassen, denn heute war er definitiv wieder in Topform. Liebenswürdig und in Plauderlaune wie eh und je. Kein müder Blick, kein gestresstes Gesicht. Schön. Er hat angefangen, von *Jane Eyre* zu schwärmen, und mir sogar sein altes Exemplar aus der Uni mit den ganzen Anmerkungen drin mitgebracht. Aber seine Nähe hat mich viel zu duselig gemacht, als dass ich mich richtig hätte konzentrieren können.

Es ist mir ein Rätsel, warum der Mann Lehrer geworden ist, wo er genauso gut Chancen als Popstar oder Schauspieler oder Model gehabt hätte oder in sonst irgendeinem Job, der richtig Schotter bringt. Aber für mich ist sein Aussehen gar nicht mal so superwichtig, das Besondere an ihm ist, dass er der einzige Mensch (außer Emma) ist, der mich von Grund auf versteht. Selbst wenn sein Gesicht aussähe wie Wayne Rooneys Arschdouble, fände ich ihn immer noch perfekt.

Als er sich zu mir rüberbeugt, um mir eine bestimmte Stelle im Buch zu zeigen, stehe ich kurz vor »Lockert mein Korsett und bringt mir mein Riechsalz«. Diesen Samstag muss ich dringend mal in die Drogerie und alle Aftershaves durchschnuppern, bis ich seins gefunden habe. Der Typ riecht genauso gut, wie er aussieht, und das will was heißen.

Später im Unterricht bringt Mikaela (unbeabsichtigterweise) die totale Schote. Sinnloser- und langweiligerweise sprechen wir gerade über die Auswirkungen, die Nikotin auf den Körper hat.

»Was hat das Rauchen denn für negative Effekte? Wer hat eine Idee?«, fragt Mr J.

»Man stinkt.«

»Man kriegt Lungenkrebs.«

»Das Zahnfleisch geht kaputt.«

»Genau. Sonst noch was? Na?«

»Mr Jagger?«

»Ja, Mikaela?«

»Vom Rauchen werden doch die Finger ganz gelb, oder?«

»Ja …?«

»Na ja, ich frag mich, ob man dann auch gelbe Zehen kriegt.«

Ich kann ein leises Prusten nicht unterdrücken, obwohl mir klar ist, dass ich später dafür bezahlen werde, aber wen interessiert's? Es ging nicht anders. Arme Mikaela – die würde eine richtige Antwort nicht mal dann finden, wenn sie einen Kompass und eine Viertelstunde Vorsprung hätte.

Nach der Schule ging's dann direkt zu McDoof. Dad, der dasaß und Papierservietten zerpflückte, bis der Tisch was vom Boden eines Hamsterkäfigs hatte, sah echt übel aus. Simon hat kaum ein Wort rausgekriegt und nur seine Cola durch den Strohhalm geschlürft, hin und wieder unterbrochen durch einen epischen Rülpser. Ehrlich, den kann man nirgendwohin mitnehmen. Aber ich habe mir ja vorgenommen, netter zu ihm zu sein, und ihm deswegen keinen Klaps auf den Hinterkopf verpasst oder ihm Eiswürfel in den Kragen gesteckt oder sonst was.

So oder so war die Aktion kein Vergnügen – Dad war ziemlich einsilbig, und das Einzige, was ich wirklich gern zu ihm gesagt hätte, war: »Wie konntest du mir das antun?«, weil er sich ja noch nicht mal dafür entschuldigt hat, aber er sah so fertig aus, dass ich es gelassen habe.

Ich hasse ihn ja nicht im Ernst, auch wenn ich das behauptet habe. Trotzdem fällt's mir echt schwer, ihm zu verzeihen. Nicht nur wegen neulich Nacht, sondern weil er schon seit Monaten so mies zu Mum, Simon und mir war. Mir ist das alles furchtbar unangenehm und ihm genauso, schätze ich.

Diese »Ich liebe ihn, ich hasse ihn«-Geschichte bringt mich völlig durcheinander – ich meine, er ist schließlich immer noch mein *Dad*, aber gleichzeitig kommt er mir vor wie ein komplett Fremder. Das ist alles so krank.

Wenn man klein ist, hält man seine Eltern für allwissend, bis einem eines Tages klar wird, dass sie genauso planlos und verletzlich sind wie man selbst. Eine Familie ist so ein zerbrechliches Konstrukt. Vielleicht ist der Moment, in dem einem das klar wird, der, in dem man wirklich erwachsen wird.

Unser Gespräch bei McDonald's

Dad: Wie geht's eurer Mum?
Ich: Ganz gut.
Simon: Schlüüüüüürf.
Dad: Wie geht's Paddington?
Ich: Ganz gut.
Simon: Schlüüüürf.
Dad: Warst du mal bei Granny?
Ich: Ja. Sie will mir ein Tablet zum Geburtstag schenken.
Dad: Ein Tablet? Das ist aber großzügig. Wie läuft's denn in der Schule?
Ich: *Hm, mal sehen. Also, heute in Englisch hab ich über Mikaela gelacht. Darum hatte ich in der Mittagspause einen benutzten Tampon in meiner Brotdose. Aber damit kann ich leben, weil MR JAGGER MICH HÜBSCH FINDET!* Ganz gut.
Simon: Rüüüüülps.

Im Laufe des Abends habe ich mal die Lage gecheckt und der Befund ist alles andere als gut. Wir haben uns so weit voneinander entfernt, dass ich nicht weiß, wie wir uns jemals wieder nahekommen sollen. Vielleicht wird es Zeit, es sich einzugestehen: Unsere Familie ist kaputt und keiner kann uns reparieren.

Später.

Gerade kam eine SMS. *Hat dir unsere kleine Überraschung heute Mittag gefallen? Sorry, hatten leider keine Zeit mehr, sie einzupacken.*

Hab zurückgeschrieben: *Fall doch einfach tot um, Molly.*

Quelle surprise, danach kam keine Antwort mehr.

17. April

Es ist zwanzig vor sechs Uhr morgens. Mein Wecker hat vor zehn Minuten geklingelt, aber ich hätte ihn gar nicht gebraucht. Ich hab nämlich schon um halb drei kerzengerade im Bett gesessen, nach einem superrealistischen Albtraum, in dem Dad total psychomäßig ausgeflippt ist. Ich hätte nicht wieder einschlafen können, selbst wenn mich irgendwer dafür bezahlt hätte.

Schätze mal, das lag daran, dass ich in den Nachrichten diesen Bericht über einen Mann gesehen habe, der Amok gelaufen ist, nachdem er seine Firma vor die Wand gefahren hatte. Die Experten haben was von Geldsorgen erzählt, einer gescheiterten Ehe, keinem Ausweg usw. … Sie meinten, diese Art von Familiendramen hätte durch die Wirtschaftskrise drastisch zugenommen. Hab ein bisschen gegoogelt und Tony Tittle passt mit seiner Aggression, seinen Launen, seiner Verschlossenheit und seinen finanziellen Problemen nicht einfach nur genau auf das Profil eines Amokläufers – nein, man muss sich fast wundern, dass er nicht längst mit der Kalaschnikow losgezogen ist.

Musste ihn anrufen.

»Lara, weißt du, wie spät es ist?«, hat er gestöhnt.

»'tschuldige, Dad. Ich muss dich bloß was fragen.«

»Ich dich auch, wo wir uns gerade sprechen. Wollen wir nächstes Mal vielleicht lieber ins Kino als zu McDonald's?«

!!

»Dad, hör mal zu. Du hast doch nicht vor, irgendwelche Dummheiten zu begehen, oder?«

»Was genau meinst du mit ›Dummheiten‹?«

»Ich weiß, dass es zwischen dir und Mum im Moment nicht so läuft und dass du Geldsorgen hast, aber das wird sicher bald alles besser. Ehrlich.«

Schweigen. Dann:

»Lara, soll ich vielleicht vorbeikommen? Wenn du willst, können wir richtig reden.«

»Nein, Dad! Nicht solange du so aggressiv bist!«

Er klang schockiert. »Schatz, ich bin doch nicht aggressiv. Was ist denn los?«

»Nichts. Ich wollte nur mal fragen. Du weißt schon, nur um sicherzu…«

»Wie kommst du denn bloß auf so was?«

»Vergiss es, Dad, ist schon gut. Bis dann also.«

»La…«

Also hab ich hoffentlich ganz umsonst Panik geschoben.

Später.

Schöne Scheiße.

Mein sechzehnter Geburtstag ist *morgen*. Die Talentshow ist auch *morgen*. Das heißt, ich werde *morgen* den ganzen Nachmittag und Abend mit Ben »Mr Perfect« Jagger verbringen. *Morgen* ist der wichtigste Tag meines Lebens.

Und ausgerechnet *heute* erscheint auf meinem Kinn ein so riesiger Pickel, dass er vermutlich sogar auf Google Earth zu sehen ist.

18. April

Mein sechzehnter Geburtstag. Das Finale der Talentshow.

Oh Gott! Ich kann kaum schreiben, so schlimm zittern meine Hände. OhmeinGottohmeinGott. Es ist schon total spät, fast Mitternacht, also ist der seltsamste (aber mit Abstand SCHÖNSTE) Tag meines Lebens beinahe vorbei. Und dann war auch noch mein Geburtstag! Wie im Film. OhmeinGottohmeinGottohmeinGott. Hab ich den heutigen Abend etwa nur *geträumt*?

Zuerst also das Finale von *Huddersfield sucht den Superstar* mit Lehrern, Eltern (nicht meinen) und massenhaft Kids aus beiden Schulen im Publikum. Molly fliegt als Erste raus. Ha! (Mrs Muirhouse hat ihre Zunge auf rasiermesserscharf gestellt: »Ich will dir ja nicht zu nahe treten, Molly, aber es gibt Länder auf der Welt, in denen wärst du für so einen Auftritt, wie du ihn eben hingelegt hast, gesteinigt worden. Du singst in etwa so gut, wie mein Kater Schach spielt, und, na ja, nur so viel: Geschlagen hat Mr Biscuits mich noch nicht.«)

Tja, Molly Mopswunder. Einen Moment lang habe ich Grund zur Hoffnung, sie könnte vor Wut explodieren, aber dann bemüht sie sich doch, das Gesicht zu wahren und darüber zu lachen. Wie putzig.

Danny Hudson mit seiner Gitarre wird Zweiter, und am Ende gewinnt Graham Flett mit »Walking in the Air«, dem Lied aus *Der Schneemann*, diesem Zeichentrickfilm, der immer zu Weihnachten im Fernsehen kommt.

Als ich unseren Kugelblitz als Weihnachtsmann auf die Bühne kommen sehe – im April! –, sollte man meinen, damit hätte ich das surrealste Erlebnis des Tages schon hinter mir.

Tja, denkste! Was danach kommt, lässt Santa Jabba geradezu langweilig erscheinen.

Den ganzen Abend vermeide ich jeglichen Aggrozusammenstoß mit Molly, indem ich immer in Mr Jaggers (Bens? Ich weiß nicht mal mehr, wie ich ihn nennen soll.) Nähe bleibe. Sie muss sich, direkt nachdem Mrs M. sie verbal dem Erdboden gleichgemacht hat, raus auf den Parkplatz geschlichen haben, aber genau weiß ich es nicht, weil ich schließlich dafür sorgen musste, dass alles glattläuft. (Was es ja auch getan hat.) Nach der Show räumen Mr Jagger und ich noch ein bisschen auf, aber da es nicht viel zu tun gibt, schickt er mich bald nach Hause.

Ich bin megahappy, dass alles so gut geklappt hat. Zwar ist auch ein bisschen Wehmut dabei, weil es jetzt vorbei ist, aber zum Glück hält mich der Gedanke an Cambridge über Wasser.

Egal, das ist alles gar nicht wichtig. Sondern das, was später passiert ist.

Nachdem alle anderen weg sind, verabschiede ich mich und gehe zum Fahrradschuppen – noch in seliger Ahnungslosigkeit, dass Molly mir genau da meine Geburtstagsüberraschung hinterlassen hat.

Mein Fahrrad.

Beide Reifen sind zerstochen, die Kette abgerissen und die Lampen zerschmettert. Mein wunderschönes Fahrrad, für das ich zweimal am Tag bei Wind und Wetter Zeitungen ausgetragen habe, komplett hin.

Tja, Molly hatte recht, damit habe ich auf keinen Fall gerechnet.

Und als wäre das nicht schon schlimm genug, ist es mittlerweile neun Uhr, und ich sitze hier an der Schule fest, ohne Geld für den Bus oder Guthaben auf dem Handy. Und selbst wenn, was würde das bringen? Mum hat kein Auto und wann war Dad nach sechs Uhr zum letzten Mal nüchtern genug zum Fahren? Und ein langer Spaziergang um diese Uhrzeit ist auch nicht gerade das, wovon ich träume. Also tue ich das Einzige, was mir in diesem Moment sinnvoll erscheint: Ich setze mich auf den Boden und breche in Tränen aus.

Plötzlich höre ich eine Männerstimme: »Hallo da drin, alles in Ordnung?«, und Mr J. späht in den Schuppen. »Lara? Bist du das?«

»Ja«, schniefe ich. Und versuche, einen Schluchzer zu unterdrücken, was nicht klappt. Mollys Vandalenaktion hat das Fass zum Überlaufen gebracht und eine stammelnde, heulende, rotgesichtige Katastrophe aus mir gemacht.

»Mein Gott, was ist denn mit deinem Fahrrad passiert?« Er schiebt es nach draußen unter die Laterne. (Totalschaden übrigens. Keine Ahnung, wie ich mir jemals ein neues leisten soll. Kann man bei eBay seine Niere versteigern?)

Er zieht eine Packung Taschentücher hervor und reicht sie mir. Ich putze mir die Nase und japse noch ein Weilchen vor mich hin, bis ich mich einigermaßen wieder beruhigt habe.

»Na komm«, sagt er. »Ich fahre dich nach Hause.«

»Aber das ist doch viel zu weit!«, protestiere ich. »Ist schon in Ordnung, ich kann laufen.«

»Zum Laufen ist es doch dann erst recht zu weit, vor allem um diese Zeit«, sagt er und hievt die Leiche meines Fahrrads in seinen Kofferraum. »Los, steig ein.«

Was bleibt mir da anderes übrig?

Das Jaggermobil ist eine ziemliche Klapperkiste, vollgestopft mit Arbeitskram und Sportklamotten. »Entschuldige die Unordnung«, sagt er und fegt ein paar Schulbücher vom Beifahrersitz. Ich wische mir immer noch mit einem seiner Taschentücher die Augen und checke verstohlen, ob meine Wimperntusche verlaufen ist – will ja schließlich nicht aussehen wie ein psychotischer Panda.

Als wir vom Parkplatz fahren, fragt er: »Willst du darüber reden?« Ich schüttele den Kopf. Eine Minute sagt er gar nichts, bevor er es noch mal versucht. »Lara.« Er trommelt mit den Fingern auf das Lenkrad. »Sag mir, wer das mit deinem Fahrrad war. Ich will Namen hören.«

»Keine Ahnung«, antworte ich automatisch und drehe mich zum Fenster. „Da vorn an der Ampel müssen wir links."

»Ist ja in Ordnung, wenn du es mir nicht erzählen willst, aber irgendwem musst du es sagen. Du willst wahrscheinlich besonders tapfer sein, indem du das alles erträgst, aber so langsam reicht es doch wirklich.«

»Ich weiß nicht, wovon Sie reden«, erwidere ich wenig überzeugend.

»Ach, jetzt komm aber, für ein so intelligentes Mädchen benimmst du dich gerade ganz schön dämlich. Das muss doch alles gar nicht sein. Erzähl es Mrs Ellis. Oder nein, weißt du was? Wir gehen gleich am ersten Tag nach den Ferien zusammen hin. Keine Widerrede.«

»Nein! Dazu können Sie mich nicht zwingen«, sage ich.

Ich höre, wie frustriert er ist, als er erwidert: »Aber wieso lässt du dir das denn alles gefallen? Molly ist ein tyrannischer Neidhammel, und das Leugnen kannst du dir sparen, ich weiß nämlich genau, dass sie das war. Sie muss dafür bestraft werden und mit diesem Mist aufhören. Und du? Was musst du eigentlich für eine niedrige Meinung von dir selbst haben, wenn du sie einfach so davonkommen lassen willst? Wie gesagt, kein Widerspruch. Du und ich, wir gehen zu Mrs Ellis und erzählen ihr alles.«

Aber mir ist klar, dass das NIEMALS geschehen darf, also flippe ich völlig aus und heule los wie eine Irre. Er fährt an einer Bushaltestelle rechts ran und wartet geduldig, bis ich mich wieder einkriege.

»Ich verstehe einfach nicht, wieso du dich niemandem anvertrauen willst. Wenn nicht Mrs Ellis, warum dann nicht mir? Ich meine ja nur, ist mit mir denn so schwer zu reden?«

Ich schüttele den Kopf, atme tief durch, und dann ist es, so eklig das klingt, als würde ich alles aus mir rauskotzen – einmal angefangen, kann ich die Worte gar nicht mehr zurückhalten. Dass Molly und ich auch früher nicht so furchtbar dicke miteinander waren, es aber nie so schlimm gewesen ist wie jetzt. Dass Mum und Dad unser Haus verloren haben und den ganzen Kram. Dass Dad ausgezogen ist, dass es finanziell ziemlich eng bei uns ist und wie wichtig das Fahrrad für mich war.

Und schließlich lande ich bei der Mobbinggeschichte. Die finstersten, demütigendsten Details lasse ich weg, alles, was nicht jugendfrei ist, reiße ich höchstens an. Soll ich ihm etwa auf die Nase binden, dass Sam versucht hat, mir im Bus unter die Bluse zu gucken? So weit kommt's noch.

Und Mollys Drohungen, was Mums Job angeht, erwähne ich auch nicht, denn bei allem, was gerade mit Dad abgeht, kann Mum Arbeitssorgen im Moment so gut gebrauchen wie ein Loch im Kopf.

»Und darum habe ich auch beschlossen, dass ich nach den

Ferien nicht wieder zur Schule komme«, beende ich meinen Bericht, den Kopf gesenkt, sodass meine Haare wie ein Vorhang mein rot geflecktes Gesicht verdecken. »Ich halte das nicht mehr aus. Mir egal, ob Mum und Dad dann enttäuscht von mir sind, damit müssen sie eben einfach klarkommen – bevor ich hierher zurückkomme, bringe ich mich um, ganz im Ernst. Ich hab *zweimal* am Tag Zeitungen ausgetragen, um mir dieses Fahrrad leisten zu können! Und außerdem ist heute mein *Geburtstag*!«

»Lara, guck mich mal an.«

Ich drehe mich zu ihm um. Die Laterne hinter ihm verleiht ihm einen goldenen Heiligenschein und er guckt so ernst und besorgt, dass ich fast wieder losheule.

»Du bist tausend Mollys, Mikaelas und Chloes wert und das wissen die ganz genau. Du bist ein unfassbar intelligentes, begabtes, witziges und schönes Mädchen. Sie träumen davon, so wie du zu sein, und sie sind neidisch, weil sie wissen, dass ihnen das niemals gelingen wird, egal, wie viel Geld sie haben.«

Ich kann gerade noch ein Lachen unterdrücken. »Die sind doch nicht neidisch auf mich. Ich bin ein totaler Freak.«

»Wie kannst du so was nur sagen?« Er wirkt ernsthaft überrascht. »Du bist umwerfend hübsch, geistreich, interessant, nicht mal ich kann dir intellektuell das Wasser reichen … Falls es dir irgendwie hilft, *ich* finde, du bist der Wahnsinn.«

Selbst wenn diese Worte von irgendjemand anders gekommen wären als ihm, hätte ich normalerweise gedacht, ich wäre tot und im Himmel. Aber ich bin viel zu fertig, um mich zu freuen.

»Ich weiß, im Moment kannst du das bestimmt nicht glauben«, fährt er fort. »Und ich verstehe auch, dass die Schule wegen dieser Miststücke ein Albtraum für dich ist. Aber irgendwann ist das vorbei.«

Er hebt mein Kinn an, sodass ich ihm in die Augen blicken muss. »Du bist was ganz Besonderes. Vertrau mir.«

Ich sehe ihn an, seine Hand immer noch unter meinem Kinn, und plötzlich verändert sich die Atmosphäre im Auto. Die Luft scheint mit einem Mal wie elektrisch geladen, als wäre ein Beben vollkommen jenseits der Richterskala hindurchgegangen. Ich sehe ihm in die Augen und er in meine und wir sind beide wie erstarrt. Ich kann nicht mal mehr atmen. Ohne die Aktion mit meinem Hirn abzuklären, bewegen sich meine Lippen auf seine zu, und auch er beugt sich zu mir rüber … und landet mit dem Ellbogen auf der Hupe.

Tüüüüüüüüt!

Lauter als eine Sirene.

Er zuckt zurück, als hätte er einen Schlag abbekommen.

»Ich bring dich mal besser nach Hause«, sagt er nach ein paar Sekunden. Ich glotze starr aufs Armaturenbrett, die Arme steif an meine Seiten gepresst, während der Motor wieder loshustet und wir ohne ein Wort weiterfahren. Aber die elektrische Spannung bleibt.

Bei mir zu Hause guckt er mich nicht mal mehr an, sondern sagt bloß: »Vielen Dank für deine Hilfe heute Abend. Und alles Gute zum Geburtstag.«

Ich nicke und schaffe es kaum, ein »Danke fürs Fahren« hervorzuquäken. Erst als ich seine Rücklichter um die Ecke verschwinden sehe, fällt mir mein geschreddertes Fahrrad im Kofferraum wieder ein. Wahrscheinlich bringt er es direkt auf den Schrottplatz.

Dann gehe ich rauf in mein Zimmer, ich muss erst mal nachdenken. Oh Mann, ich bin echt erledigt, aber mein Hirn schäumt, als hätte jemand meinen Schädel aufgeklappt und Brause reingekippt. Was ist da passiert?

Und noch wichtiger, was wäre noch alles *gewesen*, wenn er nicht an die Hupe gekommen wäre?

19. April

Lara Jagger.

Lara J.

Meine Nägel sind so weit abgekaut, dass mir die Fingerspitzen bluten. Jede Minute fühlt sich an wie eine Stunde. Jede Stunde wie ein Tag. Osterferien. Zehn schulfreie Tage liegen vor mir, und ich wünschte schon jetzt, sie wären vorbei.

L. Jagger.

Mrs L. Jagger.

Kann nicht essen. Kann nicht schlafen. Ich tigere ununterbrochen in meinem Zimmer auf und ab. Auf und ab. Auf und ab. Lasse mich aufs Bett plumpsen.

Gucke aus dem Fenster.

Lese eine Seite. Pfeffere das Buch in die Ecke.

Starre mich im Spiegel an.

Lasse mich aufs Bett plumpsen.

Nehme mir den Zeichenblock vor. Pfeffere ihn in die Ecke.

Starre in den Spiegel.

Lasse mich aufs Bett plumpsen.

Endlosschleife.

Mr und Mrs B. Jagger.

Ben Jagger.

Ich liebe ihn so sehr, dass jede Faser meines Körpers vor Sehnsucht nach ihm schmerzt. Er hat mir Sachen gesagt, die ich noch von niemandem sonst gehört habe, dass ich schön, witzig und begabt bin. Das war kein Gespräch zwischen einer Schülerin und ihrem Lehrer, das war … oh bitte, bitte, bitte, kann ich ihn nicht haben? Mein phänomenal-fantastischer zukünftiger Freund: gut aussehend, sportlich, intelligent, liebenswürdig, lustig. Mr So-was-von-Right.

Mrs Ben Jagger.

Mrs Lara Jagger.

Okay, schon klar, die Situation ist natürlich nicht ganz unkompliziert. Er ist älter als ich (aber gar nicht so viel) und er ist mein Lehrer (aber gar nicht mehr so lange) … Und ich liebe ihn, ich kann nichts dagegen tun. Das hier ist keine alberne Verknalltheit, das hier ist echt.

L-I-E-B-E, in Blockbuchstaben.

Als ich mit ihm im Auto saß und wir uns in die Augen gesehen haben, das war wie im Märchen, ein Moment der Erleuchtung. Sterne, die anfingen zu strahlen, Puzzleteile, die sich zusammenfügten, das volle Seelenverwandten-Programm.

Gut, ich bin erst sechzehn, aber Granny sagt schließlich auch immer, ich bin viel reifer, und außerdem ist er doch gar nicht *so* viel älter als ich – was sind schon sieben Jahre? Dad ist zehn Jahre älter als Mum und das interessiert auch kein Schwein. Und Mr J. ist ja auch nur vertretungsweise mein

Lehrer. Mum war nur ein Jahr älter als ich, als sie mit Dad zusammengekommen ist, und Dad war ihr *Chef.*

Er findet mich umwerfend hübsch! Und dass ich »der Wahnsinn« bin. Unfassbar intelligent. Was Besonderes. Jedes einzelne kostbare Wort, das er zu mir gesagt hat, ist mir wie aufs Herz gestempelt.

Ich würde soooo gern mit irgendwem über das alles reden. Am liebsten mit Emma, aber das geht nicht. Was, wenn sie Onkel Andy und Tante Amanda davon erzählt? Oh Mann, das unglaublichste Ereignis in meinem Leben, und ich kann es mit niemandem teilen, noch nicht mal mit ihr. Wenigstens fürs Erste, bis ich weiß, wie es weitergeht. Na los, Ferien, beeilt euch. (Wann war ich jemals so wild darauf, endlich wieder zur Schule zu dürfen?!!)

25. April

War ein paar Tage in Little Dunmow. Bin heute Morgen wiedergekommen. Dich, liebes Tagebuch, hatte ich vorsichtshalber zu Hause gelassen – obwohl Emma ganz sicher nie in meinen Sachen rumschnüffeln würde. Aber ich konnte schließlich nicht riskieren, dass Tante Amanda dich findet.

Der Plan ging natürlich fürstlich nach hinten los. Hinter mir liegen fünf Tage höschenpieselnder Angst, in denen ich die Vorstellung nicht loswurde, wie Mum dich unter dem Schrank hervorkramt. Hat sie aber nicht.

Puh.

So ein monstergroßes Geheimnis hatte ich noch nie und es brennt mir echt auf der Seele, aber ich darf es nicht ausplaudern. Schluss, aus. Man stelle sich das nur mal vor: »Ich glaube, mein Lehrer mag mich. Also, so richtig.« Das würde keiner verstehen, sie würden es alle nur falsch interpretieren und verdrehen, bis es sich komplett pervers anhört.

Tante Amanda hat die ganze Zeit »Tagträumerle« zu mir gesagt, und ich hab gemerkt, wie Emma mich ein paarmal ziemlich argwöhnisch gemustert hat. Sie hat auch gefragt, ob alles okay ist, aber ich habe geantwortet, dass ich mir nur Sorgen wegen Mum und Dad mache, und sie hat es mir abgekauft.

Natürlich mache ich mir Sorgen, deswegen war es streng genommen auch gar nicht gelogen. Emma hat mich noch ein bisschen wegen Mr J. aufgezogen, aber ich habe sie abgewimmelt: *Wer? Ach, der.* Als hätte ich ihn komplett vergessen. Aber in Wahrheit ist es, als wäre mein Gehirn an meinem Geburtstag einmal durch die Waschanlage gefahren worden, und das Einzige, was am anderen Ende noch übrig war, ist er. Ich übertreibe nicht, vom Aufwachen bis zum Schlafengehen denke ich nur an ihn, ihn, ihn. Nein, stimmt nicht, nachts träume ich ja auch noch von ihm. Vierundzwanzig Stunden nichts als Ben Jagger im Kopf.

Als ich die Zeitungen zu Fuß austragen musste, hat Mum natürlich gemerkt, dass mein Fahrrad nicht mehr da ist, also habe ich ihr weisgemacht, es wäre über die Ferien im Fahrradschuppen an der Schule eingeschlossen. Was ich ihr erzähle, wenn der Unterricht wieder losgeht, weiß ich noch nicht, vielleicht, dass es geklaut worden ist, was bedeutet, ich darf mir ein Revival der »Ach, Lara, wie kann man nur so nachlässig sein?«-iPod-Predigt anhören, aber ich habe keine Ahnung, was ich sonst sagen soll.

Ach, ganz vergessen, ich hab echt gute Geburtstagsgeschenke gekriegt. Make-up von Benefit von Tante Amanda und Onkel Andy, das super aussieht, von Em eine total coole Jacke von Topshop und von Mum und Dad einen Schlafanzug und … unglaublicher- wie genialerweise … ein Glätteisen!!!!

Ach ja, und von Granny gab's … ein Tablett.

Ein *Tablett.*

Tja, knapp daneben ist auch vorbei.

28. April

Morgen fängt die Schule wieder an, und ich sehne mich schon jetzt so sehr nach ihm, dass es wehtut.

War schwer versucht, ihm eine Nachricht über Facebook zu senden. Fast hätte ich ihm eine Freundschaftsanfrage geschickt, aber dann hab ich doch gekniffen. Er sieht auf seinem Profilfoto so irre gut aus, dass ich meine armen Glotzerchen völlig überanstrengt habe, so lange hab ich draufgestarrt. Aber morgen sehe ich ihn ja endlich wieder live! Bin tierisch aufgedreht deswegen. Was ist, wenn ich einen Kicheranfall kriege oder die Zähne nicht auseinander?

Ich kann's kaum erwarten.

ICH LIEBE IHN SO SEHR.

29. April

Irgendwas muss passiert sein.

Als ich heute Morgen in die Klasse gekommen bin, war er noch nicht da, und als er dann gerade noch rechtzeitig zum Klingeln reingerannt kam, hat er nicht mal in meine Richtung geguckt. Er hat bloß den *Jane Eyre*-Film in den Player geschoben, und am Ende der Stunde ist er verschwunden, bevor ich auch nur ein Wort zu ihm sagen konnte. Ich bin ihm zum Lehrerzimmer gefolgt, aber da hat er mir einfach die Tür vor der Nase zugemacht. Was natürlich prompt Mikaela mitkriegen musste.

Am letzten Schultag hieß es noch, wir würden zusammen zu Mrs Ellis gehen – »keine Widerrede« – und dass seine Tür immer für mich offen stehen würde, aber heute Morgen hat er mich nicht mal angeguckt.

»Hey, Jaggerliebling«, ruft Mikaela, als ich in der Mittagspause auf den Schulhof gehe. »Naaa, hat er etwa keinen Bock mehr auf dich?« *Hihihihi.*

Ich setze mich alleine auf eine Bank, zu unglücklich, um sie auch nur weiter zu beachten. *Jaggerliebling*. Ha, schön wär's. Nach der letzten Stunde sehe ich draußen auf dem Parkplatz nur noch seine Rücklichter, obwohl die Vier-Uhr-Glocke noch immer über den Hof schallt.

An der Bushaltestelle (Ruhe in Frieden, geliebtes Fahrrad) umkreisen sie mich wie Hyänen in Schuluniform. Heute Morgen habe ich mich noch so unbesiegbar gefühlt und jetzt bin ich schon wieder leichte Beute.

»War echt zum Schlapplachen, wie du wegen dieser dämlichen Show um ihn rumscharwenzelt bist«, spottet Molly. »Er und die anderen Lehrer machen sich die ganze Zeit über dich lustig, wusstest du das? Die kriegen sich alle gar nicht mehr ein darüber, dass du Loserin in ihn verknallt bist.«

»Ja«, fällt Chloe, die Megaverräterin, ein. »Das Ganze ist ihm so was von peinlich, das sieht man ihm schon von Weitem an.«

»Er hat dich nur ausgenutzt, damit du ihm die Sachen abnimmst, auf die er selber keinen Bock hatte, und jetzt, wo die Show vorbei ist, will er nichts mehr von dir wissen«, gibt auch noch Mikaela ihren Senf dazu. »Der Typ findet dich genauso zum Kotzen wie alle hier.«

Sam Friss-meine-Shorts sieht von seinem Handy auf, auf dem er sich bisher irgendwas irre Faszinierendes angeguckt haben muss, und lacht.

»Keiner kann dich leiden, Lara, und das wird sich auch nie ändern – gewöhn dich dran«, sagt Molly. »Ach, und übrigens: Hat dir deine Geburtstagsüberraschung gefallen?«

Worauf ich ihr leider eine reinhauen muss.

»Saaaaam«, kreischt sie und grabscht nach ihm, während ihr das Blut aus der Nase trieft wie rote Regentropfen.

Angeekelt schubst er sie weg und ruft: »Bist du bescheuert? Die Jacke ist von *Ralph Lauren*!«

Ich musste den ganzen Weg nach Hause laufen, was ewig gedauert hat, und ich konnte dabei kaum was sehen vor lauter Heulen. Als ich nicht zu meiner Zeitungsrunde aufgetaucht bin, hat Mr Patel Mum angerufen, das heißt, sie sind jetzt beide sauer auf mich.

Inzwischen sitze ich auf meinem Bett und zermartere mir dermaßen das Hirn, dass ich Kopfschmerzen bekomme, weil ich es einfach nicht kapiere! Ich habe den Tagebucheintrag vom Abend der Talentshow tausendmal nachgelesen, auf der Suche nach Hinweisen. Da war doch was zwischen uns, oder etwa nicht? Diese Atmosphäre, die sich auf dem ganzen Weg im Auto (und eigentlich sogar schon in den Wochen vorher) zwischen uns aufgebaut hat. Und als wir uns dann in die Augen gesehen haben, war es, als würde eine Bombe explodieren. Er hat gesagt, ich wäre »der Wahnsinn«.

Das habe ich mir doch nicht eingebildet.

Das ist WIRKLICH passiert.

Warum also ignoriert er mich jetzt?

Später.

Oh Mann, ich sitze echt in der Scheiße. Was ist, wenn Mollys Nase gebrochen ist? Mum verliert vielleicht ihren Job und ich fliege von der Schule, was bedeutet, dass ich IHN nie wiedersehe. Selbst wenn er nichts mehr mit mir zu tun haben will, könnte ich das nicht ertragen.

Ich wünschte, ich wäre tot.

30. April

Ich weiß nicht, wie lange ich das noch aushalte. Ich liege zitternd im Bett und versuche zu verstehen, was los ist.

Wie kann er mir das nur antun? Sind ihm meine Gefühle denn so egal? Scheiß auf die FINANZIELLEN OPFER, ich habe diese Hölle jetzt wochenlang ertragen, darum werde ich jetzt bestimmt nicht an Gewissensbissen sterben, wenn ich einen mickrigen Tag schwänze, obwohl es morgen mit den Prüfungen losgeht. Ich habe echt genug gelernt. Das haut schon hin.

Mum wollte mich allerdings erst gar nicht allein zu Hause lassen.

»Bist du sicher, dass du klarkommst?«

»Ja, hab mir bloß ein bisschen den Magen verdorben, mir geht's bald wieder besser, ehrlich. Na los, sonst kommst du noch zu spät.«

»Okay, aber lass dein Handy an, und versprich mir, dass du mich anrufst, wenn es schlimmer wird, ja? Und denk dran, dass Simon sich nachher mit eurem Vater trifft, wir sind also erst um halb sieben wieder hier.«

Natürlich habe ich mir nicht den Magen verdorben, aber meine Eingeweide fühlen sich so verkrampft und verdreht an, dass es so ziemlich auf dasselbe rauskommt. Sobald ich höre, wie die Tür hinter Mum zugeht, lege ich mich wieder hin und warte darauf, dass das Telefon klingelt.

Von der Schule geflogen.

Zuerst wären Mum und Dad sicher auf hundertachtzig, aber wenn sie dann keine Gebühren mehr zahlen müssten, wären sie langfristig doch bestimmt ganz froh, oder? Ich meine ja nur, das würde heißen, Schluss mit dem *Extreme-Geizhalsing* und viel weniger Geldsorgen. Und mal im Ernst, ich würde an jeder anderen Schule genauso fleißig lernen, ich könnte bestimmt überall gute Noten schaffen.

Wenn ich denn überhaupt zu den Prüfungen zugelassen bin. Hoffentlich.

Mittlerweile habe ich mich schon so weit davon überzeugt,

dass das alles keine Katastrophe wäre, dass ich mich schon fast auf den Anruf freue. Aber dann fängt mein Herz immer schneller an zu schlagen, und mein Puls wummert mir zu: *Du siehst ihn nie wieder, du siehst ihn nie wieder, du siehst ihn nie wieder …* Und ich heule und heule, als könnte ich niemals wieder aufhören.

Nachmittags ist mir regelrecht schlecht vor Anspannung, aber der Anruf von der Schule kommt einfach nicht.

Dafür aber was anderes, total Unerwartetes. Um Punkt halb fünf klingelt es, und wer steht vor der Tür? Mr Jagger mit meinem wundersam auferstandenen Fahrrad.

Das Blut rauscht mir in den Kopf, und eine Sekunde lang fürchte ich, ohnmächtig zu werden. Sein Gesichtsausdruck wandelt sich von nervös zu besorgt.

»Lara, ist alles in Ordnung? Du bist ja kreidebleich.«

Der Schock darüber, ihn zu sehen, hat anscheinend die Verbindung von meinem Hirn zu meinem Mund gekappt. Ich stehe einfach nur da wie ein Ölgötze und starre ihn an.

»Ich dachte mir, das hier hättest du doch sicher gern zurück. Sind deine Eltern zu Hause – ich meine, ist deine Mum da?«

»Ähm, nein, die ist arbeiten«, bringe ich irgendwie raus.

Er zögert. »Dann ist es vielleicht nicht so gut, wenn … Soll ich lieber später wiederkommen?«

Ich schlucke, und es fühlt sich an, als wollte ich eine Ladung Schotter runterwürgen. Mir ist kalt, ich bin ganz zittrig und meine Stimme bebt: »Nein, schon okay, kommen Sie rein.«

Er zögert immer noch kurz, dann aber lehnt er das Fahrrad an die Wand und kommt mit ins Wohnzimmer. Ich deute auf das Sofa und er setzt sich. (Später, als er wieder weg ist, fällt mir übrigens auf, dass ich ihm eine Eins-a-Aussicht auf die Heizung gewährt habe, garniert mit meinen trocknenden Unterhosen. Typisch.)

»Möchten Sie was trinken?« Ich brauche dringend eine Ausrede, um das Zimmer zu verlassen, damit ich meine zitternden Hände unter Kontrolle bringen kann, bevor sie mich noch verraten.

»Nein danke, ich kann auch gar nicht lange bleiben. Setz dich doch bitte. Ich wollte dir dein Rad eigentlich heute in der Schule wiedergeben, aber du warst ja nicht da.«

Ich hocke mich auf die äußerste Sesselkante und schiebe die Hände unter meinen Po. »Mir geht's gut. Hab mir bloß ein bisschen den Magen verdorben.«

»Ich hab mir Sorgen um dich gemacht. Ich weiß ja, wie viel du in letzter Zeit durchmachen musstest und … na ja, ich wollte einfach sichergehen, dass alles in Ordnung ist.«

Ülkiger und ülkiger. Wieso sagt er denn gar nichts davon, dass ich von der Schule geflogen bin?

»Ach, und was dein Rad angeht«, er lächelt, »ein Kumpel von mir hat einen Fahrradladen. So übel, wie es zuerst aussah, war es gar nicht zugerichtet, und jetzt ist es wieder so gut wie neu. Ich weiß ja, wie wichtig es dir ist.«

Tränen steigen mir in die Augen. »Danke.«

»Und … ich …« Er hält inne. »Ich …äh … wollte nur noch mal sagen, wie sehr ich es zu schätzen weiß, dass du mir so mit der Show geholfen hast.«

»Wie gesagt, es hat mir wirklich Spaß gemacht«, erwidere ich.

»Ich weiß, Lara. Und du hast fantastische Arbeit geleistet.

Hand aufs Herz, ohne dich hätte ich das niemals geschafft. Aber ich denke, von jetzt an sollten wir uns lieber nicht mehr in den Pausen und vor der Schule treffen.«

In meiner Kehle kratzt es und ich starre ihn an.

»Es ist nicht so, als wüsste ich deine Gesellschaft nicht zu schätzen, im Gegenteil, aber … na ja, es gab da ein paar … Missverständnisse. Weißt du, was ich damit sagen will?«

Ich blinzele hektisch und nicke.

»Du hast nicht das Geringste falsch gemacht, Lara. Aber die Leute reden nun mal gern darüber, was ihrer Meinung nach angemessen ist und was nicht, und … ich bin sicher, du verstehst das, oder?« Er erhebt sich. »Gut, dann sehen wir uns morgen, falls dein Magen sich bis dahin beruhigt hat, ja?«

Wieder nicke ich stumpf. Sprechen traue ich mir im Moment nicht zu.

»Um dein Fahrrad musst du dir in Zukunft übrigens keine Sorgen mehr machen. Ich habe heute mal ein ernstes Wort mit den Mädchen gesprochen und ihnen erklärt, dass ich *alles* weiß. Ich glaube, ich habe sehr deutlich gemacht, dass ich in Zukunft direkt ihre Eltern anrufe, wenn sie dich auch nur schief angucken sollten.«

»Danke.«

Und weg war er. Das Fahrrad hab ich im Schuppen eingeschlossen. Und jetzt sitze ich wieder alleine da und frage mich, ob überhaupt noch irgendwas einen Sinn hat.

Später.

Wie vorherzusehen, kommt abends eine SMS von meiner persönlichen Telefonterroristin: *Du Schlampe hättest lieber die Schnauze halten sollen.* Ausnahmsweise muss ich ihr da recht geben. Zumindest weiß ich jetzt, warum sie mich nicht ans Messer geliefert hat: Sie macht sich vor Angst in die Hose, weil sie denkt, Mr J. wüsste wirklich *alles*.

Außerdem: Was denn für »Missverständnisse«? Ich habe überhaupt nichts »missverstanden«.

Er *wollte* mich küssen, warum sonst bitte schön sieht man jemandem tief in die Augen und beugt sich vor?

Ich hab mir das NICHT eingebildet.

1. Mai

In meinem Kopf dreht sich immer derselbe Mist im Kreis – wirbelwirbelwirbel –, und ich habe keinen, mit dem ich darüber reden kann, keinen, der mir hilft.

Er liebt mich.

Er liebt mich nicht.

Verdammt, der Mann ist Lehrer! Warum sollte er seine Karriere für einen Knutschquickie mit der Königin der Unberührbaren aufs Spiel setzen? Mit diesen netten Sachen, die er gesagt hat, wollte er mich sicher bloß aufmuntern, klar, dass er dann die Krise gekriegt hat, als ich das Ganze völlig fehlinterpretiert habe.

Wie blöd kann man eigentlich sein? Blöd, blöd, blöd. *Darum* ignoriert er mich seitdem.

Heute in der Schule hat er mir komplett die kalte Schulter gezeigt. Vielleicht macht er sich Sorgen, dass die Leute, die uns zusammen sehen, zwei und zwei zusammenzählen könnten. Ich muss echt strahlen wie eine ganze Atommülldeponie, sobald er in Sicht kommt. Kein Wunder, dass er sich von mir fernhält. Aber trotzdem, er hat gesagt, ich bin »der Wahnsinn«. Das redet man doch nicht einfach so daher, nur um jemanden aufzumuntern.

Ich drehe noch durch. Was denn nun? Beinahekuss … kein Beinahekuss?

Und der Mist in meinem Kopf fährt weiter lustig Karussell.

Durch die mündliche Prüfung in Französisch heute bin ich wie auf Autopilot gegondelt. Mann, langsam muss ich mich echt zusammenreißen, sonst rassele ich noch überall durch.

Ich hab's nicht mehr ausgehalten und ihm eine PN über Facebook geschrieben.

Können wir bitte reden? Hab ich was falsch gemacht? Was immer es war, es tut mir leid. Bitte ignorieren Sie mich nicht mehr.

Lara

Viel später.

Mein Handy hat gerade *ping* gemacht – eine Mail. Ich falle fast aus dem Bett, so eilig habe ich es, sie zu lesen. Aber es ist nur eine Spam-Einladung auf »heiße Dates mit reiferen Partnern«.

Witzig.

2. Mai

Heute war der schlimmste Tag meines Lebens.

Mr J., Mum und Dad, Sam, Molly und ihre Gang … müssen mich denn alle so fertigmachen?

Er hat nicht geantwortet, dabei habe ich ihm schon vor Stunden geschrieben, also muss er meine Nachricht mittlerweile gelesen haben und ignoriert mich. Habe kaum ein Auge zugemacht und war beim Aufstehen total erschlagen. Die ganze Nacht musste ich immer wieder mein Handy auf Mails checken, aber nichts. Ich war so durch, dass ich während der Geschichtsklausur beinahe den Kopf auf den Tisch gelegt hätte. Und dann, als ich das nächste Mal auf die Uhr geguckt habe, war plötzlich eine halbe Stunde um. Danach stand auch noch die Mündliche in Spanisch an – keine Ahnung, was ich da verzapft habe. Ich bin nicht mal sicher, ob ich überhaupt Spanisch gesprochen habe. Morgen ist Literatur dran, das Fach, in dem ich eigentlich unbedingt glänzen wollte. Die Texte kenne ich zwar in- und auswendig, aber wahrscheinlich wird es trotzdem eine Katastrophe.

Lernen kann ich nicht und an Schlafen ist nach diesem beschissenen Tag auch nicht zu denken. Also liege ich auf meinem Bett und starre an die Decke, so viel kriege ich gerade noch hin.

Warum? Weil SIE auch wieder angefangen haben. Immer wenn ich gerade denke zu wissen, worauf ich mich einstellen muss, lassen sie sich neue Foltermethoden einfallen. Heute war es schlimmer denn je.

Direkt heute Morgen geht es los: Mum wirft einen Blick auf den Regen, der gegen das Küchenfenster klatscht, und sagt: »Bei dem Wetter nimmst du auf keinen Fall das Fahrrad.«

Kurz darauf stehe ich an der Bushaltestelle, bibbernd, und das liegt nicht bloß daran, dass ich patschnass bin. Die Hinfahrt ist kein Problem, leichte bis mittelschwere Beschimpfungen perlen mittlerweile einfach so an mir ab. Aber nach der Schule, um vier, umkreisen sie mich wie die Hyänen. Und ausgerechnet heute muss der Bus natürlich Verspätung haben.

»Hey, Lara«, ruft Sam. »Wir haben da doch noch 'ne Frage zu klären.« Bevor ich auch nur kapiere, was er meint, werde ich in eine dunkle Ecke des Kirchhofs gedrängt. Eine Hand legt sich über meinen Mund, während eine andere sich in meine Haare krallt und so fest daran zerrt, dass mir Tränen in die Augen schießen. Sam reißt mir den Blazer runter und meine Strickjacke geht auf. Ich wehre mich verzweifelt, aber zwei von seinen Kumpels drehen mir die Arme auf den Rücken, sodass ich mich nicht mehr bewegen kann. Und Sam ist noch längst nicht fertig; ich höre Mollys fieses Kichern, als er meine Bluse aufreißt und die Knöpfe durch die Luft fliegen – als wäre das der größte Witz des Jahrhunderts.

»Hmmmm. Sehr interessant«, sagt Sam. »Du trägst also wirklich 'nen BH, Titte. Verrat mir doch mal, wofür genau.«

Dann zieht er ihn mir mit einem Ruck fast bis zum Hals hoch, sodass meine Brust völlig nackt ist. Ich winde mich panisch hin und her, um mich vor all den Blicken zu schützen, aber das bringt nur Mikaela dazu, mir ins Ohr zu fauchen: »Halt bloß still, sonst ist hier noch lange nicht Schluss.«

Dann steigt auch Molly mit ein und rupft so hart an meinem Pferdeschwanz, dass es sich anfühlt, als hätte sie mir ein ganzes Büschel Haare mit Wurzeln ausgerissen. Ich versuche, mich loszumachen, während die Blitzlichter ihrer Handykameras über meine kalte Haut zucken, aber sie sind einfach zu stark.

»Hättest mich eben nicht schlagen dürfen, du miese Schlampe«, sagt sie, die Finger so fest in meine Haare gekrallt, dass mir die Tränen jetzt ungehemmt über die Wangen laufen. »Damit hast du dir dein eigenes Grab geschaufelt. Und wenn du noch ein Wort zu Jagger oder irgendwem sonst sagst, dann sorg ich dafür, dass deine Mum mit 'nem Arschtritt auf die Straße befördert wird.«

»Ist mir doch egal!«, rufe ich und zappele wie ein Fisch am Haken. »Denk dir meinetwegen irgendwelche Lügenmärchen aus, die nimmt dir sowieso keiner ab.«

»Na und? Selbst wenn sie dir glauben und ich 'nen Megaanschiss kriege, denkst du wirklich, meine Eltern würden sie nachher noch bei uns arbeiten lassen? Oder in ihrer Firma? Und ihre Freunde genauso. Kapier's endlich, Titte, du hast keine Wahl. Nicht wenn dir was dran liegt, dass deine Mum ihren Job behält.«

Und natürlich hat sie recht. Schachmatt.

»Schnell!«, ruft Sam, als der Bus um die Kurve biegt.

»Wenn ich mit dir fertig bin, wirst du dir wünschen, du wärst tot«, sagt Molly und reißt noch ein letztes Mal so fest an meinen Haaren, dass sie mich fast skalpiert.

Die Typen, die mich festhalten, schubsen mich gegen einen Grabstein und hauen ab. Ich wickele meine zerfledderte Bluse, so eng es geht, um meinen Oberkörper, knöpfe meine Jacke zu und suche nach meiner Tasche. Die Tränen vernebeln mir so sehr die Sicht, dass es ewig dauert.

Ich musste durch den strömenden Regen nach Hause laufen, und als ich endlich da war, durfte ich mir auch noch 'ne Standpauke von Mum anhören, weil ich den Bus verpasst hatte. Worauf ich gut hätte verzichten können, zumal ich echt üble Kopfschmerzen hatte. Meine Zeitungsrunde habe ich natürlich auch nicht geschafft und Mr Patel schon wieder im Stich gelassen. So nett er auch ist, diesmal feuert er mich dafür ganz sicher.

Hab mich noch nicht mal zum Karate getraut, aus Angst, einem von ihnen in der Stadt zu begegnen. Mein Zimmer wird so langsam zum einzigen Ort, an dem ich mich noch sicher fühle.

Oder vielleicht ist es auch eine Gefängniszelle.

Oh Gott, was soll ich bloß machen?

Aus dem Weg gehen kann ich ihnen nicht, schon gar nicht, seit Mr J. nichts mehr mit mir zu tun haben will, aber ich habe es so was von satt, jeden Tag auf die nächste Attacke gefasst sein zu müssen. Und wie soll ich *überhaupt* noch zur Schule gehen, nachdem alle anderen da mich halb nackt gesehen haben? Mein Kopf fühlt sich an, als würde er jeden Moment explodieren, und meine Schultern tun weh, weil diese Typen so fest an meinen Armen gezerrt haben. Ach ja, und meine Prüfungen sind auch ein einziges DESASTER.

Molly hat recht. Ich wünschte wirklich, ich wäre tot.

Später.

Mein anonymer SMS-Korrespondent hat mir gerade ein Video von der ganzen Geschichte geschickt. Und nicht nur mir, so viel ist wohl klar.

Mein einziger Trost ist, dass die Bilder durch den Regen und das ganze Chaos ziemlich verschwommen sind und man gar nicht besonders viel sieht – dass ich es bin, erkennt man nur an den »Tit-te, Tit-te, Tit-te«-Rufen der Leute im Hintergrund. Toller Trost.

So was habe ich nicht verdient. Klar, ich habe ein paar miese Sprüche über Sams Größe und sein Schuppenproblem abgelassen, aber das war pure Selbstverteidigung. Und Molly habe ich nur geschlagen, weil sie mein Fahrrad geschrottet hat.

Die haben angefangen, diese Psychopathen.

Ich gehe wieder ins Bett und bete, dass morgen das Wetter gut ist. Na los, Wetter, streng dich an. Zwing mich bittebittebitte nicht noch mal, mit dem Bus zu fahren.

3. Mai

Immer noch keine Antwort von Mr J.

Ich hab bestimmt schon tausendmal bei Facebook nachgeguckt, aber nichts. Ich geb's auf. Tja, da lag ich wohl falsch, anscheinend bin ich ihm doch egal.

Keinen Bock, über den Schultag heute ins Detail zu gehen. Molly war gemein, Mr Jagger hat mich ignoriert, die anderen haben gelästert. In der Literaturklausur sind mir die Wörter vor den Augen verschwommen, bis ich nicht mal mehr die Fragen lesen konnte. Der totale Totalausfall.

Außerdem habe ich schon den ganzen Tag tierische Kopfschmerzen vor lauter Flüssigkeitsmangel: Mittlerweile traue ich mich nicht mal mehr, auch nur einen einzigen Schluck

Wasser zu trinken, weil ich dann ja aufs Klo müssen könnte. Das einzig halbwegs Gute war, dass Mrs Murphy mir erlaubt hat, über die Mittagspause in der Bibliothek zu bleiben.

Heute Abend, nachdem ich Simon sein Futter vorgesetzt habe, bin ich mit allen Paracetamol, die ich finden konnte, im Bad verschwunden und habe sie auf dem Boden vor mir aufgereiht.

Fünfzehn Stück.

Mehr als genug.

Dann hab ich Ewigkeiten draufgestarrt, und gerade als ich mich entschlossen hatte, sie zu nehmen, musste natürlich Simon an die Tür hämmern und hysterisch kreischen: »Mein Pipi kommt schon raus!«

Also zurück in die Packung mit den Tabletten.

Tja, wenn ich auch das Glück hätte, ein eigenes Bad zu haben, wäre jetzt alles vorbei.

6. Mai

Heute habe ich offiziell bestätigt bekommen, dass Mum und Dad mich kein bisschen kennen: Als ich nach Hause kam, gab's erst mal eine Krisensitzung, inklusive einer Predigt, die sie direkt von einer von Mums Internet-Erziehungsseiten übernommen haben müssen. (Lass mich raten, Mum: »Ratgeber Familiendrama: Schritt 1 – So beruhige ich meine Teenie-Tochter«, oder wie?)

Ich hatte meinen »Oh Gott, mein Dad ist ein verkappter Amokläufer«-Anfall schon wieder komplett vergessen, so viel ist seitdem passiert, aber die beiden denken offenbar, dass ich deswegen in letzter Zeit so still bin. Die sind viel zu beschäftigt mit ihrem eigenen Liebeskummer, um zu erkennen, dass mir auch das Herz rausgerissen wurde.

Ich hab kaum mein Fahrrad abgestellt (danke für die Sonne, lieber Gott / liebe Natur / lieber Werauchimmer), als Mum auch schon die Tür aufreißt. »Ah, da bist du ja, Schatz. Komm rein, dein Dad ist da.«

Ehrlich, ich kann mich nicht mal mehr erinnern, wann ich die beiden das letzte Mal lächelnd im selben Raum vorgefunden habe, und unter anderen Umständen würde ich mir natürlich ein Loch in den Bauch freuen, aber dafür ist die Stimmung einfach zu schräg.

»Wir wissen, wie sehr es Simon und dich verstört, dass euer Dad ausgezogen ist«, sagt Mum mit einem megakünstlichen Friede-Freude-Eierkuchen-Grinsen.

»Ja«, fügt Dad hinzu. »Aber es ist ja auch nicht für immer.« Mum wirft ihm einen Blick zu, den er jedoch nicht beachtet. »Und mir geht es gut, Liebes, wirklich. Natürlich ist das Ganze traurig, aber ich komme klar. Du musst dir keine Sorgen machen.«

Was für eine Erleichterung, dass ich »Dad ist reif für die Anstalt« von meiner Stressliste streichen kann.

Dann erklären sie mir noch mal, warum sie sich getrennt haben, aber das weiß ich natürlich schon alles, weil ich schließlich ihre ganzen Streits mit anhören durfte (was ich ihnen allerdings nicht gesagt habe). Dann hat Dad sich zurück in sein »versifftes Wohnklo« verdrückt und Mum wieder ihren üblichen Frust geschoben. Und ich bin zum Karate und hab an Molly gedacht – wie cool es wäre, wenn sie ein paar von meinen Schlägen abkriegen würde. Und an Mr Jagger.

PS: Also, an Mr Jagger habe ich natürlich nur so gedacht, nicht daran, ihn zu schlagen. Ich liebe ihn schließlich immer noch, auch wenn es mich umbringt.

PPS: Heute musste ich Bio und Chemie direkt NACHEINANDER schreiben. Was für ein mieser Tag. Weiß gar nicht, warum ich überhaupt hingegangen bin.

8. Mai

Heute nach der Schule gab's ein Vortreffen für Cambridge. Ich habe mich extra noch mal vergewissert, dass auch wirklich keiner mitfährt, den ich kenne, aber wie erwartet sind es bloß ein paar Streber aus der Zwölften von der Jungenschule. Fremde. Außer Mr Jagger natürlich, der sich aber auch so verhält, als würde er mich nicht kennen.

Wenigstens klingt der Ausflug ganz interessant. Wir fahren Montag um neun ab und werden wohl Mittwoch gegen Abend wieder da sein. Es gibt eine Führung über den Campus, Vorträge von ehemaligen Studenten und ausgewählte Vorlesungen, an denen wir teilnehmen dürfen. Mrs Torrens hat alles erklärt – offenbar betreuen sie und Mrs Muirhouse diese Tour sonst jedes Jahr. Mr Jagger hat durch mich durchgeguckt, als wäre ich aus Glas. Und ich kann ihn kaum noch ansehen, nachdem er es nicht mal für nötig befunden hat, auf meine Nachricht zu antworten. Vielleicht findet er mich einfach zu erbärmlich, um sich auch nur die Mühe zu machen.

10. Mai

Nach der Zeitungsrunde noch kurz bei Granny vorbei. Sie war ziemlich mies gelaunt, hat mir bloß den Beutel mit ihrer Schmutzwäsche für Mum in die Hand gedrückt und gegrummelt: »Sag ihr, diesmal soll sie nicht dieses aggressive Zeugs für meine Schlüpfer nehmen. Mir brennt da unten alles wie Feuer.«

Auf die Info hätte ich verzichten können.

Heute Abend hätte ich eigentlich mal dringend Gas geben sollen beim Lernen (Als Nächstes ist die Schriftliche in Spanisch dran. Könnte sogar einigermaßen *bueno* laufen, in der Probeklausur hatte ich jedenfalls eine Eins plus.), aber stattdessen hab ich lieber mein Zimmer in einen Trödelmarkt verwandelt.

Na ja, Mum witzelt sowieso immer, ich hätte einen begehbaren Kleiderschrank – nur dass andere den Fußboden nennen würden. Haha. Ich versuche, mich zu entscheiden, was ich in Cambridge anziehen soll, aber was sich mir bietet, ist ein einziges Trauerspiel. Tja, Kleider machen Leute – in meinem Fall wohl eher Vogelscheuchen.

Ich wünschte, Emma wäre hier, die ist eine regelrechte Fashionfee. Egal, welchen ollen Fetzen sie sich überwirft, Abrakadabra, er sieht sofort aus, als hätte er ein Vermögen gekostet, und sie findet's auch noch cool, dass der liebe Gott sie als dünne Rothaarige geschaffen hat. Sie kommt sogar mit dem peinlichsten Nachnamen der Welt klar. Seufz. Wie macht sie das bloß?

Klamotteninventar

★ Zwei Paar Billigjeans, beide zu kurz
★ Jeansrock, von Emma geerbt
★ Fünf Paar Leggings in Schwarz / Dunkelblau / Grau, alle schon ziemlich durchgewetzt am Hintern
★ Verschiedene ehemals weiße Tops
★ Schwarze Strickjacke, von Emma geerbt
★ Jacke von Topshop (dito)
★ Schulschuhe? Sportschuhe? Schlappen!

Und diese erbärmliche Lumpensammlung ist das, was übrig geblieben ist, nachdem ich schon die schlimmsten Schandflecke ausgemustert habe. Die werden alle denken, ich hätte einen Eimer Leim über mir ausgekippt und mich einmal im Altkleidercontainer gewälzt.

Es hat keinen Zweck, die iPod-Ersatz-Kasse, *formerly known* als Fahrradkasse, muss für einen Einkaufsbummel draufgehen.

Eigentlich habe ich mich wirklich auf den Ausflug gefreut, aber wenn ich jetzt, in diesem Moment, einen Rückzieher machen könnte, dann würde ich das hundertprozentig tun.

Er redet noch immer kein Wort mit mir, und so langsam glaube ich ernsthaft, dass es tausendmal angenehmer wäre, überhaupt keine Zeit mit ihm zu verbringen, als mich von ihm so frostig behandeln zu lassen.

Wenn ich nur daran denke, habe ich das Gefühl zu ersticken. Ich habe wirklich geglaubt, dass er mich mag, und dabei hatte er die ganze Zeit nur Mitleid mit mir.

Später.

Mein Kopf ist ein Kino, in dem immer nur ein und derselbe Film läuft. Wir sitzen im Auto, sehen uns an, er beugt sich zu mir rüber, die Hupe quäkt, wir zucken zurück. Wir sitzen im Auto, sehen uns an, die Hupe quäkt, wir zucken zurück.

Ich bin so was von verwirrt.

12. Mai

Laut der Genfer Konvention ist Folter verboten, oder? Okay, und warum stoppt dann keiner einen gewissen Ben Jagger von der Huddersfielder Mädchenschule?

Schön, er verkabelt mich vielleicht nicht untenrum mit Elektroden oder reißt mir mit einer rostigen Kneifzange die Fingernägel aus, aber das, was er tut, ist ungefähr eine Million Mal schlimmer. Mit körperlichen Schmerzen würd ich ja klarkommen, aber dass er mich so ignoriert, ist die schlimmste Misshandlung, die ich mir vorstellen kann. Ich liebe ihn von ganzem Herzen, und er tut so, als würde ich gar nicht existieren.

Ich wünschte, mein Hirn hätte einen Aus-Schalter. Ich KANN einfach nicht aufhören, an diesen Beinahekuss zu denken, und je mehr ich das tue, desto überzeugter bin ich davon, dass es wirklich ein Kuss geworden wäre. Und dann wieder nicht.

Ja nein ja nein … Hin her hin her.

Kann mir nicht bitte irgendwer beibringen, wie man das Denken komplett abstellt? (Wie machst du das nur, Mikaela?)

Pro Kuss:

★ Wenn er bloß ans Handschuhfach / an die Tür wollte, warum ist er dann so zurückgezuckt?
★ Er hat gesagt, ich bin umwerfend hübsch, was Besonderes, der Wahnsinn etc.
★ Diese elektrische Spannung im Auto.

Kontra Kuss:

★ Er ist Lehrer.
★ Ich bin seine Schülerin.
★ Er ist die Perfektion in Menschengestalt.
★ Ich bin Lara Tittle.

Nachdem ich mich nicht mehr zu ihm in die Klasse setzen darf, sind die Mittagspausen zur reinsten Zitterpartie geworden, aber seltsamerweise hält der Hexenzirkel sich zurück. Versteh ich gar nicht, die lassen sich echt ein paar günstige Gelegenheiten durch die Lappen gehen, wie zum Beispiel heute, als ich auf dem Weg zur Prüfung an ihnen vorbeigekommen bin. Da sitzt also das ganze Rudel und beugt sich über Mollys iPad, ringsum keine Menschenseele. Ich wappne mich schon für den Angriff und dann … nichts, nur ein paar scheele Blicke und ein bisschen Gekicher.

Vielleicht haben sie ja einen Auftragskiller angeheuert, der nur noch auf die passende Gelegenheit wartet. Oder sie haben begriffen, dass es echt zu heftig war, der Welt meine nicht existente Oberweite zu präsentieren.

Ja, klar.

Ich hab genug Naturdokus gesehen, um zu wissen, dass es vor dem Sturm immer erst mal unheimlich ruhig wird.

13. Mai

Okay, zunächst mal: IHN werde ich heute gar nicht erst erwähnen. Das hier ist eine »Er, dessen Name nicht genannt werden darf«-freie Zone. Ich will mir keine Gedanken mehr wegen IHM machen, nicht mehr drüber nachgrübeln, was ER wohl denkt und welche Qualen ER in mir auslöst, indem ER mich weiterhin ignoriert. Oder darüber, dass er immer noch nicht auf meine bescheuerte Facebook-Nachricht geantwortet hat.

Hätte ich die doch bloß nie verschickt! Ich habe heute ein strenges Wörtchen mit mir selbst geredet und mir versprochen, dass ich mich bis Cambridge zusammenreiße.

Emma hat mir Links für Klamotten gemailt, die sie sich in den letzten Monaten online gekauft hat, weil wir uns ja (abgesehen von der Tatsache, dass sie die Schöne ist und ich mehr so das Biest) ziemlich ähnlich sehen, und das heißt, wenn ihr irgendwas steht, könnte das bei mir auch so sein. Obwohl mir schon ein bisschen unwohl dabei ist, die gesamte iPod-Kasse (fall doch bitte einfach tot um, Molly) für Kleider auf den Kopf zu hauen, ich muss auf diesem Ausflug UMWERFEND HÜBSCH und INTERESSANT und einfach wie DER WAHNSINN aussehen.

Und selbst wenn ER weiterhin so tut, als würde ich nicht existieren, was soll's? Vielleicht falle ich dann wenigstens jemand anders auf. Damit meine ich gar nicht unbedingt Jungs, denn mein Herz gehört immer noch einzig und allein IHM. Sondern irgendwem. Das Leben muss doch einfach mehr zu bieten haben als Trübsal und Einsamkeit. Ich will endlich mal Leute kennenlernen, die ich gerne mag und die nicht so tun, als wäre ich unberührbar. Ich will das Gefühl haben dazuzugehören, und wenn es auch nur für ein paar Tage ist.

Im Moment ziehe ich mir auf YouTube eine Schminkanleitung nach der anderen rein und lerne alle möglichen Tipps und Tricks. So ein Augenbrauenstift ist eine echte Offenbarung, wenn man in den letzten sechzehn Jahren eher Unsichtbrauen hatte. Anfangs hab ich mich damit zwar oft ins Spektrum zwischen »Botoxdesaster« und »Hardcore-Star-Trek-Fan« katapultiert, aber mittlerweile bringe ich ein solides »Ich bin rothaarig, aber mit Augenbrauen« zustande.

Apropos rothaarig, Emma benutzt manchmal diese Schaumtönungen, um ihr natürliches Kupfer ein bisschen zu pimpen, das probiere ich nachher auch mal aus. Ich muss meine Haare einfach lieben lernen, genau wie sie. Vor Mum und ihrer Küchenschere (als wir uns noch Profis leisten konnten) haben beim Friseur immer alle gesagt: »Ohhh, was für schöne Haare, so lang und dick!« Ich bin natürlich nicht blöd und weiß selber, dass sie mir damit nur ein Trinkgeld aus der Tasche leiern wollten, aber trotzdem.

Schätze mal, wenn Menschen nur schwarz-weiß sehen könnten, wären meine Haare eigentlich ganz okay. Es ist bloß dieses schreiende Orange, an dem sich jeder aufhängt. Im Ernst, stellt mir eine Kerze in den Mund und ich kann Halloween als Kürbislaterne gehen. Emma meint ja, dass das Rot ein Geschenk ist, aber für mich war es immer mehr wie ein Fluch, so viele Sprüche, wie ich mir deswegen in meinem Leben schon anhören durfte.

Na ja, meine Einkaufsliste sieht jedenfalls aus wie folgt:

- ein Pulli und zwei Tops von H&M
- ein Rock von Primark
- Stiefel von Primark
- eine Jeans von Topshop (zwar teuer, aber angeblich unschlagbar bei so langen Storchenbeinen wie meinen)

So, das war noch der einfache Teil. Was mir Kopfschmerzen bereitet, ist die Entscheidung, welche Farben sich am wenigsten mit meinen Haaren beißen, aber ich hoffe immer noch, die Grellheit mit einer kleinen Tönungssession wenigstens ein bisschen dämpfen zu können. Und nachdem ich normalerweise immer alle Klamotten zwei Größen zu groß kaufe, um meine Bohnenstangenhaftigkeit zu verstecken, wodurch alles an mir runterhängt wie ein Sack, hat mir Emma diesmal das Versprechen abgenommen, dass ich was nehme, was mir auch wirklich passt.

»Eigentlich würde ich dir ja raten, deine Vorzüge zu betonen und kleine Makel zu kaschieren«, hat sie gesagt. »Aber was hast du schon zu kaschieren? Du hast eine Figur wie ein Supermodel.«

Mhm, genau. Wenn Vivienne Westwood irgendwann anfängt, Bügelbrettbezüge zu entwerfen, kann sie gern meinen Agenten anrufen.

Ich habe ewig keine neuen Sachen mehr gekauft und bin jetzt ganz schön aufgeregt. Nicht dass ich versuchen würde, irgendwen zu beeindrucken oder so. Quatsch. *Wen* denn auch?!

PS: An IHN denke ich immer noch nicht. (Sehr gut.)

15. Mai

In der Stadt war nichts los, darum ist mir zum Glück auch keiner aus der Schule über den Weg gelaufen. Yessss! Und auch sonst war die Mission ein voller Erfolg. Bei H&M hab ich eine Bluse in Creme und Schwarz gefunden, die irgendwie viktorianisch aussieht (muss vom vielen *Jane Eyre*-Lesen kommen), bei Topshop eine Super-Skinny-Jeans (nach dem Motto »Zeigen, was man *nicht* hat«), dann noch schwarze Kunstlederstiefel, die zu Jeans und Röcken passen, einen schwarzen Pulli mit weißen Sternchen von Primark und zwei billige bunte Schals, um die schlichten weißen Tops, die ich schon habe, ein bisschen aufzupeppen.

Nachdem mein Klamottenbudget aufgebraucht war, war ich noch in der Drogerie. Eigentlich wollte ich mir nur kurz 'ne Haartönung schnappen und dann direkt nach Hause, aber stattdessen habe ich mich einmal durch das komplette Aftershave-Angebot geschnuppert. Ich schwöre, die hochnäsige Verkäuferin war kurz davor, bei einer von diesen Drogenmissbrauch-Hotlines anzurufen. Ich musste ihr *drei Mal* versichern, dass ich keine Hilfe brauche. Na ja, auf jeden Fall hab ich jetzt rausgefunden, dass er Hermès benutzt – einmal schnüffeln und, *zack!*, weiche Knie.

Ich habe so gut wie gebadet in dem Zeug und nehme jetzt, armes Würstchen, das ich bin, die Nase überhaupt nicht mehr aus meinem Schal. Versuche noch, gegen den Drang anzukämpfen, ihn beim Schlafen unters Kopfkissen zu legen, aber er riecht einfach so gut …

Ob das mit der Tönung ein Erfolg war oder nicht, kann ich noch nicht sagen. Mittendrin ist Mum reingekommen und, na ja, sagen wir mal, sie war nicht begeistert.

»Meine Güte, hast du hier drin ein Rind geschächtet oder was?«

Sie hat mir das Handtuch gegeben, mit dem wir sonst immer Paddington abtrocknen, und deswegen stinken meine Haare jetzt schon den ganzen Abend nach nassem Hund.

»Und wehe, du machst diese Schweinerei nicht weg. Ich sag es dir nicht noch einmal.«

»Ist das ein Versprechen?«, hab ich vor mich hin gemurmelt und bin dann schnell in meinem Zimmer verschwunden, bevor sie reagieren konnte.

Danach habe ich etwa eine Stunde lang mit einer Zahnbürste die Fugen im Bad geschrubbt. So kann man seinen

Samstagabend natürlich auch rumkriegen. Und, nur mal so als Tipp, wer die Warnung auf der Packung bezüglich »Verfärbungen der Kopfhaut« in den Wind schlägt, macht einen großen Fehler. (Es sei denn natürlich, man zielt auf den Splatterfilm-Effekt ab, dann kann man sehr überzeugende Ergebnisse erwarten.)

PS: 1. Anzahl der Male, die ich diese Woche an Mr Jagger gedacht habe: 604.800.

2. Anzahl der Male, die er mit mir geredet hat: 5 (Bei der Anwesenheitskontrolle. Er: Lara? Ich: Hier.).

Nur so nebenbei, die Zahl unter Punkt 1 ist übrigens auch die Antwort auf die Frage »Wie viele Sekunden hat eine Woche?«.

16. Mai

Noch zwölf Stunden …

Der Cambridge-Countdown läuft. Ich habe alle neuen Klamotten in verschiedensten Kombinationen anprobiert, Schminken geübt und meine Haare geglättet, und jetzt ist es offiziell: So kann man mich auf die Menschheit loslassen.

Als ich zum Abendbrot runterkam, meinte Superhirn Simon: »Du siehst ja blöd aus«, was wohl beweist, wie heiß ich bin, weil er sechs ist und keine Ahnung von GAR NICHTS hat. Sogar Mum ist mal einen Moment unter ihrer Grummelwolke hervorgekommen und hat gesagt, ich sähe sehr hübsch aus.

Habe übrigens »Haartönung Kopfhaut verfärbt« gegoogelt und rausgefunden, dass Zitronensaft helfen soll. Tja, leider finden sich in der Obstschale von Familie Tittle keine frischen Zitronen (so vornehm sind wir nicht), aber im Kühlschrank stand noch ein halb leeres von diesen gelben Plastikfläschchen und es scheint tatsächlich funktioniert zu haben. Zumindest sehe ich jetzt nicht mehr ganz so aus, als wäre ich in einen tragischen Unfall verwickelt gewesen. Diesmal war das Wasser beim Haarewaschen auch nur noch Rote-Bete-Pipi-rosa, darum hoffe ich mal, dass ich selbst bei einem Wolkenbruch einigermaßen farbecht bleibe.

Morgen dann also Cambridge.

Irgendein kluges Kerlchen hat mal gesagt, auch die längste Reise beginnt mit dem ersten Schritt. Tja, wer weiß? Vielleicht ist dieser Ausflug ja mein erstes Stolperschrittchen auf dem Weg zu Glanz und Gloria. Und, wie fühle ich mich? Hmmmm … Die Streberin in mir freut sich auf die Vorlesungen und die vielen Informationen. (Und unterdrückt die panisch quäkende innere Stimme, die jammert: »Du hast nicht genug gelernt! Das Abi schaffst du doch eh nicht, vergiss das mit der Uni!«)

Auch insgesamt fühle ich mich ziemlich hin- und hergerissen: Im einen Moment flippe ich fast aus wegen der Aussicht, drei ganze Tage mit IHM zu verbringen. Wenn er meine Gesellschaft ernsthaft angenehm findet, wie er behauptet hat, und sich nur Sorgen macht, weil »die Leute nun mal gern reden«, dann dürfte das Problem doch gelöst sein, wenn wir nicht in der Schule sind, oder? In anderer Umgebung könnten wir endlich wieder so miteinander umgehen wie vorher. Er fehlt mir so.

Ich weiß, wenn ich das irgendwem erzähle, würde jeder das Ganze als alberne Schwärmerei abtun, über die ich bald hinwegkomme, oder sonst irgendeinen herablassenden Quatsch entgegnen. Aber ich WEISS nun mal ganz genau, dass er der Richtige für mich ist. Wir sind wie Romeo und Julia, dafür bestimmt, zusammen zu sein, und nur durch widrige Umstände getrennt. Mir ist klar, dass ich mich wie eine theatralische Zwölfjährige anhöre, aber das ist mir egal. So empfinde ich nun mal, mein Herz brüllt es mir ja regelrecht zu: Ich liebe ihn.

Und im nächsten Augenblick breche ich fast zusammen vor Nervosität. Was, wenn er mich den kompletten Ausflug über weiter ignoriert? Was, wenn er die ganze Zeit wirklich nur nett zu mir sein wollte und ich das alles nur falsch interpretiert habe? Was, wenn er noch gar nicht kapiert hat, dass wir zusammengehören?

Ich weiß nicht, wie viel Schmerz ich noch aushalte.

Später.

Gerade war ich kurz unten, um mir einen Abend-Käsetoast zu machen, und bin direkt wieder wegen des leidigen Aufräumthemas mit Mum zusammengerasselt. Mann, kann die sich nicht mal ein bisschen locker machen? Hey, Mr Jagger, selbst wenn Sie mich die ganze Zeit nicht mit dem Allerwertesten angucken, ist diese Fahrt es immer noch absolut wert, um Mums Genörgel zu entkommen.

Mum: Wie sieht denn die Küche schon wieder aus?

Ich: Ja, wie denn?

Mum (schwingt ein Geschirrtuch): *Klatsch!* Überall Krümel! *Klatsch!* Die Teller vom Frühstück stehen immer noch in der Spüle! *Klatsch!* Und wieso *Klatsch!* ist die Grillpfanne *Klatsch!* total mit Käse verkrustet? Reicht es denn nicht, dass du schon das Bad verwüstet hast? Ich weiß wirklich nicht, was ich noch mit dir machen soll, Lara.

Ich: Weißt du, was, Mum, am besten bring ich mich einfach um, ja? Wärst du dann endlich zufrieden?

Mum: Nein, ganz und gar nicht, Lara. (*Faltet das Geschirrtuch fein säuberlich zusammen und legt es in die Schublade.*) Aber wenn du schon die Sylvia Plath machst und den Kopf in den Ofen steckst, dann nimm wenigstens die Scheuermilch mit.

ICH BIN EIN UNTERDRÜCKTER TEENAGER – HOLT MICH HIER RAUS!

Gott sei Dank ist morgen endlich C-Day: noch elf Stunden und dreiundzwanzig Minuten …

Nach dem Streit mit Mum musste ich wieder an die fünfzehn Paracetamol denken. Sie hat keine Ahnung, dass meine Bemerkung nicht bloß ein Scherz war. Die Sache schwirrt mir immer noch ständig durch den Kopf. Wenn ich nicht unterbrochen worden wäre, hätte ich die Tabletten definitiv geschluckt. Ich bin nur noch hier, weil Simon ganz dringend pinkeln musste.

Verrückte Vorstellung. Ich verdanke mein Leben also einem Päckchen Capri-Sonne.

17. Mai

Ich sitze in meinem Wohnheimzimmer IN CAMBRIDGE und warte auf drei Mädels von irgendeiner anderen Schule, mit denen ich es teilen soll. Um ein bisschen Zeit totzuschlagen, kann ich ja schon mal aufschreiben, wie es bis jetzt gelaufen ist.

Die Fahrt hat erst mal ewig gedauert, und da ich ja keinen iPod mehr besitze (Jetzt fall doch endlich tot um, Molly) und mir vom Lesen im Bus schlecht wird, blieb mir nichts anderes übrig, als die ganze Zeit auf Mr Jaggers Hinterkopf zu starren.

Am Anfang war mein Bauch voller akrobatikbegeisterter Schmetterlinge, aber er hat bloß »Hallo« gesagt und dann kein Wort mehr. Dafür ist ihm definitiv aufgefallen, wie anders ich ohne meine Schuluniform aussehe. Glaube ich jedenfalls. Ich meine, *muss* es doch. Ich hatte meine enge Jeans mit den Stiefeln und der Spitzenbluse dazu an, und selbst wenn ihm das alles egal war, wird er zumindest von meinen Haaren überrascht gewesen sein.

Ich hatte die Farbe vorher noch nicht bei Tageslicht gesehen – sagen wir mal: Dezent ist anders. Wo ich stehe und gehe, kippen die Leute Wassereimer über mir aus, schnappen sich Feuerlöscher und so weiter.

Okay, im Ernst jetzt – es sieht echt gut aus. Geradezu glamourös.

Ein paar der anderen Schüler haben mich jedenfalls bemerkt; ich habe gesehen, wie zwei Jungs aus dem Höllenbus (mit denen ich noch nie ein Wort gewechselt habe) regelrecht die Kinnlade runtergeklappt ist, also scheine ich wohl eine gewisse Wirkung zu erzielen. Und wenn selbst die von meinem neuen Ich beeindruckt sind, dann doch Mr Jagger vielleicht auch ein klitzekleines bisschen?

Später.

Musste aufhören mit Schreiben, als meine neuen Mitbewohnerinnen gekommen sind. Wirken ganz nett, obwohl sie natürlich diesen prüfenden »Wollen doch mal sehen, wie reich du bist«-Blick draufhaben, und natürlich bleibe ich weit unter den Durchschnittswerten auf dem Nobelometer. Während also Araminta (»Nenn mich Minty«), Francesca (»Nenn mich Franny«) und Pushpani (»Nenn mich Pussy« – Ja, im Ernst!!) Geschichten über ihre Polo-Ponys und Jachten ausgetauscht haben, saß ich auf dem Bett und tat so, als wäre ich in Dickens vertieft – *Harte Zeiten*. (Und ob.)

Privilegierte, wohlhabende Menschen haben einfach ein Selbstbewusstsein, das mir im Leben nicht mehr vergönnt sein wird. Angesichts dieser gebündelten Eleganz würde sich selbst Molly mit ihren Victoria-Beckham-Jeans und Mulberry-Taschen vorkommen wie die letzte Prolette. Ich habe kaum ein Wort rausgekriegt vor lauter Angst, dass sich jemand über meinen Dialekt lustig machen könnte. Und ich bin nicht mal sicher, ob sie mich verstanden haben, als sie wissen wollten, woher ich komme.

»Huddersfield.«

Ausdruckslose Gesichter.

»Im Westen von Yorkshire.«

»Ach, da oben im *Norden*.«

»Ein Stück von der M62 ab.«

Ausdruckslose Gesichter.

»Diese große Autobahn zwischen Liverpool und Hull.«

Genauso gut hätte ich sagen können, dieses galaktische Sternenportal zwischen Pluto und Uranus. *Cambridge ist eine komplett andere Welt*, hat Mr J. gesagt. Tja, dem habe ich nichts hinzuzufügen. Die Architektur, das Unigelände – sogar das Gras in den Innenhöfen wirkt irgendwie grüner als zu Hause.

Die anderen sind in den Gemeinschaftsraum gegangen (pfft, Gemeinschaft der oberen Zehntausend vielleicht), um sich da mit ihren Leuten zu treffen, aber ich bin hiergeblieben.

Mr J., gehen Sie mir weg mit Ihrem Geschwafel über gleiche Bildungschancen für alle – seien wir doch ehrlich, das hier hat rein gar nichts damit zu tun, ob man Köpfchen hat. Es geht um die richtige Aussprache, das richtige Leben, die richtige Herkunft. Und das habe ich alles nicht.

Ich fühle mich wie ein Goldfisch, der bei der Tour de France starten soll.

Noch später.

So, jetzt muss ich mir selbst mal ordentlich den Kopf waschen – am besten mit Kernseife:

Nachdem ich gerade noch mal mein Geschreibsel von vorhin gelesen habe, finde ich nämlich, dass ich meinen Zimmergenossinnen gegenüber ganz schön ungerecht war. Jetzt habe ich ein total schlechtes Gewissen, denn eigentlich waren sie echt nett und haben versucht, mich in ihr Gespräch mit einzubeziehen. Das zudem auch noch ziemlich interessant war, denn, anders als ich das von meinen Klassenkameradinnen kenne, haben sie tatsächlich mal über was anderes geredet als Jungs und Bräunungsspray.

Als ich mittags aus dem Speisesaal kam, bin ich Mr Jagger in die Arme gelaufen und wir haben ein bisschen krampfhaft über das Essen geplaudert, was komischerweise tausendmal schlimmer war, als von ihm ignoriert zu werden, weil er mich jetzt wie eine ganz normale Schülerin behandelt, und das stimmt nun mal nicht. Es tut richtig weh.

Muss jetzt Schluss machen, gerade sind die Mädels zurückgekommen und wir wollen in eine Vorlesung über die Brontë-Schwestern. Ich weiß, dass ER auch da sein wird. Oh Mann, ich wünschte, Liebe wäre was, bei dem man einfach den Hahn zudrehen kann, wenn man genug davon hat.

Viiiieeel später.

Oh Gott!!!

Ich kann immer noch nicht fassen, was gerade passiert ist; ich muss es aufschreiben, solange es noch ganz frisch ist.

Aber wem mache ich hier eigentlich was vor? Ich werde NIEMALS auch nur eine Sekunde dieses Abends vergessen, nicht mal, wenn ich wirklich hundert werden sollte und sabbernd und inkontinent im Altersheim hocke.

Es ist schon superspät, bestimmt halb zwei oder zwei. Aber ich kann einfach nicht bis morgen warten, darum habe ich mich ins Bad geschlichen, um die anderen nicht zu wecken. Eins ist mal klar: In einer Powerpoint-Präsentation über mein bisheriges Leben handeln die besten Folien definitiv von diesem Abend.

Also, der Reihe nach: Als um sechs die Essensglocke läutet, gehe ich mit Minty, Franny und (gnihihi) Pussy runter ins Refektorium. (Das ist Akademikersprech für Kantine.) Wir quatschen über unsere Vorlesungen und fühlen uns fast wie richtige Studentinnen. Ein bisschen hübsch gemacht haben wir uns vorher auch: Minty hat nämlich ein Auge auf den Typen geworfen, der in »Einführung in die viktorianische Literatur« neben ihr saß, und warum ich so aufgebrezelt bin, ist ja wohl kein Geheimnis.

Der Saal ist voller langer Tische und Bänke (wie in Hogwarts!) und, siehe da, Mr Jagger sitzt am selben wie wir. »Euer Lehrer ist ja SUPERSCHARF!«, flüstert Minty mir zu. Ach nee. Um das zu erkennen, braucht man wirklich keinen Cambridge-Abschluss.

Aber ich muss sagen, ich sehe selbst nicht übel aus und habe schon den einen oder anderen bewundernden Blick von den Jungs im Raum kassiert. Nur dass ich die kaum registriere, denn in BENS Gegenwart existiert niemand anders für mich. Na ja, weit weg von zu Hause und all den Sorgen, umgeben von Leuten, die mich tatsächlich zu mögen scheinen, und obendrein auch noch in SEINER Nähe bin ich zum ersten Mal seit meinem Geburtstag fast so was wie glücklich.

Aber dann (wie immer, wenn in meinem Leben mal für zwei Minütchen alles okay zu laufen scheint) geht plötzlich alles den Bach runter. Ein paar andere Leute aus unserer Gruppe sitzen auch mit uns am Tisch, darunter die Typen aus dem Höllenbus, und wir sind gerade mal bei der Vorsuppe, als ich merke, wie einer von ihnen (Barney?) mich anstarrt. Dann flüstert er dem anderen (Chris?) irgendwas zu und nickt in meine Richtung. Chris / Barney fängt an, auf seinem Handy rumzutippen, und mir fährt ein Adrenalinstoß zwischen die Rippen – mir ist klar, dass sie sich eins von Sams Horrorfilmchen reinziehen.

Und Mr Jagger kriegt es mit. »Okay, her damit, Leute. Ihr kennt doch die Regeln, keine Handys beim Essen.« Schock.

Als er Chris / Barney das Telefon abnimmt, wirft er unweigerlich einen Blick auf das Display. Ich spüre, wie meine Wangen zu glühen anfangen, als er direkt darauf noch mal hinstarrt und Zeuge einer meiner zahlreichen Erniedrigungen wird. Nach ein paar schrecklichen, endlosen Sekunden hebt er schließlich den Kopf und sieht mich an.

Laut wie ein Pistolenschuss knallt mein Stuhl hintenüber auf den Boden und bringt alles Essensgeplauder abrupt zum Verstummen. Während ich Richtung Tür stürme, höre ich ihn noch »Lara! Warte doch!« rufen, aber ich renne weiter, raus in die kühle Nacht, runter vom Campus, seine hallenden Schritte hinter mir. Wie könnte ich ihm je wieder in die Augen gucken, nach dem, was er gerade gesehen hat? Blindlings renne ich durch die fremden Straßen, ohne zu wissen, wohin, und lande natürlich prompt in einer Sackgasse.

»Mann«, schnauft er und stemmt die Hände auf die Knie, als er mich eingeholt hat. »Schon mal dran gedacht, dich für Olympia anzumelden?« Dann richtet er sich wieder auf. »Komm. Lass uns irgendwohin gehen, wo wir in Ruhe reden können. Irgendwie müssen wir diese Sache doch mal in Ordnung bringen.«

Was bleibt mir anderes übrig? Ich zucke mit den Schultern, zu beschämt, um auch nur ein Wort rauszukriegen, und folge ihm ein Stück die verlassene Straße runter bis zu ein paar beleuchteten Fenstern an der Ecke.

»Gehen wir hier rein«, sagt er.

Im Pub ist es ziemlich ruhig, bis auf ein paar vereinzelte Studentengrüppchen. Die Fenster in der Nische, in die ich mich setze, während Mr Jagger zur Theke geht, sind beschlagen. Als er wiederkommt, lässt er mein Colaglas über den Tisch zu mir rüberschlittern und nippt an seinem Lagerbier.

»Also, erzählst du mir jetzt mal, was da vor sich geht?«

Ich sitze allein mit ihm in einem Pub und die Leute denken sicher, er ist mein Freund. Eigentlich geht für mich also gerade ein Traum in Erfüllung, aber ich kann mir bloß auf die Lippe beißen und insgeheim wünschen, dass sich unter mir eine Falltür auftut, während mir nur ein einziger Gedanke durch den Kopf geht: HAT ER ETWA MEINE JUNGSTITTEN GESEHEN???

Als hätte er meine Gedanken gelesen, sagt er: »Ich konnte nichts Genaues erkennen, aber ich weiß, dass es irgendwas Ernstes war. Erzähl's mir bitte, ich kann dir helfen, wirklich.«

Er trinkt noch einen Schluck, während ich die Eiswürfel in meinem Glas kreisen lasse. Hier mit ihm, in diesem Pub in Cambridge, schrumpfen Mollys Drohungen zum leeren Gerede einer tyrannischen Zicke, weit, weit weg.

Nur, wo soll ich bloß anfangen?

»Wissen Sie noch, wie Sie damals, als ich einen Tag nicht in der Schule war, mit Molly darüber gesprochen haben, dass sie mich in Zukunft in Ruhe lassen soll? Tja, danach ist das hier passiert.« Ich schiebe mein Handy zu ihm rüber. Stirnrunzelnd scrollt er sich durch die SMS.

»Und«, tief Luft holen, »das ist noch nicht alles.«

Er sieht mich an und etwas Seltsames passiert. Ich war schon gefasst auf einen meiner gewohnten Zusammenbrüche, das volle Programm inklusive Heulen und Haareraufen, aber: nichts. Man könnte meinen, ich würde eine Inhaltsangabe eines der Bücher, die ich gelesen habe, abliefern, keinen Bericht über meine Schulmisere der letzten Monate. Gruselig, aber ich habe echt die Ruhe weg.

Mr Jaggers Gesichtsausdruck wechselt von besorgt zu schockiert, als ich bei meinem unfreiwilligen Oben-ohne-Auftritt anlange. Ich nehme mal an, das Bildmaterial dazu hat er vorhin auf Chris' / Barneys Handy zu sehen gekriegt.

»Dir muss doch klar sein, dass das ein tätlicher Angriff ist. Und dass sie es dann auch noch gefilmt haben«, er legt seine Hand auf meine und drückt sie sanft, »das ist eine ernst zu nehmende strafbare Handlung. Warum um Gottes willen hast du mir nichts gesagt?«

»Ich war mir nicht sicher, ob Sie das hören wollen«, sage ich leise.

Er lehnt sich zurück und starrt eine Weile schweigend in sein Bier, bevor er sagt: »Okay, das verstehe ich, nach dem Tag, an dem ich dir dein Fahrrad gebracht habe. Aber warum hast du deiner Mutter nichts davon erzählt?«

»Weil sie für Mollys Eltern arbeitet. Und die hat gesagt, wenn ich sie verpetze, sorgt sie dafür, dass meine Mum ihren Job verliert.«

»Was für ein verschlagenes kleines … Das ist doch Blödsinn. Sobald wir wieder zu Hause sind, musst du es deiner Mutter sagen. Und wenn du das nicht machst, tue ich es. Wie oft muss ich dir denn noch erklären, dass du dir das alles nicht gefallen lassen musst, bis du mir endlich mal glaubst?«

»Das geht nicht, BITTE, sagen Sie keinem was«, flehe ich.

Sie haben ja keine Ahnung, was mir sonst noch alles das Leben zur Hölle macht: Mums vieler Stress, Dads Auszug, die Geldsorgen wegen der Schule – nach und nach lege ich alle meine Karten auf den Tisch. Und anders als an dem Abend unseres Beinahekusses lasse ich nichts aus.

»Oh Gott, ich weiß gar nicht, was ich sagen soll. Das tut mir so leid.« Er trinkt sein Bier aus. »Mann, ich glaube, ich brauche noch ein Glas. Möchtest du noch eine Cola?«

»Gern«, sage ich.

Ich werde heute Nacht kein Auge zutun, aber das hat nichts mit der Überdosis Koffein zu tun, sondern mit dem, wie es weiterging. Ich sah zu, wie er von der Bar zurückkam, und diese seltsame Ruhe war immer noch da. Es war beinahe surreal, wie unbeteiligt ich mich fühlte.

Da sitze ich in einem Pub und bequatsche ganz entspannt mit Mr J. meine Busen-Show (wenn man bei mir denn von so was sprechen kann).

Ist doch nix dabei …

Keine Ahnung, ob es am Schock liegt oder an Mr J., aber irgendwas nimmt der ganzen Situation ihren Horroreffekt.

»Ich fürchte, ich bin dir eine Erklärung schuldig.« Er nimmt einen großen Schluck von seinem Bier. »Neulich, als ich dir dein Fahrrad zurückgebracht habe und auch in der Zeit danach, das war alles so, ich weiß nicht …« Für eine Sekunde bedeckt er sein Gesicht mit den Händen, dann legt er sie flach auf den Tisch. »… schwierig. Es war schwierig, weil ich nicht wusste, wie ich mich verhalten sollte. Verstehst du, worauf ich hinauswill?«

Sagen wir mal, ich habe eine vage Vermutung. Ich nicke.

»Und dann hast du mir diese Facebook-Nachricht geschickt, damit war es genauso. Ich hätte dir so gerne geantwortet, aber zwischen Lehrern und Schülern ist das mit den sozialen Netzwerken ja immer so eine Sache, darum …«

Er redet nicht weiter, also nehme ich einen Schluck von meiner Cola und warte.

»Darum hab ich nicht geantwortet, vermutlich aus Panik. Inzwischen würde ich sagen, das war die falsche Entscheidung. Ich dachte, es wäre das Beste, auf Abstand zu dir zu gehen, aber stattdessen habe ich damit bloß erreicht, dass du das alles allein durchstehen musstest, und es nur noch schlimmer gemacht. Dabei war das überhaupt nicht meine Absicht, das schwöre ich dir. Es war nur, weil …«

Er bricht ab. Eine Sekunde. Zwei Sekunden.

»Weil?«, hake ich nach.

Und dann erzählt er es mir.

Als er fertig ist, starre ich ihn bloß an und versuche, seine Worte sacken zu lassen. Auf einmal sehe ich sein Verhalten in den letzten Wochen aus einem völlig anderen Blickwinkel. Aus einem, der tatsächlich mal SINN ergibt. Er sagt, dass Mrs Ellis ihn am ersten Tag nach den Ferien »auf ein Wort« in ihr Büro gebeten hat. Die Putzfrau hat ihr erzählt, dass sie uns nach der Schule allein in der Klasse gesehen hat, und der Hausmeister hat beobachtet, wie ich nach dem Talentshow-Finale in Mr Jaggers Auto gestiegen bin. Mrs Ellis hat ihm versichert, sie wüsste natürlich, dass an der ganzen Sache nichts dran sei, ihm aber trotzdem geraten, »Situationen, die derart missverständlich aufgefasst werden können« in Zukunft zu meiden. Also hat er mich nicht links liegenlassen, weil er es so *wollte*, sondern weil er *musste*.

»Meine Damen und Herren, wir schließen«, ruft der Wirt und läutet die Messingglocke hinter der Theke. Erst jetzt sehe ich, dass der Pub sich geleert hat. Ben stößt beim Aufstehen an den Tisch und die leeren Biergläser klirren gegeneinander.

»Wir gehen dann mal besser zurück, morgen müssen wir früh raus. Mensch, und du hast ja noch nicht mal ’ne Jacke dabei. Hier, nimm solange meine.« Er legt mir seine Jacke um die Schultern; das Leder hat seine Körperwärme gespeichert. So eingehüllt in seinen Duft spüre ich kaum, wie kalt die Luft draußen ist, als wir uns auf den Rückweg zum College machen.

»Was ich neulich im Auto gesagt habe, war ernst gemeint.« Er bleibt stehen und greift nach meiner Hand. Die enge, kopfsteingepflasterte Straße ist dunkel und verlassen und die Straßenlaternen hüllen uns in ihr schummriges Licht. »Ich finde es furchtbar, wie mies du dich wegen dieser Idioten fühlen musst. Du bist was ganz Besonderes, das musst du mir glauben. Und du siehst einfach umwerfend aus heute Abend.«

Die elektrische Spannung.

Plötzlich ist sie wieder da und bringt die Luft zwischen uns zum Knistern. Er sieht mir in die Augen und ich in seine, und es ist, als spielte sich der Abend im Auto noch mal von Neuem ab, nur dass es diesmal weitergeht.

Mit einem Kuss. Einem echten, leidenschaftlichen Kuss, der meinen ganzen Körper zum Schwingen bringt und mich völlig benommen macht.

Er löst sich als Erster von mir. »Mein Gott, Lara, tut mir leid. Das hätte ich nicht machen dürfen.«

»Schon gut«, sage ich.

Er drückt sich die Hand auf die Stirn und stöhnt auf. »Nein, es ist nicht gut. Du hast schon so viel Stress, und dann komme ich und trage noch dazu bei. Ich bin so ein Idiot.« Er entfernt sich ein paar Schritte und dreht sich dann wieder zu mir um.

»Nie wieder Alkohol im Dienst, das ist ja wohl offensichtlich.« Ich gehe auf ihn zu, aber er weicht zurück. »Tut mir leid.«

Wie viele Nächte habe ich von diesem Moment geträumt – und jetzt fängt er an, sich zu *entschuldigen*?! Ihn so nervös vor mir zu sehen, verleiht mir plötzlich Mut. Und vielleicht sogar eine gewisse Macht.

Jetzt oder nie, jetzt oder nie …

Ich nehme seine Hände und ziehe ihn so dicht zu mir, dass unsere Gesichter nur noch Zentimeter voneinander entfernt sind.

»Mir nicht«, flüstere ich und blicke ihm tief in die Augen. Und dann nehme ich sein Gesicht zwischen beide Hände und küsse ihn. Wochen voller Sehnsucht und Elend fließen in den Kuss. Es ist, als würde jedes Fünkchen Gefühl in meinem Körper durch meine Lippen zu ihm rüberwandern.

Er hält mich im Arm, und so bleiben wir stehen, aneinandergekuschelt, während um uns die Zeit vergeht. Keiner von uns sagt was und wir genießen einfach bloß den Moment, das Zusammensein.

»Wir müssen zurück«, sagt er irgendwann, und ich merke, dass ich trotz der Jacke zittere.

Die Uni liegt verlassen und ein bisschen unheimlich da. Alle Vorhänge sind zugezogen, sodass die Fenster aussehen wie geschlossene, schlafende Augen, und nur dank der schummrigen Innenhofbeleuchtung finden wir den Eingang. Alles sieht noch genauso aus wie vor ein paar Stunden, als ich aus dem Speisesaal geflüchtet bin, aber seitdem hat sich mein ganzes Leben verändert. *Ich* habe mich verändert.

Am Fuß der Treppe, die zu den Wohnheimzimmern führt,

nimmt er den Arm von meinen Schultern und ich schlüpfe aus seiner Jacke. Wir tauschen Handynummern aus und geben uns einen letzten Kuss.

»Lara …« Er hält inne. »Lara, dir ist doch klar, was für einen Ärger wir am Hals haben, wenn du irgendwem was davon erzählst, oder? Die Leute verdrehen die Wahrheit gern und …«

»Ist mir klar«, sage ich schnell. »Keine Sorge, ich erzähle es niemandem, natürlich nicht.«

Er umarmt mich, und ich sehe ihm nach, während er über den Hof davongeht. Und jetzt hocke ich hier im Badezimmer und schreibe alles auf. Der Rest der Welt schläft, nur ich schwebe so hoch in den Wolken, dass ich keine Ahnung habe, wie ich jemals wieder runterkommen soll.

Mr Jagger – Ben – hat mich geküsst. Er hat mich wirklich geküsst.

Er ist mir nicht freiwillig aus dem Weg gegangen, er hatte keine andere Wahl.

Ab jetzt nehme ich mein Leben selbst in die Hand. Von heute an tue ich nur noch das Richtige für *mich* und nichts und niemand bedeutet mir mehr als er.

Und wenn irgendwer damit ein Problem hat – tja, Pech.

18. Mai

Als ich aufgewacht bin, hatte ich erst mal einen kleinen Panikanfall. Was, wenn es wieder genauso läuft wie beim letzten Mal? Erst Gekuschel im Auto, und dann knallt er mir die Tür vor der Nase zu? Werde ich jetzt wieder mit Nichtbeachtung gestraft?

NEIN! Eine SMS!

Morgen. Geht's dir gut? B

Danke, ja. Und dir? L

Bisschen müde, aber sonst alles ok. Gehst du jetzt frühstücken?

Jepp. Sehen wir uns da?

Ja! Kuss!

Ein Kuss per SMS morgens um halb acht, das muss doch heißen, dass ich sein erster Gedanke nach dem Aufwachen war! Dann mache ich mich jetzt mal fertig: schwarze Stiefel, enge Jeans und der schwarze Sternchenpulli, dazu Make-up, das mich erwachsen, aber nicht wie in den Farbkasten gefallen aussehen lässt, eine kleine Session mit meiner Wunderwaffe, dem Glätteisen, und dann geht's runter in den Speisesaal, wo ich ihn sehen werde.

Ben.

Später.

Habe mich vor dem Mittagessen für fünf Minuten alleine nach oben geschlichen. Beim Frühstück hat er mir zugezwinkert, als keiner hingeguckt hat, und da wir ja diskret sein müssen, ist es dabei auch geblieben. Aber ich konnte ihm am Gesicht ablesen, dass er genauso dringend mit mir reden will wie ich mit ihm.

Uaah! Ich kann immer noch nicht glauben, dass Mr J. mich geküsst hat!

Ich muss regelrecht die Fäuste ballen, um meine rebellischen Finger davon abzuhalten, Emma eine SMS zu schreiben. Das hier ist die spektakulärste Nachricht in der Geschichte der Nachrichten und ich kann ihr nichts davon erzählen.

Hatte mich schon darauf eingestellt, dass die Mädels dumme Kommentare über meinen überstürzten Aufbruch gestern Abend machen würden, aber da ich nun mal die drei liebsten Mitbewohnerinnen der Welt erwischt habe, sind sie total süß und verständnisvoll. (Manchmal gebe ich mich schon Tagträumen hin, in denen es sie allesamt unerwartet in den Norden und an die Huddersfield verschlägt.) Seufz. Kein neugieriges Nachgebohre, keine abfälligen Blicke, und ich konnte sie glaubhaft davon überzeugen, dass Ärger mit einem Jungen dahintersteckt. Was ja auch gar nicht so weit hergeholt ist. (Zumindest, wenn man »Junge« durch »Mann« ersetzt und »Ärger« durch »Himmel auf Erden«.) Und mit den beiden Vollpfosten aus dem Höllenbus scheint Mr J. (Ben!) ein ernstes Wörtchen geredet zu haben: Die trauen sich nicht mal mehr, in meine Richtung zu gucken.

Die Vorlesungen waren interessant. Glaube ich zumindest. Ehrlich gesagt bin ich momentan so fixiert auf die romantische Gegenwart, dass die romantische Vergangenheit dagegen keine Schnitte hat. Hoffentlich gehen wir heute wieder in den Pub. Vielleicht kriege ich ihn ja sogar dazu, mir was Richtiges zu trinken zu kaufen.

Muss. Aufhören. Aufs. Handy. Zu. Gucken. Ich schreibe ihm nicht zuerst. Ich schreibe ihm nicht zuerst. Ich schreibe ihm nicht zuerst.

Viel später.

Wow! Wow! Und nochmals wow!

Badezimmer-Déjà-vu. Schon halb zwei, aber ich muss unbedingt noch aufschreiben, wie es war. Ich kann einfach nicht bis morgen warten und riskieren, dass ich bis dahin auch nur die winzigste Kleinigkeit vergesse.

Komischerweise hilft es nicht, alle paar Sekunden aufs Handy zu gucken, wenn man auf eine SMS wartet. Als dann am Nachmittag schließlich doch das kleine Umschlagsymbol auf dem Display aufleuchtet, vollführt mein Herz erst einen Luftsprung und platscht kurz darauf zu Boden. Die Nachricht ist nämlich nicht von ihm, sondern von Mum, die wissen will, wie es läuft.

Meine Nägel sind schon bis auf die Knochen abgekaut, als in meiner Tasche endlich noch mal das Handy vibriert.

Alles klar bei dir? B

Ja, und bei dir?

Ganz okay. Lust, noch mal was trinken zu gehen?

Oh ja, und dann werde ich deine Liebessklavin, liege dir bis in alle Ewigkeit zu Füßen und bekomme ganz viele Babys von dir.

Pfui, Lara! Lösch das! Sofort!

Gerne. Wann?

Halb 9 Treffen vor dem Tor, ok?

Bis dann!

»Wir wissen Beschei-heid«, trällert (gnihihi) Pussy, als wir nach dem Abendessen zurück in unser Zimmer stapfen. Franny und Minty grinsen und nicken um die Wette.

Meine Eingeweide sacken ruckartig nach unten. »W-was?«

»Du hast 'nen süßen Typen von einer der anderen Schulen kennengelernt, stimmt's? Na los, erzähl schon!«

Puh. »Ähm, wie kommt ihr denn auf so was?«

Franny schaltet sich ein. »Du warst gestern Abend schließlich ewig lange weg. Und dann dein, na ja, Souvenir.«

»Mein was?«

»Das da. Der unumstößliche Beweis für ein heimliches Rendezvous.« Sie beschreibt mit dem Zeigefinger einen Kreis um ihr Kinn.

Ach so, der Knutschausschlag von Bens Bartstoppeln.

Tja, ich lasse sie jedenfalls das Märchen vom süßen Typen von der anderen Schule glauben (und stelle mich schüchtern, wenn sie ans Eingemachte wollen), während ich insgeheim fast EXPLODIERE vor Mitteilungsdrang. Aber natürlich muss ich die Klappe halten.

»Und was hast du heute Abend vor? Ich meine, ich gehe mal davon aus, dass wir nicht im Gemeinschaftsraum mit dir rechnen dürfen?«, fragt Minty mit erhobenen Augenbrauen, während ich in meine Stiefel schlüpfe und mir ein letztes Mal vor dem Spiegel durch die Haare fahre.

»Ach, nichts Besonderes.«

»Für ›nichts Besonderes‹ siehst du aber ganz schön sensationell aus.«

»Findest du? Danke!«

»Na klar, guck dich doch mal an!« Sie wirft einen wehmütigen Blick auf ihre eigene, kurvige Figur: »Was würd ich nicht alles für deine Beine geben!«

»Wieso das denn, deine Beine sind doch super!«

»Danke, Süße, aber Fakt ist nun mal: Ich bin ein Brauereigaul und kein Rennpferd. Du dagegen …« Sie deutet auf mich. »Du, meine Teuerste, bist ein echtes Vollblut.«

Wie lieb ist das denn, bitte? Ich umarme sie hastig. »Ich

glaube, das ist das Netteste, das je irgendwer zu mir gesagt hat. Danke! Und du bist so was von *kein* Brauereipferd!«

Als ich dann losmarschiere zu meinem Treffen mit Ben, komme ich mir vor, als wäre ich drei Meter groß – und ich bin stolz auf jeden Zentimeter. Auf dem Innenhof atme ich noch mal extratief durch, aber beim Anblick seines Filmstarprofils vor dem Tor kriege ich doch wieder weiche Knie. Er legt den Arm um mich und das fühlt sich an wie das Natürlichste auf der Welt.

Wir gehen in denselben Pub wie gestern und reden und reden. Leider lässt er mich immer noch nichts Ordentliches trinken und ich muss wieder mit Cola vorliebnehmen. Aber wozu Alkohol, wenn man sowieso komplett im Liebesrausch ist?

»Wundern sich Mr McGeorge und Mrs Torrens nicht, wo du bist?«, will ich wissen.

Er wirft mir einen rätselhaften Blick zu. »Kannst du was für dich behalten?«

»Klar.«

»Du musst versprechen, dass du es nicht weitersagst.«

»Indianerehrenwort.«

Er lächelt. »Tja, sagen wir mal, die sind viel zu beschäftigt miteinander, um überhaupt mitzukriegen, dass ich nicht da bin …«

»Ist nicht dein Ernst! Mr McGeorge und Mrs Torrens haben eine …?«

»Ja«, bestätigt er. »Aber das ist wirklich streng geheim, okay?«

»Meine Lippen sind versiegelt.«

Aber mal ehrlich: würg! Die sind doch schon uralt.

Ich schwöre, ich könnte Ben vierundzwanzig Stunden am

Tag zuhören, bis an mein Lebensende, und das wäre immer noch nicht genug. Was er alles schon gemacht hat, wo er überall gewesen ist! Er ist nur ein paar Jahre älter als ich und trotzdem war sein bisheriges Leben ein Fünf-Gänge-Bankett, meins dagegen eher ein Sandwich mit Scheiblettenkäse. Er hat schon Orte bereist, von denen ich nicht mal gehört habe. Das Aufregendste, was ich je erlebt habe, war, ihn kennenzulernen.

Fast wäre mir das sogar rausgerutscht, aber ich kann mich gerade noch zusammenreißen. Schließlich will ich nicht, dass er mich für ein total armes Würstchen hält. Ich hatte ja schon mal erwähnt, dass wir absolut auf einer Wellenlänge liegen. Echt gruselig – ich habe fast das Gefühl, er kann meine Gedanken lesen.

»Ich weiß, wie das ist, wenn man denkt, die ganze Welt ist gegen einen, Lara. Wir zwei sind uns wirklich sehr ähnlich.«

Dann erzählt er mir von seiner eigenen Schulzeit. Irre, wie es scheint, haben wir komplett dasselbe durchgemacht, und deshalb versteht er mich auch wie niemand sonst. Er wurde in der Schule selbst gemobbt. Und seine Eltern haben sich auch getrennt, als er so alt war wie ich.

»Ich weiß, das hört sich jetzt wahrscheinlich blöd an …«, beginnt er, dann lächelt er und starrt in sein Bier. »Ach, schon gut.«

»Sag's mir«, bohre ich.

»Nein, dann lachst du mich nur aus.« Er blinzelt durch seine Ponyfransen zu mir hoch. Supersüß und so JUNG.

»Mach ich nicht. Versprochen«, sage ich.

»Na ja, ich habe irgendwie das Gefühl … dass ich die Stelle an deiner Schule gekriegt habe, gerade während du so eine schwere Zeit durchmachen musst, das war Schicksal. Als wäre ich geschickt worden, um dir zu helfen.«

»Nein«, sage ich. »Das hört sich überhaupt nicht blöd an.«

Und das meine ich ernst. Ohne ihn hätte ich nichts gehabt, woran ich mich in den letzten paar Monaten hätte klammern können. Ich will ja nichts dramatisieren, aber so ist es nun mal.

Auf dem Rückweg zieht er mich in einen Ladeneingang. Okay, das ist jetzt nicht das romantischste Fleckchen der Welt, aber die schummrigen Straßenlaternen und alten Häuser lassen die Straße wie eine Filmkulisse wirken. Mal ganz davon abgesehen, dass er mich an dieser Stelle auch in ein Klärbecken hätte ziehen können und es wäre mir schnurz gewesen.

Als wir kurz nach Luft schnappen, streicht er mir übers Haar und hält mich im Arm.

»Ach, Lara, Lara, Lara. Was hast du bloß mit mir angestellt?«, seufzt er.

»Im positiven oder negativen Sinn?«, frage ich und genieße es, wie er mir zwischen den einzelnen Worten Küsse auf den Scheitel drückt.

»Beides irgendwie. Positiv: du, negativ: diese schreckliche Lage, in der wir sind. Wir könnten echt einen Riesenärger kriegen, aber ich kann einfach seit Wochen nicht mehr aufhören, an dich zu denken.«

Habe ich da gerade richtig gehört?

»Hast du mich etwa mit einem Zauber belegt?«

»Nicht absichtlich jedenfalls«, antworte ich – *cool,* ich weiß. »Und was genau denkst du so?«

»Ach, wie wunderschön und klug und unterhaltsam du

bist, wie sehr du mich zum Lachen bringst. Wie unglaublich fantastisch du aussiehst und dir dessen nicht mal bewusst bist. Und wie diese ganzen Idioten dermaßen auf deinem Selbstbewusstsein rumtrampeln. Das macht mich so was von stinksauer.« Er drückt mich fester an sich. »Und dass an meinen Gefühlen für dich absolut nichts Anstößiges ist, andere Leute das aber wohl kaum begreifen werden.«

»Wie meinst du das?«, hake ich nach.

»Du bist meine Schülerin, ich bin dein Lehrer. Ende, aus.« Er seufzt wieder. »Aber komm jetzt, du musst langsam zurück auf dein Zimmer.«

Wir spazieren Hand in Hand zurück zum College. Ich kann ihm anmerken, dass diese Lehrer-Schülerinnen-Kiste ihn beschäftigt. Es ist, als würde das Thema die ganze Zeit knapp unter der Oberfläche lauern, selbst wenn wir uns über völlig andere Sachen unterhalten. Aber ich bin schließlich sechzehn und er muss sich sowieso bald eine neue Stelle suchen. Wir müssen einfach ein paar Wochen lang vorsichtig sein. So dramatisch, wie er es darstellt, ist das alles doch gar nicht.

Und da hocke ich mal wieder, im Badezimmer, in der letzten Nacht dieses magischen, wunderbaren, lebensverändernden Ausflugs. Ich muss mich immer noch ab und zu kneifen, um mich zu vergewissern, dass er das alles wirklich gesagt hat. Dieses Gefühl, in seinen Armen zu liegen …

Geigenmusik setzt ein, Konfettiherzchen rieseln vom Himmel und Engelschöre verkünden: LARA TITTLE LIEBT BEN JAGGER!

21. Mai

Ich bin der gigantischste Dummkopf der Welt. Mit Sternchen.

Wie man es nicht anders von mir gewohnt ist, musste ich heute Abend natürlich direkt wieder alles vermasseln. Mal kurz nachdenken, bevor man seine blöde Klappe aufmacht? Ich doch nicht!

Lara, du Volltrottel!

Seit wir aus Cambridge zurück sind, hat er mir sicher hundert SMS geschrieben, und wir haben so ziemlich bei jeder sich bietenden Gelegenheit telefoniert. Und es vergeht nicht eine Sekunde, in der ich mich nicht nach ihm sehne. Ich kann nicht essen, nicht schlafen, nicht mal richtig atmen. Nur an ihn denken.

Das Problem ist nur: Wie sollen wir uns treffen, ohne dass jemand was merkt? In der Schule müssen wir natürlich geheimagentenmäßig vorsichtig sein, damit keiner dahinterkommt, dass ich Ben Jagger LIEBE, also ist es absolut *prohibido*, dort miteinander zu reden. Granny-Besuche und Karate sind die beiden besten Deck-Aktivitäten für unsere Treffen, und in den nächsten Wochen werde ich wohl des Öfteren in der Bibliothek zu finden sein, wo ich in Ruhe für meine Prüfungen lerne. *Zwinker, zwinker.*

Eine Menge Zeit, in der ich eigentlich Mum helfen sollte, verbringe ich mit Tagträumen von dem Moment, in dem Bens Vertrag mit der Schule ausläuft und wir es endlich allen sagen können.

Um ehrlich zu sein, bin ich ein kleines bisschen besessen von der Vorstellung, was für Gesichter alle (und mit »alle«

meine ich die hässliche Dreifaltigkeit) machen werden. Wird das toll, wenn Mollys Kinnlade auf den Boden klappt. Der Mann, dem sie das halbe Schuljahr hinterhergesabbert hat, ist mit mir, Loser-Lara, zusammen.

Nimm das, Hardy-Jones!

Gestern Abend habe ich Mum erzählt, dass ich noch zu Granny will, und da bin ich dann auch – ganze zehn schuldbewusste Minuten lang, in denen ich ihr nicht allzu aufmerksam zuhöre, bis Bens Auto vor der Tür hält.

Wir fahren eine Weile durch die Gegend und parken schließlich am Stausee. Es ist der perfekte Frühlingsabend, friedlich und warm. Vögel sausen durch die Luft und zwitschern den Soundtrack zu unserer Liebesgeschichte. Ben holt eine Picknickdecke aus dem Kofferraum, und dann spazieren wir Hand in Hand in den Wald, bis zu einer Lichtung, wo wir uns auf die Wiese legen und darauf warten, dass die Sterne am Himmel erscheinen. Er streichelt mir übers Haar, während ich mich bemühe, nicht wie eine Irre zu grinsen.

»Ich kann's immer noch nicht glauben«, sagt er und stemmt sich auf einen Ellbogen hoch. »Wenn mir irgendwer prophezeit hätte, dass ich mich mal in eine Schülerin verliebe, hätte ich mich totgelacht. So was kann mir doch nicht passieren, hätte ich gesagt, im Leben nicht. Und jetzt liege ich hier …«

»Tja, ich bin froh, dass es so gekommen ist.«

»Ich auch. Egal, wo und wie wir uns kennengelernt hätten, ich weiß genau, dass es mir immer genauso ergangen wäre. Aber es bleibt leider dabei: Ich bin dein Lehrer, und deswegen ist es einfach nicht richtig, dass wir zusammen sind.« Er rollt sich auf den Rücken. »Ich weiß, ich sollte das Ganze sofort beenden. Beziehungsweise, am besten hätte ich natürlich gar nicht erst damit angefangen, aber meine Gefühle für dich … Ich *kann* mich nicht von dir fernhalten.«

Ich zucke mit den Schultern, gebe mich lässig, obwohl ich innerlich komplett in Panik gerate: *Das Ganze sofort beenden?* »Aber das spielt doch alles keine Rolle. Mrs Gill ist im Herbst wieder da. Und ich könnte zur Not immer noch die Schule wechseln. Ist ja nicht so, als fände ich es so irre toll an der Huddersfield. Außerdem bin ich sechzehn und nicht mehr sechs. Alt genug, um zu wissen, was ich will.«

Er greift nach meiner Hand. »Vielleicht sollten wir uns nicht mehr treffen, bis mein Vertrag ausläuft. Es ist einfach zu riskant.« Er steht auf und zieht mich auf die Füße.

Eine unsichtbare Faust drückt meine Eingeweide zusammen. »Aber es wird doch keiner erfahren. Und selbst wenn, wäre das denn so eine Katastrophe?«

»Ach, Lara«, sagt er traurig. »Wir zwei wissen zwar, dass meine Gefühle für dich echt sind, aber was, wenn eine von deinen Freundinnen zu Mrs Ellis geht? Oder zu deiner Mum? Was würden die denken?«

»Aber ich hab's keinem gesagt, ehrlich.« Die Verzweiflung ist meiner Stimme anzuhören.

»Dir muss doch klar sein, dass sie es nicht verstehen würden.«

»Aber ich will nicht, dass sich was ändert, ich will mit dir zusammen sein. Und ich sage auch niemandem ein Wort, das schwöre ich, wirklich!« Jetzt bin ich kurz vorm Heulen.

Er gibt mir einen Kuss auf die Wange. »Na, komm. Der Abend ist so schön, lass ihn uns nicht verderben.« Dann hebt er die Picknickdecke auf und schüttelt ein paar trockene Blätter ab.

Aber ich kann es einfach nicht gut sein lassen. »Ich bin hier, weil ich es so will, und wenn irgendwer was anderes behauptet, dann erzähle ich ihm genau das.«

Er seufzt. »Aber deine Eltern oder die Schule und auch die Polizei würden das nicht so sehen. Ich riskiere hier meinen Job … ich riskiere alles für dich. Du musst wirklich hoch und heilig versprechen, dass du es niemandem sagst.«

»Ich verspreche es«, sage ich, und er küsst mich richtig. Dann gehen wir zurück zum Auto, ich so unsicher auf den Beinen wie Bambi beim Laufenlernen.

Bei mir zu Hause angekommen, hält er um die Ecke, damit niemand uns zusammen sieht, und wir küssen uns noch mal zum Abschied. »Du weißt doch, dass ich es ernst mit dir meine, oder?«, fragt er. Er legt mir die Hand unters Kinn und hebt mein Gesicht an, sodass ich ihm in die Augen sehen muss. »Ich würde immer so für dich empfinden, egal, ob du sechzehn bist oder hundertsechs.«

»Natürlich«, antworte ich, und so ist es auch. Ich weiß, dass er älter ist als ich und dass die Leute mit ihrer schmutzigen Fantasie das, was wir miteinander haben, völlig verdrehen würden. Aber es ist nichts Unmoralisches und Vulgäres daran. Ist es denn so schwer zu glauben, dass er mich wirklich mögen könnte?

Dann sagt er: »Ach, übrigens, ich habe noch ein verspätetes Geburtstagsgeschenk für dich.«

Verdutzt starre ich einen Moment lang auf die Schachtel in seiner Hand, dann schlinge ich ihm die Arme um den Hals und übersäe sein Gesicht mit Küssen. »Ein neuer iPod!«, quietsche ich. »Oh Mann, danke, Ben. Dankedankedankedanke!«

»Darf ich daraus schließen, dass du dich freust?«, fragt er grinsend, als ich ihn wieder loslasse.

»Oh, Ben, ist das dein Ernst? Das ist das tollste Geschenk aller Zeiten, tausend Dank!«

Und dann, weil ich meine Impulse offenbar null unter Kontrolle habe und ein kompletter Idiot bin, HABE ICH ALLES VERSAUT.

»Ich liebe es. Ich liebe *dich*.«

Meine Worte hängen wie Rauch zwischen uns in der Luft, bis er schließlich sagt: »Schön, dass du dich freust. Und jetzt rein mit dir, sonst schickt deine Mum noch einen Suchtrupp los.«

Er drückt mir ein flüchtiges Küsschen auf die Wange und ich steige aus.

Er hat nicht gesagt, dass er mich auch liebt, weil er jetzt wahrscheinlich denkt, dass ich so eine nervige Klammerfreundin bin, die mit Liebesbekundungen um sich schmeißt wie mit Konfetti. Das ist ja noch nicht mal der neue iPod wert.

Ich bin so ein Idiot.

Später.

Mum war gerade bei mir im Zimmer. Sie hat mich umarmt und (unwissentlich) mein schlechtes Gewissen geschürt.

»Es ist wirklich lieb von dir, dass du so viel Zeit mit deiner Großmutter verbringst. Sie würde sich sonst sehr einsam fühlen, den ganzen Tag allein zu Hause. Und bis ich von der Arbeit komme und mich dann um Simon gekümmert habe, bin ich meistens zu kaputt, um noch bei ihr vorbeizuschauen.«

Jetzt bin ich also nicht nur eine Vollidiotin, sondern auch

noch eine Betrügerin. Morgen muss ich wirklich mal ein bisschen länger bei Granny bleiben, nicht bloß Hallo und Tschüss und das war's.

Oh Gott, was denkt er jetzt bloß von mir, nachdem ich einfach so mit meinem peinlichen Geständnis rausgeplatzt bin?

Ich könnte mich echt totschämen.

23:23 Uhr: eine SMS. *Hör dir Nr. 7 an.* Mittlerweile bin ich auch darauf gekommen, was er damit meint – er hat eine Playlist auf dem iPod gespeichert.

Hab direkt reingehört: ein wunderschönes Klavierstück mit einem Text, der davon handelt, schon die Hoffnung aufgegeben zu haben und schließlich doch noch den Menschen fürs Leben zu finden.

Zehn Minuten später noch eine SMS: *Ich liebe dich auch.*

Kreeeeiiiiiiisch!

22. Mai

Er liebt mich! Er liebt mich! Er liebt mich!

Ich liebe ihn und er liebt mich und nichts anderes auf der Welt ist wichtig. Haben uns heute Abend wieder getroffen. Mum habe ich erzählt, dass ich zum Lernen in die Bibliothek will (arrgh, schlechtes Gewissen – bin schon zwei Wochen nicht mehr dort aufgetaucht), und dann sind wir wieder zum

See gefahren. Tja, wir können uns ja auch schlecht auf einen Cappuccino ins Café setzen, oder?

»Ich würde so gern ein bisschen mit dir angeben«, sagt er, als wir auf unserer Decke liegen. »Meine Familie und Freunde würden dich lieben. Ich finde diese Geheimnistuerei furchtbar, als würden wir was Verbotenes machen.« Pause. »Na ja, streng genommen ist es natürlich auch verboten, aber so kommt es mir einfach nicht vor.«

Ich kuschele mich enger an ihn und schwelge in diesem Gefühl, ihm nahe zu sein. »Ich will mit dir zusammen sein, mehr als alles andere auf der Welt. Ist also nicht gerade so, als würdest du mir eine Knarre an den Kopf halten.«

»Das weißt du und ich weiß es auch. Aber andere Leute werden es nicht so sehen.«

»Okay, und wenn wir uns ab jetzt bei dir treffen? Dann könnten wir mehr Zeit miteinander verbringen, ohne dass es irgendwer rausfindet.«

Ich wappne mich für eine weitere Episode aus der Reihe »Gründe, warum das keine gute Idee ist« und er legt auch gleich formvollendet los. Die Leitgedanken seiner Argumentation drehen sich um »die Situation nicht ausnutzen wollen« und »nicht überstürzt handeln wollen«. Was ganz klar beides Umschreibungen für »keine Gelegenheit für Sex schaffen wollen« sind. Genau, *grauenhafte* Vorstellung … Ich meine, mir ist natürlich klar, dass wir das Ganze damit auf eine vollkommen neue und sehr viel ernstere Ebene katapultieren würden, aber, um das Kind mal beim Namen zu nennen: ICH FANGE SCHON BEIM GEDANKEN DARAN AN ZU SABBERN.

Ich muss die Einzige im ganzen Jahrgang sein, die noch Jungfrau ist. Und es wäre ja auch nicht so, als würde ich meine Tugend irgendeinem Loser von der Jungenschule hinter der Turnhalle opfern (à la Molly Hardy-Jones). Ben ist die Liebe meines Lebens, und ich weiß, dass ich NIEMALS für irgendjemanden so empfinden werde wie für ihn.

23. Mai

Schlechtes Gewissen hoch siebzehn.

Ben verlässt sich darauf, dass die Sache mit uns topsecret bleibt, aber heute hat Emma angerufen und gefragt, wie es in Cambridge war, und, na ja, die Wahrheit ist mir einfach so rausgerutscht.

Das hatte ich echt nicht vor.

»Es war toll. Echt der Wahnsinn«, schwärme ich drauflos und kann dabei kaum ein wohliges Schnurren unterdrücken.

»Ach, super«, sagt sie. »So ein schönes Erlebnis hattest du jetzt aber auch echt mal verdient.«

Ich erzähle ihr alles über Minty, Franny und Pussy, dass wir über Facebook Kontakt halten, wie die Vorlesungen waren und dass ich mich jetzt fest entschieden habe, Englisch zu studieren.

»Und Sir Supersexy?«, will sie wissen. »Wie war's mit dem?«

»Du meinst Ben …«, erwidere ich.

»Oho, jetzt nennen wir ihn also schon ›Ben‹?«, lacht sie. »Na, ihr zwei scheint euch ja inzwischen seeeehr gut zu verstehen.«

Ich glaube, es liegt daran, wie sie lacht, fast so, als wollte sie sich über ihn lustig machen. Oder vielleicht habe ich auch bloß auf eine Gelegenheit gewartet, mit der Geschichte rauszurücken.

Wie auch immer: Ich erzähle ihr alles.

Ups.

Sie wird ganz, ganz still, und als sie endlich was sagt, hört sich ihre Stimme komplett anders an als sonst. »Bitte sag, dass das bloß ein Scherz ist, Lara.«

»Nein, ist alles wahr«, jubele ich. »Ich kann es selbst noch gar nicht fassen. Sir Supersexy und ich! Er wollte *mich*!«

Aber Emma scheint nicht so begeistert zu sein wie ich. Im Gegenteil, ihrer Reaktion nach könnte man meinen, ich hätte ihr gerade erzählt, dass ich nur noch wenige Wochen zu leben hätte. »Das kann ja wohl nicht sein.«

»Doch, doch!«

»Er hat dich geküsst.«

»Ja.«

»Und jetzt bist du mit ihm zusammen – mit deinem *Lehrer*?«

»Ja, das heißt, nein. Ich bin mit meinem *Freund* zusammen, mein Lehrer wird er ja nicht mehr lange sein.«

Diesmal sagt sie so lange nichts, dass ich schon befürchte, sie hätte aufgelegt.

»Em?«

»Ich bin noch da, ich weiß bloß nicht, was ich sagen soll. Ich meine … ist das nicht eigentlich illegal?«

»Wie wär's, wenn du sagst, wie schön es ist, dass ich ausnahmsweise mal glücklich bin?«, erwidere ich im selben frostigen Tonfall wie sie. »Oder dass du dich für mich freust?«

»Jetzt komm aber«, sagt sie. »Du weißt genau, dass ich dir alles Glück der Welt wünsche. Ich glaube nur nicht, dass das der richtige Weg dahin ist. Hast du dir das wirklich gut überlegt? Wir sprechen hier von einem erwachsenen Mann, einem *Lehrer*! Nicht von irgendeinem Siebzehnjährigen aus der Jungenschule nebenan.«

Ich höre einen Schlüssel unten an der Haustür. »Hör mal, Mum kommt gerade nach Hause. Ich muss auflegen. VERSPRICH mir, dass du niemandem ein Wort sagst.«

»Wenn du nicht willst, dass ich irgendwem was erzähle, dann mache ich das auch nicht«, sagt sie, wenn auch offensichtlich widerstrebend. »Aber du steuerst da auf eine Katastrophe zu, Lara, glaub mir.«

»Bin wieder da«, ruft Mum im Flur.

»Ich muss Schluss machen«, sage ich.

»Denk bitte noch mal darüber nach«, fleht Emma. »Ich rufe morgen wieder an.«

»Okay, bis dann.«

Ben erzähle ich lieber nichts davon, der würde sich ja doch nur aufregen. Und außerdem muss er auch nicht unbedingt wissen, dass ich das einzige Versprechen gebrochen habe, das er mir abverlangt hat. Aber ich muss mir ganz sicher keine Sorgen machen. Wenn ich irgendwem vertrauen kann, dann Emma.

24. Mai

Heute haben Simon und ich uns mit Dad bei McDonald's getroffen.

(Hat der Mann eigentlich überhaupt keine Fantasie? Wie wär's denn zur Abwechslung mal mit Pizza?)

»Ich habe Neuigkeiten«, sagt Dad. »Ich habe beschlossen, eine Weile zu Onkel Andy zu ziehen. Er hat gerade wahnsinnig viel zu tun, darum dachte ich, ich helfe ihm ein bisschen.« Er starrt in seinen Kaffee. »Und ich kann einen Tapetenwechsel wohl auch ganz gut gebrauchen, um wieder in die Spur zu kommen.«

Ich übersetze das mal als: mit dem Trinken aufhören und eure Mutter zurückgewinnen.

»Aber ich komme jedes zweite Wochenende her und ihr könnt mich ja in den Ferien besuchen. Das wird doch sicher nett, oder? Dann würdet ihr auch Emma sehen.«

»Ja, klar«, sage ich.

(Im weiteren Verlauf des Tages sollte ich meine Meinung dazu allerdings noch ändern.)

»Was in letzter Zeit vorgefallen ist, tut mir wirklich leid. Ich weiß auch nicht, irgendwie ist mir einfach alles … zu viel geworden, und ich schäme mich so.« Er schluckt krampfhaft. »Ich liebe eure Mum und euch beide so sehr, und ich fühle mich wirklich furchtbar, weil ich euch so im Stich gelassen habe.«

Simons Unterlippe zittert. »Aber das ist so unfair, Daddy! Onkel Andy wohnt so weit weg. Ich will, dass du wieder nach Hause kommst und bei mir und Paddington wohnst.«

»Ach, Kleiner«, seufzt Dad und gibt ihm einen Kuss auf die

Stirn. »Ich will ja auch nicht weg. Am liebsten würde ich euch beide jeden Tag sehen, aber anders geht es nun mal nicht, wenn eure Mum und ich die Sache zwischen uns kitten wollen und es wieder so werden soll wie früher. Damit wir wieder eine richtige Familie sein können.«

Woraufhin ich ebenfalls anfange, loszuplärren wie ein Baby, und dann sitzen wir alle da bei McDonald's und schluchzen uns die Seele aus dem Leib, und der schwere Klumpen Wut, den ich seit dem Bettvorfall mit mir rumgeschleppt habe, zerbröselt zu Staub.

Dads Worte haben in mir ein kleines Fünkchen Hoffnung geweckt, dass wirklich wieder alles in Ordnung kommen könnte. Simon scheint dagegen gar nichts kapiert zu haben, das arme Kerlchen hört seitdem gar nicht mehr auf zu heulen.

Ben hab ich eine SMS geschickt, sobald ich konnte:

Glaube, ich hab mich mit meinem Dad vertragen.

Die Antwort kam prompt:

Das freut mich wirklich. Ich liebe dich so sehr.

Ja!!!

Vielleicht sollte ich die mal an Emma weiterleiten, als Beweis.

Heute Abend habe ich mich zum ersten Mal richtig schlimm mit ihr gestritten. Ich dachte ernsthaft, sie wäre auf meiner Seite, würde sich vielleicht sogar für mich freuen – schließlich hat sie das Foto von ihm gesehen und weiß, wie sehr er mir die ganze Zeit geholfen hat und wie dreckig es mir vorher ging –, aber sie tut so, als wäre er irgend so ein Kinderschänder.

»Du musst ihm sagen, dass du ihn nicht wiedersehen

kannst. Nicht außerhalb der Schule«, hat sie mit ihrer »Ich bin ja so was von erwachsen«-Stimme gesagt.

Ach, und seit wann bestimmst du über mein Leben?, dachte ich nur.

»Ich weiß, du bist in ihn verliebt«, meinte sie dann, »aber das ist einfach nicht richtig. Du musst doch einsehen, dass du nichts mit einem Lehrer anfangen kannst!«

»Ich bin immerhin sechzehn, da werd ich ja wohl selbst entscheiden können, mit wem ich was anfange.«

»Ganz genau, du bist sechzehn, das heißt, es ist sogar illegal.«

»Quatsch. Mit sechzehn ist man nämlich mündig. Und nur zu deiner Information, wir waren eh noch nicht miteinander im Bett.« Was ziemlich zickig rüberkam, aber langsam fing sie echt an, mir auf die Nerven zu gehen. »Warum stellst du dich denn so an?«

»Weil es *wohl* illegal ist, wenn er dein Lehrer ist, du Doofnuss. Egal, ob du sechzehn, siebzehn oder achtzehn bist, solange er dich unterrichtet, ist das gegen das Gesetz. Ich hab das gegoogelt. Dafür könnte er im Gefängnis landen.«

Sarkasmus pur: »Ach so, na, wenn das im Internet steht, dann muss es natürlich stimmen, klar.« Und dann klaute ich mir einen von Mums Klassikern, wenn sie in einem Streit das letzte Wort haben will. »Für mein Empfinden ist diese Diskussion nicht sehr konstruktiv, darum beende ich sie jetzt lieber. Tschüss, Emma.«

»La…«, kam noch aus dem Hörer, kurz bevor ich auf AUFLEGEN drückte.

Freude, Aufregung, vielleicht auch ein bisschen Neid – ich hatte mit allem Möglichen gerechnet, aber dass sie einfach nur dagegen ist? Da wäre ich im Traum nicht drauf gekommen.

Und wieder mal ist mir meine große Klappe zum Verhängnis geworden. Warum musste ich es ihr auch erzählen?

Später.

Oh Gott! Wenn Dad zu Onkel Andy zieht, verpetzt Emma mich bestimmt früher oder später. Verdammt.

25. Mai

Mir ist ein Geistesblitz gekommen, der mich von allen Emma-Sorgen befreien wird.

Ich habe ihr eine SMS geschrieben: *Hab drüber nachgedacht, was du gesagt hast, u. sofort Schluss gemacht. Wie konnte ich so blöd sein? Schäme mich total. Verrat's keinem, ja?*

Noch hat sie nicht geantwortet, und ich bin auch nicht überzeugt, dass sie mir den Blödsinn tatsächlich abnimmt, aber es war auf jeden Fall einen Versuch wert. Und ich habe überhaupt kein schlechtes Gewissen. Pfft, als würde ich jemals mit ihm Schluss machen.

Heute Abend sehen wir uns nicht. (Er muss zum Elternabend seiner achten Klasse.) Dafür haben wir uns in der Mittagspause für ein paar Minuten in seinem Materialkabuff getroffen. Ziemlich riskant, aber man kann von innen abschließen, also mussten wir bloß mäuschenstill sein. Wir haben so viel geknutscht, dass ich hinterher erst mal losgehen und mir Lippenbalsam kaufen musste. Alles total wund.

Gerade habe ich sein Horoskop gelesen:

Im Juni sind die Männer fasziniert von Ihrem sexy Auftreten, also vertrauen Sie ruhig auf Ihre Intuition. Ein frech-frivoler Blondschopf aus dem Team fesselt Ihren sechsten Sinn. Ihr persönlicher Stil für diesen Monat: Riemchensandalen und kokette Blumenmuster mit Retro-Touch.

Hmmm.

Normale Schulen gönnen ihren Schülern nach einer Prüfungsphase wenigstens ein paar Tage Ferien. Unsere natürlich nicht. Da könnte man ja auf die Idee kommen, die wären nett zu uns, und DAS, liebe Leute, wäre der Anfang vom Ende. Nachher verlangen wir noch genießbares Essen in der Cafeteria, saubere Toiletten, Lehrer, bei deren Gelaber man nicht einschläft, etc. Wer weiß, was für eine Anarchie dann ausbrechen würde.

Während also alle anderen Elftklässler im Land verkatert im Garten liegen, haben wir uns direkt wieder in den Unterricht gestürzt. (Ohne zu wissen, ob wir unsere Prüfungen bestanden haben und nächstes Jahr überhaupt noch in diese Klasse gehen. Mannmann.) Jedes Mädchen aus der 11 G flucht über diese Regelung …

Außer mir.

Später.

SMS von Emma: *Telefonieren?*

Habe nicht geantwortet.

27. Mai

Heute sind wir zusammen gesehen worden, aber ich bin mir ziemlich sicher, dass wir noch mal davongekommen sind. Auch wenn's knapp war. Wenn wir so weitermachen, hab ich bald keine einzige trockene Hose mehr.

Ich bin mit Paddington zu einem heimlichen Rendezvous im Park losgegangen. Wir ziehen die »Na, so ein Zufall, dass wir uns hier treffen«-Nummer ab, für den Fall, dass irgendwer aus der Schule uns beobachtet. Die Luft ist rein (zumindest anfangs), also setzen wir uns auf eine Bank hinter ein paar Bäumen, ein Stück abseits des Hauptspazierwegs.

Wir sind vollauf beschäftigt mit Knutschen, als Ben plötzlich die Ohren spitzt. Paddington liefert sich im Gebüsch ein ziemlich schräges Jaulduell mit einem anderen Hund.

»Ich gehe sie mal besser holen«, seufze ich und laufe auf das Geräusch zu.

»Hey, du kannst doch nicht einfach ins Dickicht verschwinden, das ist gefährlich.«

Also stapfen wir beide Hand in Hand zwischen den Bäumen hindurch, bis wir sehen, wie Paddington sich immer wieder von einer kleinen, kläffenden Töle befreit, die sie so hartnäckig zu bespringen versucht, als hinge ihr Leben davon ab.

Mein Herz sackt nach unten wie ein Stein. »Oh Gott«, flüstere ich und ziehe Ben hastig weg. »Geh zurück zur Bank, schnell. Das ist Beyoncé.«

»Häh?«, macht er, und da ist es auch schon zu spät. Satans bester Kumpel, Mr Asivonnebenan, erscheint auf der Bildfläche.

Ich lasse Bens Hand los, als wäre sie glühend heiß, aber er hat uns schon gesehen. Ein verschlagenes Grinsen tut sich in den Tiefen seines schmierigen grauen Barts auf. »Guck an!«

»Hallo«, antworte ich. »Komm, Paddington. Los jetzt.«

Nachdem sie sich fünf weitere, zunehmend verzweifelte Male hat bitten lassen, bequemt sie sich endlich dazu mitzukommen. »Dämlicher Trottelhund«, grummele ich vor mich hin und lege ihr die Leine an.

»Wusste gar nicht, dass Gandalf einen Bruder hat«, sagt Ben, als wir außer Hörweite sind.

Ich gucke ihn an wie ein Auto.

»Na, der Typ da gerade. Das bärtige Biest.«

»Ach, das war nur unser fieser Nachbar.« Wir sind inzwischen wieder auf dem Spazierweg und gehen zurück Richtung Auto.

»Oh Gott, im Ernst? Und wenn er deiner Mum jetzt sagt, dass er dich gesehen hat?«

Ganz ehrlich, darauf weiß ich auch keine Antwort. Ist zwar nicht so, als würde sie ständig zum Kaffeeklatsch da rübergehen, aber er könnte mich natürlich trotzdem verpfeifen, einfach nur, um Ärger zu machen.

»Tja, wenn wir uns bei dir treffen könnten, würde so was nicht passieren«, entgegne ich und erwarte schon die gewohnte Predigt über die unbedingte Wahrung meiner ach so kostbaren Jungfernschaft etc. Aber dann …

»Du hast recht. Das wird langsam einfach zu riskant. Also gut, was hast du Donnerstag vor?«

WOW! »Da besuche ich dann wohl meine Granny«, sage ich und zwinkere ihm zu.

»Bitte mach keine Witze darüber.« Tadelnd klopft er mir

mit dem zusammengerollten Ende der Hundeleine ans Bein. »Ich finde es ganz schrecklich, dass du meinetwegen deine Mum anlügst.«

»Okay, also erstens: Genau genommen lüge ich gar nicht, weil ich ja wirklich zuerst bei Granny vorbeigehe. Und zweitens: Ich mache das, weil *ich* es so will, nicht deinetwegen.«

Er wirft mir einen vorwurfsvollen Blick zu und sofort kehrt mein schlechtes Gewissen zurück.

»Ich sollte einfach kündigen. Dann hätte diese Lügerei ein Ende.«

Eher nicht die Reaktion eines Mannes, der nur den Matratzen-Mambo mit mir tanzen will, was, Emma?

»Aber dann kriegst du kein Arbeitszeugnis«, wende ich ein. »Außerdem brauchen wir dich in der Schule, du bist der beste Lehrer, den wir haben. Und es sind doch auch nur noch ein paar Wochen.«

Was sind schon Wochen, wenn wir danach unser ganzes Leben zusammen verbringen können?

PS: Die nächste SMS von Emma. *Bin für dich da, wenn du reden willst.*

Ha! Sieht aus, als hätte sie die tränenreiche Schlussmachstory doch geschluckt. Ich kann ihr ihren Verrat aber immer noch nicht verzeihen. Von ihr hätte ich echt mehr erwartet.

1. Juni

Über meinem Kopf leuchtet ein riesiges Neonschild mit der Botschaft »ICH LIEBE BEN JAGGER!« und einem fetten Pfeil, der in seine Richtung zeigt. Wenn sich während des Unterrichts unsere Blicke treffen, verschwindet alles um uns; die Luft knistert, als würde sich ein Sturm zusammenbrauen, und die elektrische Spannung schießt hoch auf eine Million Volt. Ein Orchester spielt, Blumen erblühen, Rehe und Häschen hüpfen ins Bild und das Klassenzimmer verwandelt sich in eine Disney-Filmkulisse.

Wie kann es also sein, dass bis jetzt niemand in der Schule Lunte gerochen hat?!

Im Ernst, er könnte nackt auf seinem Pult stepptanzen und »Ich liebe La-ra, ich liebe La-ra« zur Melodie von »La Cucaracha« singen, und trotzdem würden die anderen einfach weitermachen mit ihrem dämlichen Trott und weiter dämliche Fragen stellen.

Wie können die alle nur so *blind* sein?

Grrr. Heute Abend hat er keine Zeit, da spielt er Fußball. Ihn den ganzen Tag lang zu sehen und nicht mit ihm reden zu können, ist schon die pure Folter, aber mich dann nicht mal später mit ihm treffen zu können … unerträglich.

Und um noch ein bisschen Öl ins Schuldgefühlfeuer (na ja, flammendes Schuldgefühlinferno wäre wohl passender) zu gießen: Ich kriege ständig Panikattacken wegen der Prüfungen. Mum hat heute was von wegen Tisch-im-Restaurant-Reservieren gesagt, zum Feiern. Ich konnte die ganze Zeit an nichts anderes als ihn denken; selbst wenn ich schon vor meinen Büchern saß und endlich mal so richtig mit Lernen loslegen wollte, habe ich innerhalb von Sekunden doch nur wieder sein Gesicht in meinen Block gezeichnet oder tausendmal *Lara Jagger* geschrieben. Besessen ist gar kein Ausdruck für diesen Zustand. Aber wie soll ich ihr sagen, dass es nichts zu feiern geben wird?

Mum wird so schrecklich enttäuscht von mir sein. Sie arbeitet sich noch zum Zombie, um meine Schulgebühren zu bezahlen, und ich tue nichts, als die Minuten runterzählen, bis ich morgen endlich Ben zu Hause besuchen darf.

Jetzt, wo Dad weg ist, braucht sie mich mehr denn je, und ich bin gar nicht wirklich hier. Ich lüge, dass sich die Balken biegen, während meine Familie den Bach runtergeht.

Und der Preis für die mieseste Tochter der Welt geht an …

2. Juni

Heute bei der Anwesenheitskontrolle hätte ich mich schlapplachen können. Molly hat mal wieder irgendeinen biestigen Spruch über mich losgelassen. Ich selber habe es gar nicht mitbekommen, aber dafür Ben, und ich konnte ihm richtig ansehen, dass er sie am liebsten in Fetzen gerissen hätte.

»Anstatt dir immer so viel Mühe mit deinem Äußeren zu geben, solltest du vielleicht besser mal an deinen inneren Werten arbeiten, Molly.«

Oh Mann, war die vielleicht angepisst!

Heute Abend hat Emma mich angerufen und einen auf

Miss Mitleid gemacht – lauter »schwerer Entschluss«-Achs und »richtige Entscheidung«-Mhmms. Um nicht aufzufliegen, musste ich ihrem dämlichen Geblöke auch noch zustimmen und hin und wieder mal ein wehmütiges Schniefen einfließen lassen, damit auch alles schön authentisch rüberkam. Dabei habe ich die ganze Zeit nur gedacht: Haha, du kannst mich mal! Zwischen mir und Mr J. könnte es gar nicht besser laufen.

»Es ist einfach so schwer«, habe ich so niedergeschlagen wie möglich geflüstert.

»Ich weiß«, hat sie gesagt. »Aber ich bin so froh, dass du es hinter dich gebracht hast. Ich hab mir echt Sorgen gemacht.«

Klar, ich kapier schon, dass ihre Absichten nur die besten sind und dass sie nicht will, dass mir jemand wehtut. Ist angekommen. Aaaaber wenn sie mich wirklich verstehen würde, dann müsste sie der größte Fan von Team Ben / Lara sein. Ohne ihn würde mein Leben nur noch aus Geldmangel, Mobbing und getrennten Eltern bestehen. Nichts und niemand kann mich von ihm fernhalten.

3. Juni

Heute habe ich Mums alte *Cosmopolitans* durchgeblättert, in der Hoffnung, ein paar nützliche Tipps aufzuschnappen, bin dann aber zu dem Schluss gekommen, dass beim Sex dieselbe Devise gilt wie beim Schwimmen: Einfach machen! Man muss den Sprung ins kalte Wasser wagen und beten, dass die Gliedmaßen schon instinktiv wissen, was zu tun ist.

Was die Theorie angeht, bin ich bestens im Bilde; ich weiß, wie das alles technisch abläuft. Jetzt wäre es langsam mal Zeit für ein paar praktische Erfahrungen.

Hatte keine Ahnung, wie weit ich meinen, ähem, Damenrasen mähen soll, und bin leicht ausgeflippt deswegen. Da Mum leider keine Machete im Bad rumliegen hat, musste ich mich mit ein bisschen Nagelscheren-Formschnitt begnügen. Ist nicht perfekt geworden, aber zumindest wird Ben jetzt wohl nicht zurückgefedert werden wie von einem Trampolin.

Dann habe ich mir die Beine rasiert und meinen ganzen Körper abgeschrubbt, bis ich rot war wie ein radioaktiver Hummer. Und zu guter Letzt habe ich mir so viel von Mums teurer Bodylotion draufgeschmiert, als wollte ich den Ärmelkanal durchschwimmen.

Oh mein Gott, kann mich mal jemand kneifen? Das hier mache ich alles, weil ich es morgen endlich mit BEN JAGGER machen werde.

Ach ja, außerdem ist heute noch was Komisches passiert. Mikaela ist nach dem Sport in die Dusche gerannt gekommen und hat versucht, mich zu fotografieren, aber ich habe mir noch rechtzeitig das Handtuch vorgehalten.

Gähn. Ich hab diese kindischen Aktionen echt so was von satt. Was sollen denn andauernd diese Fotos? Oder stehst du etwa auf mich, Mikaela? Tut mir ja echt leid, aber ich bin schon vergeben.

PS: Gerade kam noch eine SMS.

Ich vermisse dich <3.

Ich liebe ihn so sehr, dass es wehtut. Richtig körperlich weh, wie Zahnschmerzen. (Nur angenehmer.)

Kann vor lauter Aufregung wegen morgen überhaupt nicht schlafen. Bin echt nervös, dass ich alles vergeige, aber hauptsächlich könnte ich durchdrehen vor Freude, dass ich den wichtigsten Moment meines Lebens mit ihm teilen darf.

kreisch

4. Juni

Tja, ich schreibe zwar nur Einsen in Englisch, aber selbst mir fehlt das Vokabular, um zu beschreiben, wie unglaublich … großartig … fantastisch … atemberaubend es … nicht war.

Jawohl. *Nicht.*

Ich stehe also bei ihm auf der Matte, er bittet mich rein, schenkt mir 'ne Tasse Tee ein, und dann gucken wir erst mal *Into the Wild.* (Super Film übrigens.) Nach dem Abspann quatschen wir noch ein bisschen und knutschen rum … Und gerade als ich denke: Jetzt geht's los! Alles einsteigen, der Sexpress fährt ab!, da sagt er: »Okay, dann bring ich dich jetzt besser mal nach Hause, was?«, und springt, nachdem er mir diesen verbalen Eimer kaltes Wasser übergekippt hat, vom Sofa auf.

»Ich will nicht nach Hause«, sage ich. »Ich will mit dir zusammen sein. So richtig.«

Er kapiert, was ich damit sagen will, und setzt sich wieder hin. »Das geht nicht. Nicht dass ich nicht wollte – Mensch, Lara, und ob ich will. Du bist so wunderschön und du machst mich noch total verrückt. Aber du bist einfach zu jung.«

»Zu jung? Ich bin sechzehn. Außerdem bin ich die Einzige in der ganzen Stufe, die es noch nicht gemacht hat.«

»Das wage ich zu bezweifeln«, erwidert er lächelnd. »Hör mal, die meiste Zeit über sehe ich dich einfach als diese unglaubliche Frau, in die ich mich verliebt habe. Nicht als Schulmädchen. Aber wenn mir das zwischendurch doch mal in den Sinn kommt, dann fühle ich mich gleich wie ein komplett Perverser. Ich will nicht, dass die Sache zwischen uns so einen Beigeschmack bekommt, ich will nicht, dass es zu etwas Verbotenem, Anrüchigem wird.«

»Ich bin sechzehn«, wiederhole ich und schiebe die Hand unter sein T-Shirt. »Und das bedeutet, es ist weder verboten noch anrüchig.«

Er zieht meine Hand sanft wieder hervor und legt sie nachdrücklich zu meiner anderen auf meine Knie. »Dein Alter spielt keine Rolle – ich bin dein Lehrer. Jeder Kontakt, der außerhalb der Schule zwischen uns stattfindet, ist nun mal nicht in Ordnung.«

»Aber es würde doch niemand erfahren«, beharre ich und lege die Arme wieder um seinen Hals. »Ich liebe dich und ich will deine Freundin sein, mit allem, was dazugehört. Ich laufe doch nicht rum und gebe mit meinen Bettgeschichten an.«

Was anscheinend sein Stichwort ist, wieder aufzustehen. »Glaub mir, es gibt nichts, was ich mir mehr wünsche, und ich weiß auch, dass ich dir vertrauen kann. Aber es geht nun mal nicht.«

Und das war's. Die ganze Mühe umsonst.

Dabei hatte ich so einen üblen Tag hinter mir (Mum mies drauf, Molly megazickig), dass nur der Gedanke an das Treffen mit ihm mich einigermaßen bei Laune gehalten hat. Aber was hätte ich denn noch machen sollen, mich auf ihn stürzen vielleicht? Das würde ich mich im Leben nicht trauen.

Meine ach so kostbare Jungfernschaft bleibt also bis auf Weiteres unangetastet, und ich kann es mir nicht verkneifen, mich zu fragen: Er behauptet zwar, dass er mich liebt, aber steht er auch wirklich auf mich? So viel kann ich sagen: Ich habe schon aufregendere Abende mit Granny vor der Glotze verbracht.

5. Juni

Gestern Abend war ich ja schon stinkig genug, weil ich anscheinend die eiserne Jungfrau bin und so weiter. Aber das ist gar nichts gegen heute: Sam Short wollte mir DIE HAARE ANZÜNDEN!

Musste mal wieder mit dem Bus fahren wegen dem Weltuntergang draußen – das volle Programm mit rabenschwarzem Himmel, Windstärke 10 und Regen wie aus Kübeln. Das Höllenvehikel hält also vor mir und ich sehe die ganze Bagage schon wieder so dämlich grinsen, dass ich komplett erstarre, einen Fuß drin, einen draußen. Der Busfahrer, ein extrem charmanter Zeitgenosse, moppert: »Was ist, Pippi

Langstrumpf, brauchst du 'ne schriftliche Einladung, oder was?«, und zerquetscht mich fast, indem er einfach die Tür zumacht. Der Riemen meiner Tasche bleibt darin hängen, aber der Fahrer, der anscheinend ganz wild auf einen Platz in der Arschloch-*Hall of Fame* ist, tut so, als würde er davon nichts merken.

»Hey, Titte«, sagt Sam. »Du bist mir doch nicht etwa aus dem Weg gegangen, oder?«

Wie immer versuche ich, ihn zu ignorieren, aber ich kann nicht vor ihm flüchten, weil meine Tasche immer noch festhängt. Bens iPod nehme ich zur Sicherheit nicht in die Schule mit, also bin ich gezwungen zuzuhören. Sam hebt eine Strähne meines frisch gefärbten Haars an und schüttelt mit einem verächtlichen Schnalzen den Kopf.

»Was sollte das denn werden, Titte? Du weißt doch, aus Scheiße lässt sich nun mal kein Gold machen.«

Bens Worte hallen durch meinen Kopf. *Wehr dich gegen sie. Lass dich von ihnen nicht so rumschubsen, Lara.*

»Finger weg, du abgebrochener Gartenzwerg«, fauche ich.

Na schön, zu einem weiblichen Oscar Wilde bringe ich es damit nicht gerade, aber hey, ich hänge gerade in einer Bustür fest.

Und dann fängt die Show erst richtig an. Molly kommt wutschnaubend angestapft und schubst dabei ein paar kleine Siebtklässler um wie Dominosteine, worüber die Umstehenden sich köstlich amüsieren.

»Was fällt dir eigentlich ein? Das nimmst du sofort zurück!«

Mit einer blitzschnellen Bewegung zieht Sam ein Feuerzeug aus der Tasche seines Schulblazers und hält es an meine Haarsträhne, den Daumen bereit zur Zündung.

»Noch ein Wort, du rote Pest, und ich schwör dir, ich tu's.«

Ich versuche, den Kopf wegzuziehen, und hoffe verzweifelt, dass wenigstens mal der Fahrer einschreitet, aber dieser blöde Penner hat offenbar die Wegguckkrankheit, und zwar im Endstadium.

Sam zerrt noch fester. »Na los, sag's ruhig noch mal!« Seine Augen blitzen wütend. »Du hast echt keine Ahnung, was für einen Gefallen du mir damit tun würdest.«

Mein idiotisches Mundwerk macht, was es will, bevor mein Hirn auch nur kapiert, was Sache ist.

»Gartenzwerg.«

Klick. Es knistert, dann macht es *fump* und ein scharfer Gestank breitet sich aus. Ich taste hektisch auf meinem Kopf herum, aber zum Glück erwischt es nur die Strähne, die er in der Hand hatte.

»Hey«, ruft der Fahrer, der anscheinend wie durch ein Wunder wieder alle seine Sinne zusammengekratzt hat. »Im Bus wird nicht geraucht, klar?«

Sam grinst und steckt das Feuerzeug wieder ein. »'tschuldigung, Mann.« Dann dreht er sich wieder zu mir um. »Nächstes Mal sind es nicht bloß deine Haare, die dran glauben müssen, Titte. Du musst echt mal lernen«, er fährt mir mit der Hand über den Mund, »die Fresse zu halten.«

Wie fertig ich danach war, konnte ich ihm natürlich nicht zeigen, also bin ich hocherhobenen Hauptes davonstolziert, als wir an der Schule ankamen. Aber innerlich war ich ein zitterndes Häufchen Elend. Mein erster Instinkt war, zu Ben zu laufen und ihm alles zu erzählen, aber das geht ja nicht. Er würde ausflippen, und zwar so richtig, und dann würden die Leute irgendwann anfangen, zwei und zwei zusammenzuzählen.

7. Juni

War bis gerade bei Ben. Um ungefähr halb zehn hat er mich und meine ach so kostbare Jungfernschaft nach Hause gefahren, obwohl ich alles darangesetzt habe, sie auf seiner Couch zu lassen.

Die Details kann ich einfach nicht aufschreiben, ich bin vor Scham schon so tief im Boden versunken, dass ich bestimmt bald auf Öl stoße. Sagen wir einfach, es fand der stümperhafte Versuch einer Verführung statt (meinerseits), gefolgt von einem liebenswürdigen und edelmütigen Vortrag über das Nichtausnutzen einer Situation (seinerseits).

Geistig habe ich mich gewunden vor Peinlichkeit, während mein Körper schrie: *Na los, nutz die Situation endlich aus!* Irgendwann hat er dann das Gespräch auf die Schule gebracht, also habe ich ihm – stark zensiert – von den Tiefpunkten der wieder aufgeflammten Anti-Lara-Kampagne berichtet (Psycho-Sam und sein Feuerzeug mal unter den Teppich gekehrt). Ich hab behauptet, es wären hauptsächlich Beschimpfungen, keine körperlichen Angriffe, aber schon dafür durfte ich mir wieder eine von seinen »Erhebe dich, o du geknechtetes Weib, und wirf ab deine Fesseln«-Tiraden anhören. Kann er nicht einfach mal aufhören, mich damit zu nerven?

»Du musst deiner Mum sagen, was los ist, dann kann sie mit Mollys Eltern reden.« Ich habe ihm mit einem Kuss den Mund gestopft. Aber eigentlich finde ich's toll, dass er sich solche Gedanken um mich macht, auch wenn ich ihm klipp und klar gesagt habe, dass er sich nicht einmischen soll. Die paar Wochen halte ich schon noch durch.

Und heute war Mutter Natur ja auch so freundlich, mir

einen wunderbaren Tag ohne Regen zu schicken, sodass mir die Fahrt im Höllenbus erspart geblieben ist.

Bevor ich zu Ben gegangen bin, habe ich noch mit Dad telefoniert. Er klingt viel zufriedener, seit er nicht mehr in seinem »versifften Wohnklo« vor sich hin vegetiert – offenbar findet er wirklich Geschmack an der Zusammenarbeit mit Onkel Andy. Und weniger an literweise Dosenbier. Er war richtig gut drauf, fast wie früher. Als ich Mum davon erzählt habe, hat sie gelächelt, worüber ich mich, wenn ich ehrlich bin, zuerst ein bisschen erschreckt habe. (Hat sie einfach schon so lange nicht mehr gemacht.)

Und dann hat sie plötzlich die Stirn krausgezogen. »Ach ja, was ich dir noch erzählen wollte, unser Nachbar hat heute Morgen ein paar sehr seltsame Andeutungen gemacht.«

Irgendwie habe ich es geschafft, ein relativ uninteressiertes »Aha?« hervorzuwürgen.

»Mhmm. Angeblich hat er dich mit einem Jungen im Wald gesehen und meinte, ihr hättet geguckt wie auf frischer Tat ertappt. Da hat er sich doch aber sicher vertan, oder? Du warst doch mit keinem Jungen unterwegs?«

»Schön wär's«, habe ich geseufzt und mir dabei sehnsüchtig die Hände aufs Herz gepresst. Mum musste lachen.

»Dachte ich mir schon. Der ist doch wirklich ein bisschen …« Sie stieß einen Pfiff aus und ließ den Zeigefinger neben der Schläfe kreisen. »Kein Wunder, bei den ganzen Drogen, die der so einschmeißt. Da muss das Hirn ja zu Rührei werden.«

Ich habe mitgelacht, wenn auch ehrlich gesagt hauptsächlich aus Erleichterung …

ABER

… das heißt dann wohl, man muss schon nicht mehr alle Latten am Zaun haben, um zu glauben, dass ich einen Typen abkriegen könnte?

Na, herzlichen Dank auch, Mum.

9. Juni

Heute nach der Schule bin ich wieder nur knapp einem Angriff entgangen. Wie es scheint, ist Molly der Meinung, ich hätte dafür gesorgt, dass sie bei der Talentshow verloren hat. Von wegen. Das hat sie mit ihrem Gejaule sehr gut allein hingekriegt. Außerdem war ich noch nicht mal in der Jury, soll sie sich doch bei den Lehrern beschweren. Hysterisches Weibsstück.

Mikaela und Jabba the Flett lungern jedenfalls verdächtig am Fahrradschuppen rum. Molly ist auch dabei, die an Sams Mund klebt wie eine Ertrinkende am rettenden Schnorchel. Igitt. Die beiden sind dermaßen eklig.

Doch gerade als ich überlege, ob kämpfen oder flüchten die bessere Wahl ist, spaziert Ben vorbei und die Meute macht sich hastig vom Acker. Er hat uns überhaupt nicht gesehen, aber allein das Wissen, dass er da ist, lässt die Schmetterlinge in meinem Bauch ein paar Extraloopings fliegen. Und natürlich bedeutet es auch, dass ich ganz in Sicherheit auf mein Rad steigen und fröhlich in die Pedale treten kann.

Abends war ich dann offiziell bei Granny, aber ich habe

nicht mal gewartet, bis das Teewasser kocht, sondern bloß die Einkäufe auf der Arbeitsplatte abgeladen, ihr ein Küsschen auf die Wange gedrückt und bin direkt wieder runter zu Bens Auto gehuscht. Schlechtes Gewissen hoch zehn.

Wir sind gerade mal seit einer Stunde bei ihm, als etwas ziemlich Unerwartetes passiert. Nein, es hat nichts mit meiner ach so kostbaren Jungfernschaft zu tun (leider …). Stattdessen sitzen wir zusammengekuschelt auf der Couch, sehen fern und quatschen, als auf einmal: *Diiiingdooong!!!* Ich kippe fast um vor Schreck. Völlig schockiert gucken wir uns an.

»Geh lieber kurz in die Küche«, sagt er. »Nur für den Notfall.«

Ich knie mich unter das Küchenfenster und spähe durch die Lamellen der Jalousie. Und wer steht draußen? Die muffelige Mistkuh von Sekretärin in einem quietschorangen Presswurstkleid und mit fünfzig Schichten Make-up im Gesicht. Ich bin zwar zu weit weg, um zu verstehen, worüber sie reden, aber erkennen kann ich sie einwandfrei. Gut, sie ist auch eher schwer zu übersehen – wie ein extrem knalliger Hüpfball auf dem Grün des Rasens.

Bens Stimme dringt den Flur herunter. »Nein, Dawn, kannst du nicht.«

Meine Ohren werden satellitenschüsselgroß, als ich auf ihre Antwort lausche, aber ich höre nur *murmelmurmelmurmel.*

»Das geht dich gar nichts an!«, weist er sie steif ab.

Ich will endlich wissen, worüber sie streiten. Ob ich mich traue, das Fenster aufzumachen?

SCHON PASSIERT!

Gaaanz langsam drehe ich den Griff, während Bens Stimme immer wütender und ihre Gesten immer hektischer werden. Gaaanz langsam ziehe ich das Fenster zu mir hin, Stückchen für Stückchen, bis es plötzlich mit einem lauten *Klack!* aufspringt.

Sie wirbelt herum, als hätte auf der Straße gerade jemand *Wer will Gratistorte?* gerufen.

»Hast du etwa eine Frau bei dir?«

»Was? Nein.«

»Natürlich! Da hat doch gerade jemand das Fenster aufgemacht. Darum hast du mich also sitzen lassen, du verlogenes Schwein.«

»Dawn, bitte geh einfach. Es tut mir leid, wenn du dich schlecht behandelt fühlst, aber ich hätte jetzt wirklich gern meine Ruhe.«

Ich kann richtig sehen, wie ihr Hirn verschiedene Strategien gegeneinander abwägt: a) ihm eine Szene machen oder b) ihn anflehen. »Aber Schatz, du weißt doch so gut wie ich, dass wir perfekt zusammenpassen. Gib mir noch eine Chance.«

Er macht ein angewidertes Gesicht. »Selbst wenn ich das wollte, was nicht der Fall ist, verstehe ich nicht, wie du überhaupt auf die Idee kommst – nach dem, was du zu meiner Schwester gesagt hast.«

»Mein Gott«, stöhnt sie. (Anscheinend versucht sie es jetzt mit Strategie c): in die Defensive gehen.) »Ich fasse es nicht, dass du diese alte Kamelle wieder rauskramst. Ich hatte zu viel getrunken, das hab ich dir schon tausendmal gesagt. Ist doch kein Weltuntergang.«

»Dawn, du hast sie vor zweihundert Leuten runtergeputzt.«

»Das war doch nicht so gemeint.«

»Du hast sie ein ›Nilpferd in einem billigen Fetzen‹ genannt …«

»Das war ein Witz.«

»… auf ihrer Hochzeit.«

»Na schön, ich kann mich ja bei ihr entschuldigen, wenn du unbedingt willst«, lenkt sie ein.

Er redet weiter, als hätte er sie gar nicht gehört. »Sie musste deinetwegen die Rede des Trauzeugen aus dem Hochzeitsvideo schneiden. Meine Familie würde nichts mehr mit mir zu tun haben wollen, wenn wir zwei wieder zusammenkämen, und das bist du absolut nicht wert. Nicht mal annähernd.«

Autsch!

»Was soll's, ich kann deine blöde Familie sowieso nicht leiden«, höhnt sie. »Die haben doch allesamt 'nen Stock im Arsch. Kein Wunder, dass deine Schwester keinen Spaß versteht.«

»Verschwinde einfach, okay? Tut mir leid, wenn dich das unglücklich macht, aber es ist vorbei.« Er will die Tür schon wieder zumachen, überlegt es sich dann aber doch noch anders. »Ach, aber wo du schon mal hier bist, kannst du mir ja auch endlich meinen Schlüssel wiedergeben.«

»Den hab ich nicht dabei, da musst du wohl warten«, schnaubt sie über die Schulter und walzt zurück zu ihrem Auto.

Er ruft ihr nach: »Ich will ihn auf jeden Fall wiederhaben, ist das klar? Sonst muss ich das Schloss auswechseln lassen und das kostet ein Vermögen.«

Anstatt zu antworten, dreht sie sich zu meinem Fenster um und kreischt: »Wer immer du bist, werd glücklich mit diesem Idioten!«

Als er wieder reinkommt, geht zwar ein mehr als deutlicher

»Ich will nicht darüber reden«-Vibe von ihm aus, aber ich kann einfach nicht anders. »Wie bist du denn an die geraten?«

Er zuckt mit den Schultern. »Sie ist die Cousine der Freundin eines Kumpels. Und als ich hergezogen bin, kannte ich hier ja kaum jemanden.« Dann erzählt er, wie sie, als die beiden noch zusammen waren, ständig an ihm rumgenörgelt hat. »Angeblich hab ich sie immer nur unglücklich gemacht und war ein beschissener Freund.«

Ein beschissener Freund?! Hat die sie noch alle?

»Aber doch nicht von Anfang an, oder?«, bohre ich nach.

»Nein, klar, zuerst war sie eigentlich noch ganz charmant und witzig. Und ich war ziemlich einsam. Außerdem hat sie meinem Kumpel von der Stelle an der Schule erzählt, darum hatte ich das Gefühl, ich schulde ihr was. Und dann bin ich da wohl irgendwie so reingeschlittert. Ehrlich gesagt würde ich diese drei Monate lieber aus meinem Gedächtnis streichen. Als sie dann auch noch meiner Schwester komplett die Hochzeit ruiniert hat, war es für mich gelaufen. Und jetzt will ich einfach nur noch meinen Schlüssel zurück, aber sie stellt sich jedes Mal blöd.« Er sieht mir in die Augen. »Findest du auch, dass ich ein beschissener Freund bin?«

»Quatsch!«, sage ich und gebe ihm einen Kuss, während in meinem Herzen ein ganzes Feuerwerk hochgeht.

Mein Freund!!!

12. Juni

Diese Woche habe ich ihn jetzt fast jeden Tag gesehen. Die Granny-Schuldgefühle haben mittlerweile »Dampfkochtopf kurz vorm Explodieren«-Dimensionen angenommen und beim Karate war ich auch schon ewig nicht mehr. Ich musste flunkern und ihnen erzählen, ich hätte mir den Rücken verdreht. Sie haben mir eine total süße Karte mit Genesungswünschen geschickt, und ironischerweise hätte ich fast einen Herzinfarkt gekriegt, als ich sie aufgemacht habe, während Mum neben mir stand. Zum Glück hat sie überhaupt nicht kapiert, was los war. Ich kann's ECHT nicht erwarten, dass endlich sein Vertrag ausläuft.

Wenn wir nicht zusammen sind, dreht sich die Welt wie in Zeitlupe, und ich könnte schwören, dass die Uhren immer laaaaaangsamer ticken – nur um dann, sobald ich bei ihm bin, auf einmal loszurasen, sodass alles superschnell vorbeigeht. Das ist, als würde man auf eine Sternschnuppe warten – erst endlose schwarze Nacht, und kaum ist sie dann da, ist der Moment schon wieder vorbei. Und ich muss wieder nach Hause, obwohl ich gefühlt gerade mal eine Sekunde mit ihm hatte. Was einfach nicht reicht, weil ich ihm doch noch so viel sagen muss und so viel mit ihm vorhabe und … aaaaaah!!!

Warum hat der Tag nur vierundzwanzig Stunden?

Blöderweise schaltet er jetzt auch noch dauernd sein Handy aus, weil Dawn sich mittlerweile auf Telefonterror verlegt hat. Ich glaube nicht, dass sie nach dem Abend neulich noch mal bei ihm war. (Das hätte er mir bestimmt erzählt, oder?)

Er ist immer noch stinksauer wegen der Sache mit dem Schlüssel. Ein neues Schloss würde nämlich an die dreihundert Pfund kosten, er hat sich schon erkundigt. Darum muss er erst sein nächstes Gehalt abwarten, bevor er es austauschen lassen kann. Jippie, sein letztes Gehalt, bevor er die Schule verlässt und wir uns endlich nicht mehr verstecken müssen!

Dawn, du muffelige Mistkuh, du hattest deine Chance und du hast sie vergeigt. Also verzieh dich.

In meinem ganzen Leben bin ich noch nicht so glücklich gewesen. Ehrlich, ich bin die totale Seligkeitsbombe – die Lunte ist schon längst gezündet und ich könnte jeden Moment in die Luft gehen.

13. Juni

Seit dem Ende der neunten Klasse habe ich eine Art pawlowschen Reflex entwickelt. Sobald am Horizont blonde Haarextensions und falsche Bräune auftauchen, gehorcht mir mein Körper nicht mehr und ich bin nur noch ein bibberndes Kaninchen.

Sam, Mikaela, Chloe, Moppel-Graham – die sind alle nicht unschuldig, klar, aber der Big Boss ist SIE: Molly Hardy-Jones. Sie hat ein Nervenwrack aus mir gemacht, sie hat mir alle Freunde weggenommen, mir das Gefühl gegeben, hässlich und wertlos zu sein, mich vor aller Augen blamiert, mir körperliche und seelische Schmerzen zugefügt, meine Sachen kaputt gemacht, meine Familie in den Dreck gezogen und meine Mum bedroht.

ABER … Langsam, ganz langsam beginnen die Dinge, sich zu ändern. Nein, nicht Molly, die ist immer noch das personifizierte Böse, sondern ich. Was *sie* über mich denkt, kann ich nicht ändern, aber ich kann ändern, was *ich* über mich denke.

Seit ich die Mädels in Cambridge kennengelernt habe, weiß ich, dass ich *wohl* tolle Freunde finden kann. Und jeder Spiegel bestätigt mir, dass ich nicht die Hässlichste im ganzen Land bin. Dad hat wieder Arbeit, Mum geht es einigermaßen gut. Und, am allerwichtigsten: Ben Jagger LIEBT mich.

Füg das zusammen, und was kommt heraus?

Molly ist nichts als ein Riesenhaufen Scheiße.

Wenn *das* keine Erleuchtung ist.

Und damit zu heute: Dank ihr stehe ich jetzt schon seit Wochen kurz vor einer Blasenentzündung, aber in der Mittagspause blieb mir nur noch die Wahl, mich entweder auf die Toilette zu trauen oder meine Nieren implodieren zu lassen. Und wie könnte es anders sein – kaum betrete ich den Waschraum, kommt sie mir auch schon hinterher.

»Hey, Titte, ich hab dir was zu sagen.«

»Interessiert mich nicht, Molly«, erwidere ich und drücke eine Kabinentür auf.

Sie knallt sie mir vor der Nase zu. »Ich soll dir was von Sam ausrichten. Er sagt, du kannst dich nicht ewig vor ihm verstecken.«

Plötzlich habe ich so was von genug von ihren albernen, theatralischen Drohungen. Dieses ganze Gerede von Rache und Bestrafung und blablabla – wofür hält die sich denn bitte? Eine Mafiabraut? Für Arme vielleicht.

Ach, was soll's.

»Okay, dann richte ihm doch auch bitte was von mir aus,

ja? Sag ihm, er soll sich ins …« Die Tür geht auf und eine Siebtklässlerin kommt rein, die uns unsicher beäugt. »… Knie ficken.«

»Raus!«, keift Molly, und das Mädchen flüchtet.

»Wird es nicht irgendwann langweilig, immer so ein Miststück zu sein, Molly?«, frage ich, als wir wieder allein sind.

Sie stiert mich finster an. »Ich hab bloß 'ne Nachricht an dich weitergegeben.«

»Und Sam genauso. Ich meine, der kennt mich doch noch nicht mal«, sage ich zu ihrem Rücken. »Was hat er eigentlich für ein Problem mit mir?«

Sie zögert und dreht sich langsam wieder zu mir um.

»Er kann dich einfach auf den Tod nicht ab, Titte. Genau wie ich. Du tust so, als wärst du Lady Einstein und alle anderen um dich rum Vollidioten. Versuchst, meinen Freund zur Witzfigur zu machen, drückst ihm dauernd irgendwelche doofen Sprüche rein. Aber weißt du, was, *du* bist hier die Witzfigur. Sogar Chloe will nichts mehr mit dir zu tun haben. Und wie du Mr Jagger anhimmelst, ist einfach nur erbärmlich.«

Mein Herz fängt an, wie wild zu klopfen. Hat sie uns etwa gesehen?

»Der Mann interessiert sich 'nen Scheiß für dich und trotzdem bist du immer noch total in ihn verknallt. Hast du eigentlich überhaupt keine Selbstachtung?«

Und das war der Moment, an dem mir ein ganzer Kronleuchter aufgegangen ist. Ben interessiert sich 'nen Scheiß für mich?

Ich hab keine Ahnung, wie ich es geschafft habe, ihr nicht die Wahrheit um die Ohren zu hauen. Gott sei Dank hab ich mich zurückhalten können. Na ja, geglaubt hätte sie es mir sowieso nicht.

Aber wenn sie in diesem Punkt so absolut danebenliegt, dann hat sie mit allem anderen genauso wenig recht.

Da, bitte, das war meine Erleuchtung.

14. Juni

Heute haben wir Simons Geburtstag gefeiert. Na ja, »gefeiert« ist leider hoffnungslos übertrieben, das war echt die traurigste Party aller Zeiten.

Wir haben bloß zu dritt Pizza gegessen und eine DVD geguckt. Mum hat einen Schokokuchen mit einer Sieben aus Smarties obendrauf gebacken, aber Simon hat trotzdem nur geschmollt, weil Dad nicht da war, um mit ihm die Kerzen auszupusten. Schließlich war Mum sein Gejammer leid und hat ihn kurzerhand ins Bett geschickt. Woraufhin sie natürlich ein furchtbar schlechtes Gewissen bekommen hat und nach oben gekommen ist, und jetzt kann ich sie beide in Simons Zimmer heulen hören. Na toll, und wegen dieser *wichtigen Familienangelegenheit* konnte ich mich heute nicht mit Ben treffen!

Pfft.

Aber das ist schon okay, in ein paar Wochen bin ich nämlich einfach nur eine Abiturientin mit einem superscharfen Freund, der rein zufällig Lehrer ist. Und zwar an einer anderen Schule. Klar, am Anfang gibt's bestimmt ein paar sparsame Blicke, aber das hört sicher wieder auf, wenn erst mal alle kapiert haben, dass wir füreinander bestimmt sind. Und eine Woche später gibt es dann einen neuen Skandal, über den alle ablästern können, und wir haben unsere Ruhe. Molly und ihre Meute werden sich auf jeden Fall nicht mehr in meine Nähe trauen, wenn sie erst mal wissen, was Sache ist.

Mein absolutes Traumleben, in greifbarer Nähe!

Das wird der ungeschlagene Superwahnsinn! Bald können wir uns sehen, so oft wir wollen, und niemand kann es uns verbieten. Wir können zusammen ins Kino gehen oder Kaffee trinken, wann immer wir wollen. Mein Happy End wartet direkt um die Ecke.

ICH KANN'S KAUM ERWARTEN!

15. Juni

Oh Gott. Jetzt ist alles aus.

Er geht nichts ans Telefon, dabei muss ich dringend mit ihm sprechen, aber ich lande jedes Mal auf der Mailbox. Ich habe nur angefangen zu schreiben, weil ich sonst wirklich nicht weiß, was ich machen soll.

GEH ANS HANDY, BEN!

Das ist alles meine Schuld. Ich hätte nie auf sein »Lass dir nichts gefallen, dann hören sie schon auf«-Gerede hören sollen. Wir sind hier schließlich in Huddersfield und nicht in

Hollywood, da wird niemand ein Wimperntuschebürstchen schwenken wie einen Zauberstab und, Abrakadabra, ist Lara die Königin des Abschlussballs. Wie doof kann man denn auch sein? Ich MUSS mit ihm reden, muss wissen, was los ist.

Was hat er gemacht? Wo ist er? Warum geht er nicht ran?

Ich schreibe einfach mal auf, was ich weiß. Vielleicht hilft mir das ja, einen klaren Kopf zu kriegen.

Also, wir sitzen alle in der Klasse und warten darauf, dass die Englischstunde losgeht. Die Pause ist zu Ende, aber Ben ist noch nicht da. Eine Gelegenheit, die Molly natürlich prompt nutzt, um mal wieder ihre Krallen zu wetzen.

»Bäh, riecht das hier sonst noch jemand?«, fragt Molly. »Moment, das kommt von … ja, hier wird's stärker …«

Sie bleibt vor meinem Tisch stehen, wo ich sitze und lese und sie nicht weiter beachte. »Ja, das kommt definitiv von hier. Ist das etwa Scheiße?« Sie guckt gespielt verblüfft. »Ach so, na klar. Muss wohl daran liegen, dass die Mum von Titte anderer Leute Scheiße wegputz…«

Ich springe so abrupt auf, dass sie stolpernd zurückweicht. »Was willst du eigentlich von mir?«

Es wird ganz still im Raum.

»Na los, sag schon. Warum wirst du nicht endlich mal erwachsen und LÄSST MICH IN RUHE?«

Die letzten vier Wörter schreie ich heraus. Der Rest der Klasse guckt gebannt zu, wie ich, Loser-Lara, mich gegen das Alphaweibchen zur Wehr setze.

»Mein Problem bist *du*, Titte. Du und deine hässliche Fresse und –«

Ich lasse sie gar nicht erst ausreden. »*Meine* hässliche Fresse? ICH BIN NICHT HÄSSLICH. Kapiert? Aber du. Von innen und außen, durch und durch. Abgrundtief. Zum Weglaufen. Potthässlich.« Sie ist mit ihrem Gesicht so nah an meinem, dass ich jede einzelne make-up-verkrustete Pore sehen kann.

»Bin ich nicht! Nimm das sofort zurück, du Bügelbrett.«

»Nö. Wer nicht einstecken kann, der sollte auch nicht austeilen. Hast du das nicht selbst gesagt? Ich hab keine Oberweite, stimmt. Na und? Dafür hab ich wenigstens ein Hirn. Du dagegen …« Ich deute auf ihre Brust, dann auf ihren Kopf. »… hast dicke Hängetitten und dafür … tja, erkennst du die Korrelation?«

Molly stiert mich an und ihr Kopf wird knallrot.

»Ach, 'tschuldige, Molly, Korrelation ist aber auch ein schwieriges Wort. Das heißt ›Zusammenhang‹. Erkennst du den Zusammenhang?«

»Halt 's Maul. Du bist die totale Loserin, das weiß ja wohl jeder.« Sie spuckt mir die Worte förmlich ins Gesicht.

»Ach ja, Molly? Und weißt *du*, wie langweilig dein ewig gleiches Gelaber ist? Kriegst du echt nichts Besseres auf die Reihe? Keine Titten, keine Freunde, rote Haare, Loserin, blablabla.«

Ich hole tief Luft und mache dann weiter mit meiner apokalyptischen Tirade. »Und übrigens kann ich mit dir reden, wie ich will. Mit dir und deinem bescheuerten Freund und eurer Meute. Dein *Freund*, dass ich nicht lache. Der Typ behandelt dich wie den letzten Dreck und du bist zu beschränkt, um das überhaupt zu merken. Oder zu verzweifelt, was weiß ich. Und deine angeblichen Freunde können dich noch nicht mal leiden, du hast ihnen bloß so viel Schiss eingejagt, bis sie in deiner lächerlichen kleinen Gang mitgemacht haben, nur damit du dich als Herrscherin aufspielen kannst.«

Diese ganzen Sachen, die ich ihr das ganze Jahr über nur im Geiste an den Kopf geworfen habe, sprudeln jetzt aus meinem Mund, ein unaufhaltsamer Monolog. Ein winziger Teil meines Gehirns nimmt die anderen Mädchen zwar noch wahr, aber sie sind mehr wie das Publikum bei einem Theaterstück. Für mich gibt es nur noch Molly und mich in dieser Klasse, von Angesicht zu Angesicht stehen wir uns in einem dramatischen Wendepunkt gegenüber.

Ich seufze übertrieben tief. »Ach, weißt du, wenn ich der Meinung wäre, dass du auch nur ein Fitzelchen Mitgefühl verdient hättest, dann könntest du mir fast leidtun.«

Eine Weile ist es ganz still, dann grinst sie. »Bist du fertig, Titte?« Sie öffnet ihre iPad-Hülle. »*Ich* hab also keine Freunde, ja? Dann guck dir doch mal an, was die Leute so von dir denken.«

Triumphierend hält sie mir das iPad hin, und ich sehe eine Facebook-Seite mit der fetten Überschrift »Lara Tittle, stirb!« Und obendrüber eine Reihe von Icons – achtundzwanzig fröhlich lächelnde »Freunde«.

Einige Wörter springen mir direkt ins Auge. »Hackfresse«, »Feuermelder«, »Schlampe«, »Angeberin«, »Freak«. Molly tippt auf das Foto-Icon mit der Unterschrift »Wettbewerbsbeiträge« und die Handyfotos der letzten Monate erscheinen: ich, wie ich auf der Toilette sitze, wie ich angespuckt oder mit Cola begossen werde, wie meine Haare angezündet werden, und natürlich mit hochgezerrtem BH, nackt vor aller Augen. Und unter jedem einzelnen davon unzählige »Gefällt mir«-Klicks und Kommentare.

»LOL!!!«

»Der rote Kojote!«

»Boah, wie ich die hasse.«

»Diese hässliche Schlampe gehört verbrannt!«

Es war wie ein Fausthieb in die Magengrube.

Mollys Stimme ist jetzt laut geworden. »Also, behaupte gefälligst nicht, ich hätte keine Freunde, wo du doch die bist, die keiner leiden kann, Titte. Jeder hasst dich, nicht bloß ich und meine ›Meute‹. Jeder. Da, guck mal, wie viele bei uns mitlesen und kommentieren. Und hier, wir haben dich sogar bei YouTube reingestellt.«

Sie wischt mit dem Finger über das Display, bis sich eine Seite voller Videos aufbaut, alle mit Titeln wie »Tittle ohne Titten«. Ich wende das Gesicht ab, will die Details gar nicht sehen, aber sie hält mir das iPad unbarmherzig unter die Nase. Ich schiebe es zur Seite, aber zuvor registriere ich noch eine Zahl: zweihunderteinundzwanzig Aufrufe.

Zu zweihunderteinundzwanzig Gelegenheiten fanden die Leute es witzig, sich Videos anzusehen, in denen ich gequält und erniedrigt werde? Zweihunderteinundzwanzig Male, wie mir auf offener Straße die Kleider vom Leib gerissen werden? Wie ich auf der Toilette beobachtet und angespuckt werde?

Ich habe das Gefühl, mich jeden Moment übergeben zu müssen. Wie gelähmt stehe ich da, kann mich nicht bewegen, kriege kein Wort raus. Mollys Genugtuung steht ihr ins Gesicht geschrieben, sie keucht fast vor boshafter Schadenfreude. Der Rest der Klasse verfolgt schweigend und gebannt unser Kräftemessen, zwei Boxer im Ring.

Dann …

… kommt Ben rein.

»Entschuldigt die Verspätung, meine Damen, da hat eine Besprechung etwas länger gedauert.« Er bleibt stehen. Sein

Blick fällt auf das iPad und wandert dann hoch zu meinem entsetzten Gesicht.

»Lara, was ist? Was ist hier los?«

Ich kann nicht antworten. Ben nimmt Molly das iPad ab und sie versucht sofort, es ihm wieder zu entreißen.

»Das gehört mir!« Aber er hält es außerhalb ihrer Reichweite.

»Bitte nicht angucken«, sage ich leise.

Zu spät. Lange Zeit passiert gar nichts, während er stirnrunzelnd auf das Display starrt. Molly und ich stehen neben ihm wie Zwillingsstatuen.

»Nur damit ich das richtig verstehe, Molly«, sagt er schließlich. »Du hast eine Facebook-Gruppe eingerichtet, in der du den Tod einer deiner Mitschülerinnen forderst?«

Wieder grabscht sie vergeblich danach. »Das war ich nicht, Sir. Ich hab das nicht eingerichtet. Ich schwöre.«

Er redet weiter, als hätte er sie gar nicht gehört. »Ich sehe hier eine Facebook-Seite, auf der steht, dass deine Klassenkameradin sterben soll … und außerdem«, er tippt auf den Bildschirm, »eine Reihe von öffentlich zugänglichen Videos.«

»Aber Sir –«

»Halt den Mund und setz dich«, sagt er, ohne aufzusehen. Seine Stimme ist noch immer völlig ruhig. »Lara, wusstest du darüber Bescheid?«

»Bis gerade eben nicht«, antworte ich kläglich. »Bitte gucken Sie es sich nicht mehr an.«

»Nein, natürlich nicht. Ich habe genug gesehen.«

Molly streckt die Hand aus, als er die Hülle wieder schließt. Er wirft ihr einen angewiderten Blick zu. »Das glaubst du ja wohl nicht im Ernst. Das Ding bekommst du erst zurück, wenn Mrs Ellis gesehen hat, was du so treibst.«

»Ich war das nicht. Also, zumindest nicht ich alleine«, sagt sie mit weit aufgerissenen Augen. »Ehrlich, Mr Jagger. Das war Sams Idee.«

»Sam? Welcher Sam?«

»Sam Short. Der geht auf die Jungenschule.«

»Ah, Sam Short. Das ist dein Freund, stimmt's?«

»Ja, Sir«, murmelt sie und guckt zu Boden. »Mehr oder weniger.«

»Und der hat sich das alles ausgedacht, den anderen davon erzählt und …?«

»Ja. Das mit der Facebook-Gruppe und YouTube, den SMS … alles.«

»SMS?«

Sie starrt weiter zu Boden. »Die Mum von Titte, ich meine Lara, hat mir ihre Nummer gegeben und ich hab sie an Sam weitergesagt. Er hat ihr SMS geschrieben.«

Das überrascht mich. Dann war mein persönlicher Telefonterrorist also Sam und nicht Molly.

»Verstehe. Und dieser ›Wettbewerb‹, worum geht es dabei?«

»Das beste Foto.«

»Aha. Lass mich das noch mal kurz zusammenfassen, bevor ich zu Mrs Ellis gehe«, sagt Ben. »Sam Short hat Lara Droh-SMS geschickt? Und er hat dich und deine Freundinnen dazu aufgefordert, Lara in unangenehme, peinliche Situationen zu bringen und sie dabei zu fotografieren? Und zu filmen?«

»Ja.«

»Und die Ergebnisse hat dein Freund dann ins Internet gestellt, damit …«

»Damit die Leute abstimmen konnten, was am besten war. Aber Sam kann eigentlich gar nichts dafür. Sie hat es schließlich nicht anders gewollt!« Sie zeigt auf mich und ihre Stimme wird schrill. »Sie hat ihn beschimpft.«

»Beschimpft«, wiederholt Ben. »Und wie genau?«

»Sie hat ihn einen abgebrochenen Gartenzwerg genannt! Und Kampfhamster.«

»Er hat das alles getan, weil sie Witze über seine *Größe* gemacht hat?«, vergewissert sich Ben ungläubig.

»Ja, und dann hat sie auch noch gesagt, er hätte Schuppen. Da ist er echt wütend geworden«, fügt Molly trotzig hinzu.

Ben starrt sie an, bis sie anfängt, unbehaglich auf ihrem Stuhl hin und her zu rutschen. Schließlich hebt er das iPad hoch und sagt: »Ich fasse es einfach nicht, was ich hier zu hören kriege. Sie wirft ihm ein paar harmlose Schimpfwörter an den Kopf, und daraufhin beschließt ihr zwei, diese Hasskampagne zu starten?« Er droht Molly mit dem Finger. »Rühr dich ja nicht vom Fleck.«

Er dreht sich zu mir um und sagt leise: »Warum hast du mir das nicht vorher erzählt?«

»Ich wusste bis gerade selbst nichts davon, ehrlich.«

Dann fügt er lauter hinzu: »Okay, Lara. Du gehst jetzt bitte zu Mrs Ellis und erzählst ihr alles. Und mit ›alles‹ meine ich auch alles. Mit diesem Quatsch ist jetzt endgültig Schluss. Und ihr anderen …«

Er wendet sich an die wie gebannt dasitzende Klasse. »Holt eure Bücher raus und, äh, lest da weiter, wo wir letzte Stunde aufgehört haben. Bitte.«

Ich folge ihm auf den leeren Flur und im Raum hinter uns bricht das große Getuschel los.

»Mollys Freund hat dir die *Haare* angezündet?«, flüstert er.

Ich nicke und zucke dann mit den Schultern. »Aber nur ein bisschen.« Ich ziehe die angekokelte Strähne aus meinem Zopf, um sie ihm zu zeigen.

»Mein Gott, du hättest fürs Leben gezeichnet sein können. Oder *sterben*.« Bestürzt schüttelt er den Kopf und schiebt verstohlen die Hand in meine. »Warum hast du mir nicht erzählt, dass es so schlimm geworden ist? Ich hätte sie doch stoppen können.«

»Ich wollte dich da nicht mit reinziehen«, erwidere ich. »Und ich dachte auch, ich würde allein klarkommen.«

»Hm. Na schön, ich sorge jetzt jedenfalls dafür, dass es ein für alle Mal aufhört. Du gehst zu Mrs Ellis, wie ich gesagt habe. Und ich laufe rüber zur Jungenschule und rede mit dem Schulleiter. Okay?«

Ich nicke. Er gibt mir einen flüchtigen Kuss und streicht mir übers Haar, dann geht er, Mollys iPad unter den Arm geklemmt. Ich drehe mich um und mein Blick fällt durch das kleine Fensterchen in der Klassentür. Und dort steht Chloe, der fast die Augen rausfallen. Wenn sie eine Comicfigur wäre, hinge jetzt über ihrem Kopf eine Denkblase mit drei fetten Ausrufezeichen. Unter anderen Umständen würde sie zum Schießen aussehen, aber jetzt gerade ist es alles andere als lustig. Ich weiß sofort: Sie hat uns gesehen. Sie weiß Bescheid.

Ich weiß nicht, was ich sonst machen soll, also gehe ich zu Mrs Ellis' Büro.

»Lara, du hättest mir das längst erzählen müssen. Wieso hast du es überhaupt erst so weit kommen lassen?«, rügt sie mich, wie ein Echo auf Bens Worte, als ich endlich mit meiner tragischen Geschichte durch bin.

»Das konnte ich nicht, weil sie mich doch mit Mums Job erpresst hat. Und von der Facebook-Seite habe ich selbst erst heute erfahren.«

»Nun, als Nächstes werde ich erst mal Molly herbitten und mir ihre Version anhören. Und dann rufe ich eure Mütter an und –«

Es klopft an der Tür und die Sekretariatsleiterin steckt den Kopf herein. Sie wirkt etwas aufgelöst.

»Mrs Davis, kommen Sie doch bitte gleich noch mal wieder.«

»Es ist ziemlich dringend, Mrs Ellis«, sagt sie, und ihr Blick streift kurz mich.

»Lara, würdest du einen Moment draußen warten, bitte?« Ich stehe auf und gehe in den Flur. Sie unterhalten sich gedämpft, aber ich kann trotzdem fast jedes Wort hören.

»Was? *Unser* Mr Jagger? Ben? Sind Sie sicher?«

»Ja«, beteuert Mrs Davis. »Ich hatte gerade den stellvertretenden Direktor am Telefon. Anscheinend hat er der Sekretärin gesagt, er hätte eine wichtige Nachricht für den Jungen, und ihm dann ins Gesicht geschlagen. Sieht aus, als hätte er ihm die Nase gebrochen.«

Ich kippe fast um vor Schreck.

»Und wo ist Ben jetzt?«

»Dawn, die Sekretärin, sagt, er hat das Schulgelände schon wieder verlassen. Ich nehme mal an, er ist nach Hause gefahren. In seiner Klasse ist er jedenfalls nicht wieder aufgetaucht.«

Mrs Ellis schweigt einen Moment. »Danke. Ich glaube, Jean Muirhouse hat gerade eine Freistunde, würden Sie sie bitten, Bens Unterricht zu übernehmen? Und schicken Sie Lara wieder rein, ja?«

Irgendwie schaffe ich es zurück in ihr Büro. »Mrs Ellis?«

»Leider ist mir eine dringende Angelegenheit dazwischengekommen, aber ich verspreche dir, dass ich mich so bald wie möglich um diese Geschichte kümmere. In der Zwischenzeit gehst du am besten erst mal zurück in den Unterricht.«

Sie zögert. Auf ihrem Gesicht liegt ein eigenartiger Ausdruck, als würde langsam eine vage Erinnerung an die Oberfläche steigen.

»Okay.« Ich verschwinde, bevor sie es sich selbst ausrechnet: Mr Jagger schlägt Sam Short + die Berichte über Mr Jagger und Lara allein im Klassenzimmer = irgendwas ist faul.

Aber natürlich gehe ich nicht zurück in den Unterricht. Stattdessen renne ich raus auf den Parkplatz, auf der Suche nach einem zerbeulten silbernen Auto.

Nichts.

Ich krame nach meinem Handy und meine Hände zittern so heftig, dass ich drei Anläufe brauche, um die PIN einzugeben. Es klingelt und klingelt und klingelt. Ich schwinge mich aufs Rad und fahre mit Höchstgeschwindigkeit aus dem Schultor. Fast ohne einen Blick auf die Straße pflüge ich durch den Nachmittagsverkehr.

Mein Handy klingelt, bevor ich eine halbe Meile gefahren bin. Ich schwenke abrupt auf den Bürgersteig und melde mich keuchend, ohne auch nur aufs Display zu gucken.

»Ben?«

»Was? Lara? Bist du das? Die Sekretärin von Mrs Ellis hat mich gerade angerufen und gesagt, du wärst nicht in der Schule.«

Nicht Ben.

»Ich … ich bin … auf dem Weg nach Hause, Mum«, sage

ich und versuche verzweifelt, die Tränen der Enttäuschung wegzublinzeln.

»Ist alles in Ordnung? Die Dame hat gesagt, es gibt ein Problem und ich soll in die Schule kommen, aber ich bin doch bei der Arbeit. Und Granny hat um fünf einen Termin bei der Fußpflege.«

»Es ist nichts Ernstes«, versichere ich ihr. »Ehrlich nicht.«

»Okay«, antwortet sie. »Erzähl's mir zu Hause. Ich muss jetzt sowieso auflegen. Du denkst doch daran, dass du auf deinen Bruder aufpassen musst, bis ich wiederkomme?« Natürlich ist mir das nach allem, was passiert ist, komplett durchgegangen. »Vergiss nicht, Simon was zum Abendessen zu machen. Und fahr vorsichtig, ja?«

Sobald sie aufgelegt hat, versuche ich es noch mal bei Ben, werde jedoch direkt auf die Mailbox weitergeleitet. Genau wie beim nächsten Mal. Und beim nächsten. Ich stehe an der Straße und habe keinen blassen Schimmer, was ich tun soll. Chloe. Mrs Ellis. Was geht ihnen wohl gerade durch den Kopf? Und während der Verkehr vorbeirast, ziehen sich auf einmal meine Eingeweide zusammen und ich übergebe mich, würge und würge, bis mein Magen komplett leer ist.

Keine Ahnung, wie ich es überhaupt heil nach Hause geschafft habe, ich habe ja so gezittert, dass ich kaum was sehen konnte, geschweige denn das Fahrrad lenken.

Bis jetzt habe ich immer noch nichts von ihm gehört und ich kann einfach nicht mehr still hier sitzen. Die Sorge macht mich noch wahnsinnig. Ich habe beschlossen, Mum einen Zettel zu schreiben und Simon mitzunehmen; ich muss zu Ben nach Hause und erfahren, was passiert ist.

Später.

Mein Handy klingelt, als ich gerade den Reißverschluss an Simons Jacke zugezogen habe, und ich renne, immer zwei Stufen auf einmal, hoch in mein Zimmer.

»Wo warst du denn?«

»Tut mir leid, ich hab so viele Anrufe bekommen, dass ich damit in dem Moment einfach nicht klarkam. Darum hab ich das Handy eine Weile ausgeschaltet, um nachzudenken.«

»Wie konntest du Sam schlagen?«, frage ich. »Ich dachte, du wolltest ihn bloß melden.«

»Ich hatte das ja auch nicht vor, ehrlich nicht. Aber als ich ihm erklärt habe, ich müsste mal ein ernstes Wort mit ihm über das reden, was ich auf dem iPad seiner Freundin gesehen hätte, da hat er dermaßen dreist und arrogant gegrinst, dass ich einfach ausgerastet bin. Total ausgerastet.« Er stößt ein trauriges Lachen aus. »Wenn ich daran denke, dass er deine Haare angezündet hat, wundert es mich fast, dass ich ihm nicht gleich den Kopf abgerissen habe.«

»Und was ist dann passiert?«

»Keine Ahnung. Ehrlich gesagt hab ich gemacht, dass ich wegkomme. Hast du mit Mrs Ellis gesprochen?«

»Ich hab ihr alles erzählt, genau wie du gesagt hast. Sie will jetzt mit meiner und Mollys Mum reden. Und wenn sie dann die Wahrheit kennen, dann sehen sie bestimmt ein, dass Sam nur gekriegt hat, was er verdient hatte.«

Wieder dieses traurige Lachen. »Ich glaube nicht, dass mir das noch irgendwas bringt. Mit der Geschichte hab ich mich ziemlich sicher selbst ins Aus geschossen. Das heute war wohl das Ende einer sehr kurzen Lehrerkarriere. Ich hatte noch nicht mal angefangen, mein Studentendarlehen zurückzuzahlen.«

»Aber wenn sie erst mal wissen, was Sam alles gemacht hat, müssen sie doch verstehen, warum du so ausgeflippt bist, oder nicht?«

»Lara, ich habe einen Schüler geschlagen«, antwortet er. »Dass ich meinen Job behalte, steht gar nicht mehr zur Debatte. Ich kann nur noch hoffen, dass Sams Eltern einigermaßen verständnisvoll reagieren, wenn sie die Umstände erfahren, und mich nicht anzeigen.«

»Die Umstände?«, wiederhole ich.

»Nicht das mit dir und mir, um Gottes willen.« Er klingt schockiert. »Lara, wenn das rauskommt, bin ich komplett erledigt. Ich meine das mit der Facebook-Seite.«

Mein ganzer Körper wird eiskalt.

Ich traue mich einfach nicht, ihm das von Chloe zu erzählen. Oder dem komischen Ausdruck auf Mrs Ellis' Gesicht. Ich schlucke einfach nur und zwinge mich, normal weiterzusprechen.

»Du hast doch eh schon gekündigt.«

»Spielt keine Rolle. Das war's für mich«, sagt er. »Ich werde nie wieder einen Job als Lehrer kriegen.«

»Es tut mir so leid«, sage ich, aber es klingt selbst in meinen eigenen Ohren einfach nur dämlich.

»Du musst dir gar keine Vorwürfe machen«, sagt er. »Du hast ABSOLUT nichts falsch gemacht.« Er hält kurz inne und fügt dann hinzu: »Lara, bitte versprich mir, dass du zu niemandem ein Wort sagst, egal, was für Fragen dir gestellt werden. Zumindest nicht, bis wir uns gemeinsam auf eine Geschichte geeinigt haben, an die wir uns beide halten können. Wenn sie erst mal anfangen, sich zu fragen, warum ich Sam geschlagen habe, anstatt alles seinen offiziellen Gang gehen zu lassen … Na ja, wir müssen einfach vorsichtig sein.«

»Ich werde vorsichtig sein«, verspreche ich.

Er seufzt. »Du, tut mir leid, aber mir schwirrt der Kopf. Können wir später weiterreden?«

»Natürlich.«

»Okay. Ich ruf wieder an.«

Ich sage: »Ich lieb–«, aber da hat er schon aufgelegt.

Und DANN geht Mum mich direkt beim Reinkommen an: »Lara, als wir bei der Fußpflege waren, hat deine Großmutter gesagt, sie hätte dich seit Wochen kaum gesehen. Was ist da los?«

Zum Glück hat das Telefon geklingelt und mich erlöst, bevor ich mir irgendeine Antwort zusammenstoppeln musste. Dankedankedanke, lieber Dad.

Ich bin nach oben geflüchtet, aber ich kann mich ja wohl kaum bis in alle Ewigkeit in meinem Zimmer verstecken. Wenn Mum nach oben kommt, tue ich einfach so, als würde ich schlafen. Und wenn sie trotzdem mit mir reden will, sage ich, ich glaube, dass Granny langsam tüdelig wird, und ich hätte nur nichts sagen wollen, weil Mum ja sowieso schon so viel Stress hat.

Verdammt. Was, wenn ihr in dem Zusammenhang wieder einfällt, was Mr Asivonnebenan gesagt hat?

Okay, dann muss ich eben erklären, dass ich tatsächlich einen Freund habe, aber dass es natürlich ein Junge aus der Schule ist und es mir leidtut, dass ich sie angelogen habe. Das müsste doch klappen – sie wird zwar stinkig sein, aber es wahrscheinlich verstehen, wenn ich sage, dass es mir peinlich war oder so …

OH GOTT! Was, wenn sie es Dad erzählt und der es Emma gegenüber erwähnt? Dann platzt sie bestimmt damit raus, was ich ihr über Ben in Cambridge erzählt habe.

Fuck. Fuuuuck. Fuck. Ich bin so was von am Arsch.

Oh Mann, das wird das größte Desaster aller Zeiten. Mum, Dad, Granny, Emma, Chloe, die Asisvonnebenan, Mrs Ellis … Wie lange bleibt uns noch, bevor uns irgendwer auf die Schliche kommt?

16. Juni

Es ist erst halb fünf, aber schlafen hat keinen Zweck mehr, ich muss sowieso gleich aufstehen und Zeitungen austragen. Ich habe ihm die ganze Nacht SMS geschrieben und er hat immer noch nicht geantwortet. Vor fünf Minuten habe ich dann noch mal versucht anzurufen, aber ich konnte ihm keine Nachricht hinterlassen, weil seine Mailbox voll war.

Ich habe so viel geweint, dass es sich jetzt anfühlt, als wäre in mir nichts mehr übrig, nur noch dieser hohle, ziehende Schmerz. Was soll ich nur machen? Wenn sie es rausfinden, verbieten sie mir bestimmt, ihn wiederzusehen, und ohne ihn kann ich nicht leben. Ich wünschte, ich wüsste, wer es letztendlich sein wird, damit ich mich darauf vorbereiten kann, aber es ist unmöglich. Als würde man versuchen, nach Nebel zu greifen.

Ben hat gerade angerufen! Endlich. Er hat gesagt, er hätte sein Handy ausgehabt, weil Dawn ständig bei ihm anruft, aber heute will er sich eine neue Nummer geben lassen. Er hat mich gebeten, alle seine SMS und Mailboxnachrichten zu löschen, »nur für den Ernstfall«.

Gute Idee. Das mache ich … später. Erst muss ich sie noch abschreiben, am besten hier rein. Er sagt darin so wunderbare Sachen, die ich für immer behalten und nicht einfach auslöschen will.

Später.

Die Zeitungen sind ausgetragen und ich bin wieder zu Hause. Mum habe ich gesagt, dass ich zum Mittagessen bei Granny vorbeiwill, und das werde ich auch tatsächlich machen (kurz), bevor ich zu Ben gehe. Zum Glück ist Simon immer noch ein Häufchen Elend wegen seines Geburtstags ohne Dad, darum hat sie kaum mitgekriegt, was ich sage.

Nein, nicht zum Glück natürlich, so meine ich das nicht. Armer Simon. Mein Gott, was bin ich bloß für ein egoistisches Biest geworden? Ich wünschte ja, ich könnte dem Kleinen helfen, aber im Moment kann ich einfach an nichts anderes denken, solange ich dieses Chaos nicht irgendwie wieder in den Griff gekriegt habe.

Ich habe beschlossen, Ben nichts davon zu sagen, dass die Leute langsam misstrauisch werden, das kann er gerade echt nicht gebrauchen. Wir müssen uns darauf konzentrieren, die Sache mit Sam wieder einzurenken.

Ich weiß, dass wir das gemeinsam durchstehen werden. Solange wir uns lieben, kann uns keiner was anhaben.

Viel später.

Ich glaube, ich stehe unter Schock. Eigentlich müsste ich heulend und kreischend die Möbel zu Kleinholz verarbeiten, aber ich fühle mich ruhig. Fast wie betäubt.

Wie sich herausgestellt hat, kann man uns doch was anhaben.

Es ist jetzt nach halb elf und Mum hockt unten vor einer Flasche Wein und guckt sich den üblichen Samstagabendmist im Fernsehen an. Simon pennt seit Stunden tief und fest. Dad guckt wahrscheinlich mit Onkel Andy die Sportschau. Granny sitzt vermutlich auch in ihrem Fernsehsessel, vielleicht ist sie schon eingenickt. Und ich wette, Molly, Mikaela und Chloe haben sich aufgebrezelt und machen die Stadt unsicher.

Und ich? Ich habe mich in meinem Zimmer verschanzt und lausche auf das Klopfen an der Tür.

Ich dachte, ich hätte alles bedacht. Ich habe alle möglichen Szenarien in meinem Kopf durchgespielt; jede nur erdenkliche Kombination von Wer, Wann, Wo und Wie. Und dann saust aus heiterem Himmel ein Meteorit auf uns runter und reißt ein Riesenloch in unser Geheimnis.

Um die Mittagszeit bin ich also bei Granny vorbeigegangen und dann direkt weiter zu Ben.

Obwohl ich mich komplett mit Make-up vollgespachtelt habe, sind meine rote Nase und meine verquollenen Augen unübersehbar. Er wirft nur einen Blick auf mich und zieht mich sofort in seine Arme.

»Danach hab ich mich den ganzen Tag gesehnt. Ich hab mir solche Sorgen gemacht, dass du vielleicht nicht kommen kannst.«

Er sieht so unglaublich gut aus, trotz der Ringe unter den

Augen und der Sturmfrisur vom vielen Haareraufen. Das macht er immer, wenn er Stress hat. Ich lege die Arme um ihn, drücke ihn fest an mich und genieße dieses Gefühl, als würde sein ganzer Körper mir versichern, dass er mich beschützt und alles wieder in Ordnung kommt.

»Möchtest du einen Tee?«

Ich schüttele den Kopf. »Gerade nicht, danke. Ich will bloß wissen, was los ist.«

Wir setzen uns nebeneinander aufs Sofa. Er nimmt meine Hände und streicht sanft mit den Daumen darüber, während er mir die Teile der Geschichte berichtet, die ich noch nicht kenne.

»Die von der Schule haben mir natürlich tausendmal auf die Mailbox gesprochen. Und Dawn auch, aber das war's. Ich rechne ja schon seit gestern Abend damit, dass jeden Moment die Polizei vor der Tür steht, aber bisher war nichts. Deswegen weiß ich auch nicht, wie das mit Sam jetzt weitergeht, ob seine Eltern mich angezeigt haben oder nicht. Keine Ahnung, was jetzt passiert. Na ja, jedenfalls habe ich mir eine neue SIM-Karte besorgt, also ruf mich nicht mehr unter meiner alten Nummer an. Warte, ich gebe dir die neue. Hast du meine Nachrichten gelöscht, wie ich gesagt habe?«

Ich nicke und meine Nase wächst um einen Meter. (Ich schwöre, ich mache es, sobald ich das hier zu Ende aufgeschrieben habe.) Er simst mir die Nummer und seufzt: »Ich will echt niemanden mehr sehen.«

Niemanden? Ich breche in Tränen aus.

Er blickt bestürzt. »Das gilt doch nicht für dich, Lara. Wie kannst du so was nur denken?«

»Aber es ist doch alles meine Schuld! Du musst mich echt

hassen. Wenn ich nicht wäre, hättest du diese ganzen Probleme gar nicht.«

»Wieso sollte das denn deine Schuld sein?«, erwidert er und zieht mich so fest an sich, dass ich durch sein Hemd sein Herz schlagen fühle. »Mach dir bloß keine Vorwürfe. Du bist hier das Opfer.«

Er nimmt mein Gesicht zwischen die Hände. »Wenn hier irgendjemand an irgendwas schuld ist, dann ich, weil ich mich von meiner Wut habe überwältigen lassen. Obwohl ich es kein bisschen bereue, diesen kleinen Mistkerl geschlagen zu haben.« Er beugt sich vor und küsst mich. »Wie kannst du nur glauben, dass ich dich hasse? Ich liebe dich mehr als alles auf der Welt.«

»Aber was ist mit deinem Job?«

»Scheiß auf meinen Job, dann arbeite ich halt woanders. Hauptsache, ich habe dich, das ist alles, was zählt.«

Wieder küssen wir uns. Und küssen uns. Und küssen uns. Dann sind meine Hände unter seinem Hemd und seine unter meinem Top. Als wir uns schließlich voneinander lösen, hat sich die Atmosphäre im Raum gewandelt und mein ganzer Körper steht in Flammen.

»Wir müssen nichts machen, was du nicht willst«, sagt er, während er sich das Hemd zurück in die Hose stopft.

»Ich weiß. Aber ich will.«

Wir schauen uns an. Ich stehe auf und strecke ihm die Hand hin und wir gehen wortlos die Treppe hoch.

Danach liegen wir Arm in Arm da und ich bin so glücklich wie noch nie zuvor. Zum allerersten Mal habe ich das Gefühl, zur richtigen Zeit am richtigen Ort zu sein, mit der absolut richtigen Person, das Gefühl, jemanden ganz und gar zu lieben und genauso zurückgeliebt zu werden. Ich bin mir hundertprozentig sicher, dass mein ganzes bisheriges Leben nur zu diesem Mann und diesem Moment hingeführt hat.

Aber selbst jetzt ahnt ein winziger Teil von mir schon, dass dieses Glück nicht lange anhalten wird.

Durch das offene Fenster dröhnt Verkehrslärm herein, und ich weiß, ich müsste langsam nach Hause, aber ich kann mich einfach nicht dazu aufraffen. Wir dösen, reden und küssen uns schon seit Stunden, und ich fühle mich in Bens Schlafzimmer so sicher wie eine Prinzessin in ihrem Turm, die die ganze böse Welt ausgesperrt hat.

Und so zufrieden und schläfrig, wie wir sind, hören wir nichts: nicht den Schlüssel im Schloss, nicht die aufgehende Haustür, nicht die Schritte, die sich den Flur entlang- und die Treppe hochschleichen. Nichts hören wir, bis die Schlafzimmertür auffliegt.

»Ich hab's gewusst!«, kreischt Dawn. »Ich wusste, dass du eine andere hast!«

Wir zucken auseinander, und ich verstecke mich unter der Bettdecke, die Ben hoch bis zu seiner Brust zieht. Dawn kann mich nur ein paar Sekunden lang gesehen haben, aber das reicht ihr, um zu begreifen, wer da mit ihrem Ex im Bett ist.

»Die kenne ich doch!«, ruft sie. »Oh Gott, das ist doch eine Schülerin, diese dürre Rothaarige, die mit nach Cambridge gefahren ist. Clara? Lara? Tit-irgendwas. Die, die Sam Short angeblich gemobbt haben soll.«

Ich höre, wie Ben hektisch nach seinen Boxershorts tastet, und fühle, wie die Matratze unter mir schwankt, als er aus dem Bett springt.

»Was machst du hier?«, schreit er sie an. »Raus, und zwar sofort!«

»Was *ich* hier mache?«, kreischt sie. »Was machst *du* denn hier, du widerlicher Pädophiler?«

Ich spähe über den Rand der Decke und sehe Bens nackten Rücken Richtung Treppe verschwinden. Dawn poltert vor ihm die Stufen runter, und beide geben sich absolut keine Mühe, leise zu sein; ich kann jedes Wort so deutlich hören, als wären sie noch im Raum.

»Raus aus meinem Haus! Und gib mir meinen Schlüssel zurück, SOFORT!«

»Da, bitte!« Ich höre es klirren, als sie den Schlüsselbund auf den Holzboden wirft. »Du dreckiges Schwein. Kein Wunder, dass dein Handy aus war. Darum hast du den Jungen also geschlagen, du musst dir ja so was von in die Hosen scheißen!« Die Haustür öffnet sich, und ich gehe ans Fenster, von wo aus ich Dawn sehe, die halb auf den Vorgartenpfad läuft, halb stolpert, so als hätte sie jemand von hinten geschubst. »Oh Mann, ich dachte ja schon vorher, die Kacke wäre am Dampfen, aber jetzt … Mit einem Schulmädchen in die Kiste zu springen. Du bist echt pervers.«

Während ich noch runtergucke, sieht sie hoch. Ich reiße den Vorhang zu, aber zu spät.

»Du kleine Schlampe!«, brüllt sie. »Du bist auch geliefert, wenn ich die Polizei anrufe!«

Ben wirft die Tür mit solcher Gewalt zu, dass die Wände wackeln.

»Lara?«, ruft er und kommt zurück die Treppe hochgerannt. »Ach, mein Schatz.«

Ich kann nicht aufhören zu zittern. Das ist der Schock,

nehme ich an. Er zieht mich in seine Arme. »Schhhh, schhhh, keine Angst, das kommt alles wieder in Ordnung.«

Aber ich glaube, uns war beiden klar, dass es das nicht würde. Ganz und gar nicht.

Kurz danach musste ich gehen, sonst hätte Mum sich gewundert, wo ich bleibe. Ben hat noch gefragt, ob er mitkommen und mit ihr reden soll, aber ich habe nur erwidert: »Wozu?«

Sie wird es sowieso bald rausfinden.

Und seitdem warte ich drauf, dass die Polizei an der Tür klingelt. Ich warte und warte und warte. Was anderes bleibt mir nicht übrig.

17. Juni

Gestern Abend ist Dad aus Little Dunmow wiedergekommen. Weder er noch Mum haben mich auch nur einmal angeschrien, nicht mal, als ans Licht gekommen ist, wie extrem ich sie belogen habe. Sie machen total einen auf »Lara braucht jetzt Ruhe« und »Komm, lass dich mal drücken«, als wäre ich sterbenskrank oder so. Sie bringen mir Toast und Tomatensuppe, streicheln mir übers Haar und sprechen nur gaaanz langsam und in gaaanz beruhigendem Tonfall mit mir.

Preisfrage: Warum schmeißen sie mir nicht den kompletten Hausrat an den Kopf? Oder bestrafen mich? Oder bombardieren mich mit allen Schimpfwörtern dieser Sprache?

Die Antwort: Weil sie absurderweise denken, er hätte mich *manipuliert*, um mich ins Bett zu kriegen!

Die Polizei hat einen Riesenwirbel um den iPod veranstaltet. »Hat er dir irgendwelche Geschenke gemacht? Oder dir Geld gegeben?«

Also habe ich den iPod erwähnt. Ich dachte, sie würden das als Beweis dafür sehen, wie sehr wir uns lieben. Aber nein, offenbar ist es ein Beweis dafür, dass er sich mich als kleine Sexsklavin rangezüchtet hat.

Sie haben mich reingelegt, ich bin ja so was von NAIV.

»Ich bin eine Einserschülerin!«, schreie ich die Polizistin an. »Ich würde ja wohl merken, wenn ich bestochen werde.«

Ob er gerade auf der Polizeiwache ist? Oder im Gefängnis? Oder zu Hause? Ob mit ihm alles okay ist? Ich weiß gar nichts. Niemand sagt mir irgendwas, alle faseln nur was davon, ich solle mir seinetwegen keine Sorgen mehr machen und mich ganz auf mich selbst konzentrieren. Ich lebe in einem Albtraum, aus dem ich einfach nicht aufwache.

Die Polizei muss tonnenweise echte Fälle von dieser Sorte haben, so oft wie in den Medien über Pädophilenringe und Menschenhandel berichtet wird. Wahrscheinlich hat das ihre Wahrnehmung verzerrt. Die sehen uns wie in einem Spiegelkabinett und betrachten diese kranke, verdrehte Version als die Wirklichkeit.

»Hat Ihr Freund Ihnen denn noch nie was geschenkt?«, habe ich die Opferschutzbeamtin gefragt, aber sie hat nicht geantwortet.

Nicht mal Mum und Dad, die mich besser kennen als jeder sonst, sehen die Wahrheit, selbst wenn sie ihnen mit voller Wucht ins Gesicht klatscht. Sie wissen doch, dass ich nicht irgendein albernes, leichtgläubiges Erbsenhirn bin. Als könnte mich irgendwer dazu bringen, etwas zu tun, was ich nicht will.

Wenn ich die Augen zumache, sehe ich ihn neben mir auf dem Bett liegen. Fast kann ich ihn atmen hören und seine Arme um mich spüren. Seine Haut auf meiner. Die ungetrübte, unschuldige Version jenes Nachmittags, nicht die schmutzige, perverse Geschichte, die alle daraus machen.

Die Wahrheit.

18. Juni

In meiner Zeugenaussage bezeichnen sie mich die ganze Zeit als »das Opfer«. Dabei erzähle ich ihnen ununterbrochen: »*Er* ist das Opfer, nicht ich«, aber niemand hört mir zu. Schließlich habe ich mich geweigert, mich weiter zu der Sache zu äußern, und die ganze Zeit nur papageienmäßig »Kein Kommentar, kein Kommentar« wiederholt, wie im Fernsehen.

Ich darf nicht zu ihm oder mit ihm sprechen, ich weiß nicht mal, wo er ist. Mum hat mir mein Handy weggenommen und ohne Überwachung darf ich auch nicht mehr ins Internet. Das Tagebuch hier schleppe ich die ganze Zeit mit mir rum. Was für ein Glück im Unglück, dass ich es immer unter dem Kleiderschrank versteckt hatte, sodass Mum, falls sie mein Zimmer durchsucht hat (wovon ich mal ausgehe), es nicht gefunden hat.

Sie lassen mich nicht aus dem Haus, noch nicht mal zum

Zeitungaustragen. Was kommt denn bitte als Nächstes? Essenstabletts, die durch eine Luke in meiner Zimmertür geschoben werden? Eine Chemietoilette neben dem Bett? Leibesvisitationen?

Später.

Oh Gott, oh Gott! OH GOTT!

Mein Handy! Bens Nachrichten!

Die habe ich doch nie gelöscht!

19. Juni

Heute Abend bin ich aus meinem Zimmerfenster geklettert. Dabei habe ich mir zwar ganz fies das Bein am Rankgerüst aufgeschürft, aber immerhin habe ich's bis auf das Flachdach der Garage geschafft, bevor Dad rausgerannt kam.

»Was machst du denn da?«, ruft er. »Du brichst dir noch den Hals.« Ich lasse mich von der Dachkante auf den Rasen runter und renne auf die Gartenpforte zu, aber er ist schneller. Die Asisvonnebenan stehen draußen und glotzen, als er mich zurück Richtung Veranda zerrt.

»Warum lasst ihr mich nicht mit Ben reden?«, schreie ich. Mum wirkt abgespannt, und ihr Gesicht ist kreideweiß, als sie den Arm um mich legt und mich in den Flur zieht.

»Lara, Schatz, beruhig dich doch, bitte.«

Wenn erst mal alle Grenzen überschritten sind, hat man

plötzlich unerwartete Freiheit. Sobald es keine Regeln mehr gibt, die man noch brechen könnte, kann man machen, was man will.

Ich ohrfeige Mum so hart, dass mir die Hand brennt. Dann brülle ich: »Lasst mich los!«, und versuche, wieder wegzurennen, aber Dad versperrt mir den Weg, während Mum mich von hinten in die Enge treibt.

Aus einem Impuls heraus reiße ich einen Rahmen von der Wand: mein Schulfoto aus der siebten Klasse. Ich werfe es Mum vor die Füße und das Glas zerbirst. Scherben schlittern klirrend durch den Flur. Eine springt in die Luft und erwischt Mum am Kinn. Sie tastet mit der Hand danach und Blut trieft ihr durch die Finger, während mein elfjähriges Gesicht vom Boden zu ihr hochgrinst.

Blut. Mums schockiertes Gesicht. Dads keuchender Atem.

Ich lasse mich nach unten sacken und vergrabe das Gesicht in den Händen. »Ich will ihn doch nur sehen«, weine ich. »Ich will nur wissen, ob es ihm gut geht.«

Mum und Dad knien sich beide vorsichtig zwischen die Glasstückchen und nehmen mich in die Arme.

»Er hat nichts falsch gemacht. Wir lieben uns.«

»Das verstehe ich ja«, sagt Mum. »Schon gut. Ich verstehe dich.«

Aber das tut sie nicht. Niemand tut das.

21. Juni

Heute war wieder die Opferschutzbeauftragte hier. Mann, wie ich diese blöde Hexe hasse! Sie hat einen fetten Schnurrbart, den sie ganz offensichtlich blondiert, damit er nicht so auffällt, was aber total in die Hose geht, weil er dadurch knallorange leuchtet. Alte Walrossfresse.

Ich kapiere überhaupt nicht, was die von mir will. Sie hört sich alles an, aber sie hört nicht richtig *zu*. Setzt nur ihre Maske professioneller Anteilnahme auf: Krausgezogene Stirn? Check. Mitfühlendes Nicken? Check. Keine Ahnung, was Lara überhaupt sagt? CHECK.

Diesmal hat sie uns erzählt, dass Ben auf schuldig plädiert hat – einen großen Prozess gibt es nicht, also muss ich auch nicht aussagen. Die nicht gelöschten SMS auf meinem Handy waren wohl der ausschlaggebende Beweis.

Und sie hat tatsächlich den Nerv, diese Bombe mit selbstzufriedener »Hört mal, was ich für tolle Nachrichten habe«-Stimme platzen zu lassen, jedes einzelne herzzerreißende Wort als Geschenk verpackt und mit einer vergifteten Schleife verziert.

Die SMS. Er hat gesagt, ich soll sie löschen, und ich habe sie trotzdem behalten. Ich habe ihnen direkt in die Hände gespielt. Ihnen Bens Kopf auf einem Silbertablett serviert.

Ich konnte kein einziges Wort mehr ertragen. Ich wollte, dass sie DEN MUND HIELT. Also hab ich mich auf sie gestürzt und sie komplett überrumpelt, bevor Dad mich zurückhalten konnte.

Mein Geist und mein Körper sind zu zwei komplett voneinander getrennten Einheiten geworden. Während mein Geist wie eine Überwachungskamera völlig emotionslos die

Geschehnisse registriert, dreht mein Körper total durch und attackiert eine Opferschutzbeamtin.

Ich will, dass sie verstehen, dass er NICHT schuldig ist. Er ist einfach bloß tapfer und sagt ihnen, was sie hören wollen, um mich zu schützen. Und warum? Weil er mich liebt.

Ich WILL aussagen, erkläre ich. Ich WILL im Zeugenstand sitzen und allen verkünden, wie sehr wir uns lieben. Dass wir nichts falsch gemacht haben. Aber mir hört ja keiner zu. Mum nicht, Dad nicht und erst recht nicht das verdammte Walross.

Ben hat mich nicht zum Opfer gemacht. Das waren sie.

23. Juni

Nach dem Abendessen haben mich Mum und Dad darüber in Kenntnis gesetzt, dass wir alle nach Little Dunmow ziehen werden, »bis Gras über die Sache gewachsen ist«. Wie gesagt, »in Kenntnis gesetzt«, nicht »gefragt«. Wen ich liebe, wo ich lebe … Scheint, als hätte ich in meinem eigenen Leben überhaupt nichts mehr zu melden.

Mein Name wird in den Zeitungen zwar nicht erwähnt, aber hier weiß trotzdem jeder, wer gemeint ist. Ich werde für immer und ewig »dieses Mädchen, das eine Affäre mit seinem Lehrer hatte« sein. Die Polizei und die Presse haben sich Bens und meine Geschichte geschnappt und sie zu etwas Schmutzigem verdreht. Und das ist natürlich ein gefundenes Fressen für die Lästermäuler. Ich bin die Einzige, die die Wahrheit sagt, aber mir hört keiner zu.

»Ich komme nicht mit«, habe ich gesagt und stur auf den Tisch gestarrt, um die neuen Falten in Mums Gesicht nicht sehen zu müssen. Und die frisch genähte Wunde an ihrem Kinn.

»Lara«, sagte Dad mit warnender Stimme.

»Lass es gut sein, Tony«, ging Mum schnell dazwischen. »Denk dran …«

In diesen zwei Wörtern schwang offenbar ein ganzes Gespräch mit, das sie miteinander geführt haben. *Denk dran … Lara ist sexuell missbraucht worden? Lara hat nicht mehr alle Tassen im Schrank? Lara ruiniert unser aller Leben?* Ich bin aufgestanden und in mein Zimmer gegangen, vorbei an Simon, der stumm und mit großen Augen auf dem Treppenabsatz hockte.

Ich verstehe ja den ganzen Quatsch von wegen »Neuanfang« und so weiter.

Aber wie soll mich Ben denn finden, wenn wir wegziehen?

26. Juni

Über Bens Anwalt habe ich einen Brief von ihm bekommen. Vornedrauf prangt ein offizieller Stempel, der besagt, dass er für mich »freigegeben« wurde. Ein Brief, an mich persönlich adressiert, ein privater Brief, zerknittert und mit den Fingerabdrücken anderer Leute übersät, bevor er mich überhaupt erreicht hat. Mum und Dad haben ihn gelesen, die Anwälte haben ihn gelesen, die vom Gericht haben ihn gelesen, die Polizei hat ihn gelesen, und die Letzte, die ihn lesen darf, bin ICH.

All diese Fremden, die darüber entscheiden, ob es auch wirklich »zu meinem Besten ist«, wenn ich einen Brief von meinem *Freund* erhalte. Ob es mir dabei helfen wird, »mit der Sache abzuschließen«.

Was für ein beschissener Witz. Das Letzte, was ich gerade will, ist, »mit der Sache abschließen«.

Dass Sam Oben-ohne-Bilder von mir im Internet veröffentlicht hat, war schlimm. Aber erst jetzt, nachdem die ganze Welt mich völlig entblättert hat, um mich anzustarren und über mich zu urteilen, verstehe ich, was es *wirklich* bedeutet, gedemütigt zu werden. Die intimsten Details meines Lebens ausgebreitet vor den Augen unzähliger Fremder. Sam hat es aus Bösartigkeit getan, diese Leute dagegen behaupten, mich »schützen« zu wollen. Kapieren sie das denn nicht? Ihre Motive mögen vielleicht unterschiedlich sein, aber das Ergebnis ist genau dasselbe.

Sie haben unsere Beziehung unters Mikroskop gelegt. Wir sind seziert und analysiert worden wie eine Leiche auf dem Obduktionstisch. Und jetzt haben Dutzende von Menschen mit ihrer schmutzigen Fantasie und ihren schmutzigen Fingern meinen Brief begrabbelt, bevor ich überhaupt erfahre, dass er ihn geschrieben hat.

Liebe Lara,

es tut mir so leid, was du durch meine Schuld alles durchmachen musst. Ich wollte all diesen Leuten nicht so viel Schmerz zufügen und ganz besonders nicht dir. Ich weiß, du bist jetzt sicher wütend, weil ich auf schuldig plädiert habe, aber bitte glaub mir, das habe ich nur für dich getan. Ich habe dir schon viel zu viel Kummer bereitet, da will ich dir wenigstens den Prozess ersparen.

Was ich damit sagen will, ist: Bitte vergiss mich. Mach weiter mit deinem Leben und werde glücklich. Nichts von dem allen ist deine Schuld, bitte mach dir keine Vorwürfe. Du hast nichts falsch gemacht. Ich bin in vielerlei Hinsicht sehr dumm und selbstsüchtig gewesen, aber am meisten bereue ich die Auswirkungen, die mein Verhalten auf dich haben wird.

Ben

Bitte vergiss mich?

Mach weiter mit deinem Leben?

Nichts falsch gemacht?

Ich *habe* nichts falsch gemacht. WIR haben nichts falsch gemacht. Warum sagt er mir so was? Es war »selbstsüchtig« und »dumm«, dass er mir gezeigt hat, was Liebe heißt?

Wieder und wieder lese ich die Zeilen und suche nach einer versteckten Botschaft, einem Code, der sich vielleicht hinter den ersten Buchstaben jedes Substantivs oder jedes dritten Wortes verbirgt. Ich habe jetzt schon so viele Kombinationen ausprobiert und immer noch nicht entziffert, was er wirklich meint. Wo der Schlüssel zur Wahrheit sich auch verstecken mag, ich kann ihn nicht finden.

Die einzige andere Erklärung, die mir einfällt, ist, dass ihn jemand gezwungen hat, diesen Mist zu verfassen: sein Anwalt oder das Walrossweib oder die Polizei. Ben würde doch niemals so einen Blödsinn wie »Mach weiter mit deinem Leben« schreiben.

Gerade er müsste doch wissen, dass es ohne ihn kein Leben für mich gibt.

30. Juni

Ich will ihn sehen. Ich will zu ihm laufen, die Arme um seinen Hals schlingen und ihn küssen, bis wir beide nach Luft schnappen müssen. Ich will nachmittags in seinen Armen liegen, schläfrig und zufrieden, einfach nur mit ihm zusammen sein. Ich will, dass er mich seiner Familie und seinen Freunden vorstellt. Ich will, dass er mir das Autofahren beibringt. Ich will, dass er mir von Filmen erzählt, die wir uns zusammen ansehen müssen, von Büchern, die wir lesen, und Ländern, in die wir reisen werden.

Ich will ihn »Ich liebe dich« sagen hören.

2. Juli

Heute bin ich nicht mal aufgestanden. Mum ist dreimal raufgekommen und hat mir Essen vor die Tür gestellt, aber ich hab keinen Hunger. Und ich kann mir nicht vorstellen, dass ich jemals wieder Hunger haben werde.

Warum kann ich nicht einfach einschlafen und nie wieder aufwachen?

4. Juli

Ich betrachte die Welt wie durch eine Glasscheibe: Ich kann niemanden berühren und niemand mich. Ich habe genug Gefühle für ein ganzes Leben aufgebraucht und jetzt bin ich nur noch leer. Sie werden mich nie wieder zu ihm lassen.

7. Juli

Heute hat Mum den Arzt gerufen. Ich glaube, sie machen sich Sorgen, dass ich irgendwas anstelle, was ich »später bereuen« könnte.

Hab ihnen gesagt, dass ich seit meiner Geburt Sachen anstelle, die ich später bereue, aber dass sie sich, falls das ein Euphemismus für Selbstmord sein soll, keinen Kopf zu machen brauchen. So was hab ich nämlich nicht vor. »Lara Tittle, stirb!« war Sams und Mollys Antisocial-Media-Kampagne, nicht meine. Diese Genugtuung gönne ich ihnen nicht.

10. Juli

Jetzt ist es über drei Wochen her, dass ich ihn zum letzten Mal gesehen habe, und ich weiß, dass ich ihn nie wiedersehen werde.

Nichts hat mehr einen Sinn.

Mach weiter, hat er geschrieben.

Wie denn?

11. Juli

Gerade kam eine E-Mail von Emma. Sie versucht die ganze Zeit anzurufen, aber jetzt hat sie offenbar endlich begriffen, dass ich nie wieder mit ihr reden werde. Die VERRÄTERIN.

Trotzdem … hier die weisen Worte meiner allerliebsten Cousine.

Lara,

ich weiß, dass du sauer auf mich bist, aber ich hatte keine Wahl. Ich konnte ja wohl schlecht die Polizei anlügen, oder? Und auch wenn du mich im Moment nicht ausstehen kannst, hoffe ich, dass du irgendwann verstehst, warum ich es gemacht habe, und du mir verzeihst und wir wieder befreundet sein können.

Ich kenne dich und ich weiß, dass du ihn wirklich und so richtig geliebt hast. Und ich weiß auch, dass er kein Pädophiler war, der dich gestalkt und sich an dich rangemacht hat. Oder ein machtbesessener Perverser, der es darauf angelegt hat, sich bei einem Teenagermädchen seine Kicks zu holen. Ich bin absolut davon überzeugt, dass Ben komplett anders ist, als sie ihn in der Zeitung beschrieben haben, und dass er dich ehrlich geliebt hat.

ABER das macht das, was er getan hat, doch nicht richtig. Ich musste der Polizei sagen, was ich wusste, weil Ben ein Verbrechen an dir verübt hat. Es spielt gar keine Rolle, was seine Motive oder seine Gefühle für dich waren, er hätte ihnen NIEMALS nachgeben dürfen, weil –

E-Mail LÖSCHEN.

So weit bin ich gekommen. Ich hab keine Ahnung, warum sie sich überhaupt die Mühe gemacht hat. Elende Petze.

Emma LÖSCHEN.

14. Juli

Umzugstag.

Wir sind so gut wie auf dem Weg nach Little Dunmow. Es ist noch gar nicht lang her, da wäre ich deswegen schier ausgeflippt, aber seit Emma zum Oberspitzel mutiert ist, ist das echt der letzte Ort, wo ich sein will. Mum und Dad haben ein Haus ganz in der Nähe von Onkel Andys gemietet. Viel gepackt habe ich nicht, nur einen Koffer, aber irgendwie habe ich das Gefühl, dass wir nicht zurückkommen werden. Zumindest nicht so schnell. Die Möbel werden eingelagert.

Ich, Mum, Dad, Simon – das ist unser dritter Umzug innerhalb von drei Jahren.

Ich kann nicht ins Internet – mein Handy und mein Laptop sind immer noch beschlagnahmt, sogar mein iPod. Nur dieses Tagebuch haben sie noch nicht in die Finger gekriegt. Ich bin ganz schön gerissen geworden.

Aber ich kann auch nicht riskieren, dass sie es in Little Dunmow finden, darum tritt es jetzt seine letzte Reise in den Lagerraum an. Ist sicherer so, ganz unten in einer Reisetasche vergraben, zusammen mit meinen alten Teddys. Was hab ich denn auch noch da reinzuschreiben, jetzt, wo Ben nicht mehr da ist?

Ich weiß, dass ich ihn nie wiedersehen werde.

Sie warten draußen. Ich höre, wie Dad über der letzten Fuhre den Kofferraum zuknallt. Simon tobt mit Paddington durch den Garten. Total aufgedreht, die beiden.

Alle meine Erinnerungen an ihn stehen in diesem Buch. Von unserer ersten Begegnung an, als er noch einfach nur mein Lehrer war. Dann die Show, Cambridge, der Kuss, unser einziger Nachmittag zusammen. Vier Wochen, mehr Zeit hatten wir nicht, aber sie haben mein ganzes Leben verändert. Sie haben *mich* verändert.

Er hat mir beigebracht, stolz darauf zu sein, wer und was ich bin. Zum ersten Mal, seit ich mich erinnern kann, bin ich glücklich, dass ich ich bin. Es ist wie ein Stern, den ich in mir trage: Ben fand, dass ich es wert bin, meinetwegen alles zu verlieren. Und ich glaube, das ist der Grund, warum ich das hier nicht immer wieder lesen muss. Er ist ein Teil von mir geworden.

Mum ruft von unten.

Ich muss los.

Danach

Ben,

manchmal sehe ich aus dem Augenwinkel einen Typen mit wuscheliger Surferfrisur und umwerfendem Lächeln, und dann drehe ich mich mit hämmerndem Herzen um, in der Erwartung, dass du vor mir stehst. Aber du bist es nie.

Meine Therapeutin sagt, das ist völlig normal und geht jedem so, der einen »schweren Verlust« erleiden musste. Es war ihre Idee, diesen Brief zu schreiben, weil er, wie sie meint, eine »kathartische Wirkung« haben wird. Da ich ja damals keine Gelegenheit hatte, auf deinen Brief zu antworten, soll ich es jetzt machen, um einen »sauberen Abschluss« zu finden. Sie hat gesagt, wir könnten den Brief an deine Anwälte schicken und die würden ihn vielleicht weiterleiten. Wenn sie das für »angebracht« halten. Ich schwör's dir, wenn die Frau spricht, höre ich »jedes« »Wort« »in« »Anführungszeichen«. (Okay, das ist gemein. Mit ihr zu reden, hat mir wirklich geholfen, das, was im letzten Jahr passiert ist, einigermaßen zu verarbeiten.)

Wow, es ist jetzt tatsächlich über ein Jahr her, seit ich dich das letzte Mal gesehen habe und seit ich zum letzten Mal in der Schule war. Ich hatte eine Art Nervenzusammenbruch, hab nicht mehr gegessen und war dann eine Weile in einer Klinik. Aber jetzt geht's mir wieder gut, mehr oder weniger jedenfalls. Meine Prüfungsergebnisse waren übrigens ganz okay. Keine Massen von Einsen, aber immerhin ein paar. Eigentlich echt überraschend, wie gut es gelaufen ist, wenn man bedenkt, was damals los war. Eine der Einsen hatte ich übrigens in Englischer Literatur, das freut dich doch sicher.

Mittlerweile bist du raus aus dem Gefängnis, wenigstens das haben sie mir erzählt. Ich nehme mal an, du bist in die USA gezogen oder nach Australien oder sonst wohin, weit weg, um das alles hinter dir zu lassen und neu anzufangen.

Apropos neu anfangen, genau das habe ich auch getan. Ein paar Wochen nach DEM TAG haben wir unsere Sachen gepackt und wohnen jetzt in Little Dunmow, ganz nah bei Emma. In ein paar Wochen komme ich in die zwölfte Klasse an ihrer Schule und wir sehen uns total oft, was super ist. Als Hauptfach hab ich übrigens Englische Literatur gewählt. Ich glaube, das freut dich auch.

Hast du deinen Namen geändert? Ich habe dich im Internet gesucht, aber da finde ich nur die alten Berichte über dich und mich. Vielleicht willst du ja einfach nicht gefunden werden. Wir heißen jetzt jedenfalls Merry. Nach all dem Rummel war es das Beste so. Und ironischerweise hat der Super-GAU, den du und ich ausgelöst haben, meine Eltern wieder zusammengebracht, und wir wohnen wieder alle unter einem Dach. Obwohl ich so furchtbar zu ihnen war (du kannst dir gar nicht vorstellen, was für ein Albtraum das Leben mit mir gewesen sein muss), haben sie echt tapfer durchgehalten. Simon hat sich gut an seiner neuen Schule eingewöhnt und Granny lebt in einer Einrichtung für betreutes Wohnen in der Nähe. Dad hat wieder Arbeit und wir müssen nicht mehr so schrecklich sparsam sein.

Wirklich kein schlechtes Leben.

Hast du mitgekriegt, was aus Molly und Sam geworden ist? Die sind beide von der Schule geflogen und Sam sogar aus seiner Fußballmannschaft. Geschieht den beiden recht. Mollys Eltern war das Ganze furchtbar peinlich. Sie waren total nett zu Mum, als sie von der Sache erfahren haben, also war der ganze Stress umsonst. Den Fehler mache ich nicht noch mal. Chloe und ich haben wieder ein bisschen Kontakt, und sie ist immer noch mit Rob zusammen, der Sam übrigens die Freundschaft gekündigt hat, als er gehört hat, was passiert ist. Klingt, als wäre der Typ ganz in Ordnung. Chloe hat mir eine superlange E-Mail geschrieben, in der sie sich tausendmal entschuldigt und erklärt hat, wie sehr sie sich wegen der ganzen Sache schämt. Sie will mich bald besuchen kommen. Na, mal sehen.

Okay, dann lasse ich die Bombe mal platzen:

Ich habe einen Freund.

Er heißt Joe, ist siebzehn, spielt Schlagzeug, liest gern, bringt mich zum Lachen und, am allerwichtigsten: Er gibt mir das Gefühl, dass ich toll bin, so wie ich bin. Wie wichtig das ist, hast du mir beigebracht. Er gehört zu Emmas Clique in der Schule. Ich mag ihn wirklich sehr, aber ich bin mir nicht sicher, ob ich ihn liebe. Vielleicht muss es aber auch nicht immer unbedingt Liebe auf den ersten Blick sein.

Tja, das Wort »Liebe« bringt mich dann wohl zum eigentlichen Sinn dieses Briefs: zu DIR. Wenn das hier »kathartische Wirkung« haben und ein »sauberer Abschluss« werden soll, dann sollte ich wohl auch über dich schreiben.

Puh, ganz schön schwer. (Du kannst das natürlich nicht wissen, aber zwischen den beiden letzten Sätzen lagen zehn Minuten, in denen ich bloß auf dem Kuli rumgekaut und an die Wand gestarrt habe.)

Dann wollen wir mal … Wie sehen meine Gefühle dir gegenüber mittlerweile aus?

Als meine ganze Welt nur noch ein trauriges Wirrwarr aus

Schul-Albträumen und Streit zu Hause war, kamst du und hast alles weggefegt. Und als ich dann geglaubt habe, dass du mich liebst, habe ich mich gefühlt wie eine Göttin. Nichts von all dem anderen Kram konnte mir mehr was anhaben, weil ich ja dich hatte, und dadurch konnte ich jede Qual ertragen. Mich durch deine Augen zu betrachten, hat mir gezeigt, was ich wert bin, und das hat mir das Selbstvertrauen verliehen, das ich brauchte, um mich gegen sie zu wehren und stolz auf mich zu sein. Und drauf zu scheißen, was andere denken könnten.

Das ist auch so geblieben.

Bei deinem Prozess hat die Anklage behauptet, du hättest mich verführt, mich manipuliert. Alle haben mich wie ein Opfer behandelt, aber so hat sich das für mich nie angefühlt. Ein Opfer der Polizei und Justiz vielleicht. Aber deines? Niemals. Als du verurteilt wurdest, war ich am Boden zerstört. Nicht bloß, weil ich wusste, dass ich dich nie wiedersehen würde, oder weil meine ganze Familie so unter der Sache leiden musste, sondern weil ich dachte, das alles wäre meine Schuld, weil ich die SMS nicht gelöscht hatte. Mum, Dad, Simon, Granny, Emma. Mein Gott, was habe ich für Lügen erzählt! Und du, vor allem du, im Gefängnis. Deine Karriere vorbei, bevor sie überhaupt angefangen hatte, nur meinetwegen. Es war, als hätte ich dich in irgendwas reingezogen und damit dein Leben zerstört.

Es gab Tage, an denen ich nur im Bett gelegen und voller Selbsthass an die Decke gestarrt habe. Ich war so was von *durcheinander.* Was für mich Liebe war, sahen andere Leute als Ausnutzung. Du warst nicht mein Freund, sondern ein Verbrecher. Das ging immer so weiter, bis mir irgendwann der

Boden unter den Füßen wegzurutschen schien und ich mich nicht mehr auf den Beinen halten konnte, mich nicht mehr konzentrieren, nicht mehr essen oder schlafen. Dein Brief war, glaube ich, das, womit ich am schwersten klargekommen bin. Ich habe mich einfach so im Stich gelassen gefühlt.

Und dann bin ich krank geworden.

Deshalb war ich drei Monate in der Klinik, zur »Therapie«. (Oh Mann, wie dramatisch das klingt, als wäre ich ein Filmstar auf Entzug.) Und das Wichtigste, was ich dabei gelernt habe, ist, dass man diese ganze Geschichte nicht bloß schwarz-weiß sehen kann. Jeder, der unter dem, was wir getan haben, zu leiden hatte, betrachtet es aus einem ganz eigenen Blickwinkel.

Das hier ist meiner: Ich habe dich angebetet und das hätte ich auch nicht ändern können, genauso wenig, wie ich mir hätte Flügel wachsen lassen und zum Mond fliegen können. Selbst wenn du mich komplett ignoriert hättest. Wir wissen ja beide, dass du das versucht hast. Nach dem Abend im Auto und nachdem Mrs Ellis dich gewarnt hatte, hast du dich bemüht, dich von mir fernzuhalten.

Ob du mich manipuliert hast? Nein, das glaube ich nicht. Wahrscheinlich hab ich dir einfach leidgetan. Du wusstest, dass ich bis über beide Ohren in dich verknallt war, und wolltest mir zeigen, dass es nicht stimmte, was Sam und Molly alles über mich behauptet haben; dass ich hübsch und klug war und einen Wert hatte. Vielleicht warst du auch ein bisschen geschmeichelt – wer wird schließlich nicht gern angehimmelt? Außerdem hast du dich wahrscheinlich einsam gefühlt: neuer Job, neue Stadt. Und dann war da ja auch noch Molly, die sich dir quasi an den Hals geworfen hat. Wenn du so ein Widerling gewesen wärst, hättest du dich an sie gehalten, nicht an mich.

Und genau das ist der Punkt. Ich habe dich geliebt und du mich, und obwohl sie wie eine RIESIGE Plakatwand vor uns stand, haben wir beide komplett die Augen vor der Tatsache verschlossen, dass du mein *Lehrer* warst. Wie blöd waren wir eigentlich zu glauben, Liebe würde das übertrumpfen?

Meine Eltern haben gesagt, sie hätten mich als deine Schülerin zur Schule geschickt, nicht als deine Freundin. Darauf habe *ich* gesagt, dass ich Angst hatte und mich allein gefühlt habe, dass mein Leben in jeder Hinsicht eine Qual war, bis du gekommen bist und mir beigebracht hast, das zu ändern. Ich weiß, dass du mich geliebt hast, Ben, und ich habe mich bei *nichts* von dem, was wir gemacht haben, von dir bedrängt oder unwohl gefühlt.

ABER.

Ich habe so oft über das alles nachgedacht. Im Ernst, wenn Gedanken Beine wären, wäre ich ein Trillionenfüßler. Aber ich habe es jetzt verstanden: Nur weil sich etwas richtig anfühlt, muss es nicht richtig sein.

Ich war so über beide Ohren verknallt in dich, dass du es schon gemerkt haben musst, als du an der Bushaltestelle gehalten hast, um mich vor Molly zu retten. Du hast es ja sogar gesagt, in der Nacht im Pub in Cambridge. Erinnerst du dich? Dass du das Gefühl hättest, du wärst geschickt worden, um mir zu helfen. Und du hattest die Macht, mir diese Hilfe zu geben … als LEHRER. Aber stattdessen hast du meine Verknalltheit auch noch angefacht, bis alles in Flammen stand. Du hättest gehen müssen, bevor wir uns verliebt haben. Du warst der Erwachsene, es lag in deiner Verantwortung, die

Notbremse zu ziehen. Du hättest mich an dem Abend in Cambridge nicht küssen dürfen. Wenn du gegangen wärst, wäre ich nur ein Mädchen gewesen, das in seinen Lehrer verknallt war, und du hättest noch den Job gehabt, den du liebst.

Ich habe mir aus unserer Beziehung eine *Romeo und Julia*-Fantasie gezimmert, wir gegen den Rest der Welt. Und weil wir uns liebten, war es okay, die Regeln zu brechen. Denn du weißt ja, Regeln sind für normale Leute da, nicht für uns. Wir sind was Besonderes.

Falsch.

In der Therapie habe ich begriffen, dass diese Lehrer-Schülerinnen-Grenze aus gutem Grund besteht und dass es immer falsch ist, wenn man sie übertritt. Sie ist ein riesiger Wall, so hoch wie ein Berg, und da, wo der steht, gibt es doch so etwas wie Schwarz und Weiß. Ich bin fast ein Jahr lang durch die Hölle gegangen, bis es endlich klick gemacht hat: Sogar wenn sich etwas richtig anfühlt, kann es falsch sein.

Und wie sehe ich das Ganze heute?

Mir geht's gut in Little Dunmow. Ich habe Freunde und Emma und ich haben uns nach den Schwierigkeiten am Anfang wieder vertragen und verstehen uns besser als je zuvor. Auch meine Familie ist wieder zusammen. Und ob Joe nun der Richtige für mich ist oder nicht, ich mag ihn jedenfalls so sehr, dass ich mit ihm zusammenbleibe, bis ich das rausgefunden habe. Vielleicht muss ich mich ja erst neu verlieben, um endlich zu einem »sauberen Abschluss« zu gelangen. Und selbst wenn ich heute noch nicht sagen kann, ob ich ihn liebe, wer weiß, wie es morgen aussieht? Vielleicht kommt in der nicht ganz so fernen Zukunft auch der Tag, an dem ich einen Typen mit wuscheliger Surferfrisur sehen kann, ohne dass mein Herz in der Sekunde, bevor er sich umdreht, einen Schlag aussetzt.

Wo du auch bist, was du auch tust und mit wem auch immer du zusammen bist, ich wollte dir wohl einfach sagen, dass es mir gut geht.

Und ich hoffe, dir auch.

Alles Liebe, Lara

Danksagung

Als Erstes ein dickes Dankeschön an meine Agentin Anne Clark und an Stella Paskins, meine Lektorin bei Egmont, für all ihre Unterstützung, ihre guten Ratschläge und ihren Einsatz für mich und meine *Sternschnuppenstunden*. Es war ein riesiges Privileg, mit Euch zusammenzuarbeiten. Tausendmal Danke auch an Emma Swift, Rebbeca Fewster und ganz besonders Amanda Pawliszyn für ihre unschätzbar wertvollen Ideen und ihre Ehrlichkeit, was meine frühen Entwürfe anging. Ohne Eure Begeisterung hätte ich aufgegeben. Dasselbe gilt für Ross MacIntyre, Christina Kiley und Edward Kiley.

Die Figuren entstammen zwar alle meiner Fantasie, aber für die netten habe ich mir ein paar echte Namen ausgeborgt. Wenn jemand von Euch so heißt wie einer von den weniger Sympathischen, dann ist das kompletter Zufall.

Laras und Mr J.s Geschichte ist hundertprozentig fiktiv, und Beziehungen zwischen Lehrern und Schülern sind allein deswegen berichtenswert, weil die überwältigende Mehrheit der Lehrer überaus engagierte Profis sind, die das in sie gesetzte Vertrauen nie missbrauchen würden. In meiner beruflichen Laufbahn hatte ich das Glück, viele großartige Lehrer kennenzulernen, deren unermüdlicher Einsatz für ihre Schüler eine echte Inspiration ist. Hervorheben möchte ich das fantastische Kollegium und die Schüler des HNC, besonders im Fachbereich Englisch, für ihre Geduld und ermutigenden Worte.

Aber vor allem möchte ich Tim Bolton danken. Ohne Deine Warmherzigkeit, Deinen Glauben an mich und Deine Liebe hätte ich dieses Buch niemals schreiben können. Ich habe so ein Glück.

Das Buch

Wie wehrt man sich gegen fiese Sprüche und gemeine Angriffe? Aus bitterer Erfahrung weiß Lara: gar nicht. Denn alles, was sie versucht hat, hat ihre Lage nur noch schlimmer gemacht. Deswegen hält sie still, zieht den Kopf ein und fragt sich, ob sie nicht doch schuld ist an der ganzen Misere.

Das ändert sich, als sie Ben trifft. Die Stunden mit ihm sind bald die einzigen Lichtblicke in Laras Leben. Durch seine Augen sieht sie sich in einem neuen Licht: Sie ist klug, witzig und hübsch, und was ihr passiert, ist Mobbing der übelsten Sorte. Gemeinsam suchen sie einen Ausweg aus Laras Situation. Und es könnte ihnen gelingen, wäre da nicht ein Problem: Ben ist Laras Lehrer.

Die Autorin

Rachel McIntyre ist in einem Haus voller Bücher aufgewachsen und ihre Leidenschaft für Sprache versucht sie nun als Lehrerin weiterzugeben. Sie weiß, dass Jugendliche gute Geschichten lieben – Geschichten, die ihnen dabei helfen, mit den täglichen Herausforderungen ihres Lebens umzugehen. Rachel McIntyre lebt in Nordengland und *Sternschnuppenstunden* ist ihr erster Roman.

FSC
www.fsc.org
MIX
Papier aus verantwortungsvollen Quellen
FSC® C083411

Mehr Bäume.
Weniger CO_2.
www.cpibooks.de/klimaneutral

Natürlich magellan©

Säurefreies und chlorfrei gebleichtes FSC®-Papier
Klimaneutral produziert
Dispersionslack auf Wasserbasis
Klebstoff lösungsmittelfrei
Zellophanierfolie ohne Weichmacher
Hergestellt in Deutschland

1. Auflage 2015

Die Originalausgabe erschien 2015 unter dem Titel *Me and Mr J*
bei Egmont UK Limited, The Yellow Building, 1 Nicholas Road,
London, W11 4AN.
Aus dem Englischen von Jessika Komina und Sandra Knuffinke
Umschlaggestaltung: Christian Keller
unter der Verwendung von Motiven
von iStock / Olga Lebedeva, cajoer
ISBN 978-3-7348-5007-3

www.magellanverlag.de